… DESAFIANDO *las* NORMAS

SUZANNE BROCKMANN

Editado por Harlequin Ibérica.
Una división de HarperCollins Ibérica, S.A.
Núñez de Balboa, 56
28001 Madrid

© 1999 Suzanne Brockmann. Todos los derechos reservados. DESAFIANDO LAS NORMAS, N° 121- 1.10.11
Título original: The Admiral's Bride
Publicada originalmente por Silhouette® Books
Traducido por Victoria Horrillo Ledesma

Todos los derechos están reservados incluidos los de reproducción, total o parcial. Esta edición ha sido publicada con permiso de Harlequin Enterprises II BV.
Todos los personajes de este libro son ficticios. Cualquier parecido con alguna persona, viva o muerta, es pura coincidencia.
™ TOP NOVEL es marca registrada por Harlequin Enterprises Ltd.

® y ™ son marcas registradas por Harlequin Enterprises Limited y sus filiales, utilizadas con licencia. Las marcas que lleven ® están registradas en la Oficina Española de Patentes y Marcas y en otros países.

I.S.B.N.: 978-84-9000-807-2

Para Nancy Peeler. ¡Os echamos de menos, chicos!

PRÓLOGO

Vietnam, 1969

Lo habían dejado allí para que muriera.

El sargento Matthew Lange tenía la pierna rota y metralla incrustada en todo el costado izquierdo. La metralla no había afectado a ningún órgano vital, sin embargo. Matt lo sabía porque hacía horas que estaba herido y seguía con vida. Y era casi una pena.

La morfina no estaba sirviendo de nada. No sólo seguía sintiendo terribles dolores, sino que continuaba despierto y alerta, y era consciente de lo que iba a pasar.

El soldado que yacía a su lado también lo sabía. Allí tendido, lloraba suavemente. Jim, se llamaba. Jimmy D'Angelo. Era sólo un crío, en realidad. Apenas tenía dieciocho años, pero no cumpliría más.

Ninguno de ellos cumpliría más.

Eran docenas. Marines de Estados Unidos, desangrándose escondidos en la selva de un país tan pequeño que no se hablaba de él en las clases de geografía de quinto curso. Estaban tan malheridos que no podían escapar a pie, pero seguían conscientes en su mayoría, lo bastante vivos como para saber que morirían en las horas siguientes.

El enemigo iba hacia allí.

Seguramente llegarían antes de que amaneciera.

El Vietcong había lanzado una gran ofensiva el día anterior por la mañana, y varios batallones, entre ellos el de Matt, habían quedado atrapados por el ataque. Ahora se hallaban a muchos kilómetros detrás de las líneas enemigas, sin esperanza de rescate.

El capitán Tyler había pedido auxilio por radio horas antes, pero la ayuda no llegaba. No había pilotos de helicóptero lo bastante locos como para volar a aquella zona. Estaban solos.

Luego cayó la bomba, casi literalmente. O al menos caería literalmente cuando se hiciera de día. El capitán había recibido orden de abandonar la zona. Le dijeron que, en un intento de atajar el avance del Vietcong, las fuerzas estadounidenses iban a rociar aquel monte con napalm menos de doce horas después.

Había veinte hombres heridos. Más del doble que hombres sanos.

Jugando a ser Dios, el capitán Tyler había elegido a los ocho menos graves para sacarlos de allí a rastras. Había mirado a Matt, había visto su pierna y había hecho un gesto negativo con la cabeza. No. Tenía lágrimas en los ojos, pero eso de poco servía.

El único que se había quedado con ellos era el padre O'Brien.

Matt oía su voz suave, murmurando palabras de consuelo a los moribundos.

Si el enemigo los encontraba, los mataría con sus bayonetas. No querría desperdiciar balas con hombres que no podían defenderse. Y Matt no podía defenderse. Tenía el brazo derecho inutilizado y el izquierdo demasiado débil para sostener el arma. Casi todos sus compañeros estaban peor que él. Y no se imaginaba al padre O'Brien agarrando una metralleta y acribillando vietnamitas.

No, morirían atravesados por las bayonetas, o quemados. Eso era lo que les deparaba el destino.

Matt sintió ganas de llorar.

—¿Sargento?

—Sí, Jim. Sigo aquí —de todos modos, no podía ir a ninguna parte.

—Usted tiene familia, ¿verdad?

Cerró los ojos y se imaginó la dulce cara de Lisa.

—Sí —contestó—, tengo familia. En New Haven, Connecticut —un lugar tan lejano en ese momento como el planeta Marte—. Tengo dos hijos, Matt y Mikey.

Lisa quería tener una niña. Una hija. Él siempre había pensado que había tiempo de sobra para eso.

Pero se equivocaba.

—Tiene usted suerte —a Jimmy le tembló la voz—. De mí no va a acordarse nadie, excepto mi madre. Mi pobre mamá —empezó a llorar otra vez—. Dios mío, quiero a mi mamá...

El padre O'Brien se acercó, pero su voz serena no consiguió ahogar los sollozos de Jimmy. El pobre diablo quería a su mamá.

Y Matt quería a Lisa. Era de lo más absurdo. Cuando estaba allí, en el sofocante pisito de dos habitaciones, en uno de los peores barrios de New Haven, creía que iba a volverse loco. Odiaba trabajar de mecánico, odiaba que su sueldo se fuera en hacer la compra y en pagar el alquiler antes de que lo cobrara siquiera. Por eso había vuelto a alistarse. Le había dicho a Lisa que era por el dinero, pero la verdad era que sentía que se ahogaba y necesitaba salir de allí. Y se había marchado, a pesar de las lágrimas de Lisa.

Se había casado demasiado joven, aunque en realidad no había tenido elección. Y al principio le había gustado. Lisa, en su cama, cada noche. No hacía falta preocuparse por si la dejaba embarazada, porque ya lo estaba. Y le había encantado cómo había ido engordando a medida que su hijo crecía dentro de ella. Aquello le hacía sentirse como un hombre, a pesar de que a los veintidós años, recién salido del servicio militar, era poco más que un niño. Pero cuando el segundo bebé llegó justo detrás del primero, el peso de sus responsabilidades comenzó a asustarle.

Por eso se había marchado y estaba allí, en Vietnam.

Aquello era muy distinto de su primer destino en el extranjero, cuando le habían mandado a Alemania.

Ahora sólo ansiaba estar de vuelta en brazos de Lisa. Era el mayor idiota del mundo. No se había dado cuenta de todo lo que tenía, de cuánto amaba a aquella chica, a su mujer, hasta pocas horas antes de morir.

Bayonetas o napalm.

—Santo Dios.

La voz sedante del padre O'Brien había calmado a Jimmy, y ahora el sacerdote se volvió hacia Matt.

—Sargento... Matthew, ¿quieres rezar?

—No, padre —contestó.

Rezar ya no serviría de nada.

—¿Su capitán los ha dejado allí? —el teniente Jake Robinson hablaba en voz baja y firme, a pesar de que apenas podía creer lo que acababa de contarle su jefe de grupo. Marines heridos, abandonados a su suerte en la jungla por su comandante—. ¿Y ahora los buenos van a ir a rematarlos con fuego aliado?

Ham asintió con la cabeza. Sus ojos oscuros tenían una expresión amarga, y sus auriculares seguían conectados a la radio.

—No es tan brutal como parece, almirante. Sólo son una docena, más o menos. Si no detenemos al enemigo antes de que llegue al río, habrá miles de bajas. Usted lo sabe —él también hablaba con voz apenas audible.

Esa noche, el enemigo los rodeaba por completo. Ellos lo sabían muy bien. Su equipo de Seals, los Hombres de Rostro Verde, había pasado las últimas veinticuatro horas localizando las posiciones del Vietcong en aquella zona. Habían transmitido por radio la información y disponían de cuatro horas exactas para salir de allí antes de que empezara el bombardeo.

—Sólo una docena de hombres —dijo Jake—. Más o menos. ¿Hay alguna posibilidad de que sepa el número exacto, jefe?

—Doce heridos y un sacerdote.

Fred y Chuck aparecieron entre la vegetación.

—Ya sólo quedan nueve heridos —dijo Fred con su suave acento sureño—. Los hemos encontrado, almirante. Cerca de un claro, como si esperaran que algún helicóptero fuera a rescatarlos. No nos hemos acercado. No queríamos que se hicieran ilusiones, si no podíamos ayudarlos. Por lo que hemos podido ver, tres ya estaban muertos.

Jake intentó disimular su horror. Jamás mostraba una emoción de ese tipo. Sus hombres no tenían por qué saber cuándo algo le impresionaba profundamente. Y aquella noticia le había sacudido hasta la médula. Los comandantes en jefe sabían que aquellos hombres estaban allí. Marines de los Estados Unidos. Hombres buenos. Hombres valientes. Y aun así habían dado orden de proceder con el bombardeo.

Miró a los ojos a Ham y vio el escepticismo reflejado en ellos.

—Hemos tenido misiones más duras —dijo como para convencerse a sí mismo.

Ham sacudió la cabeza.

—¿Nueve heridos y siete Seals contra tres mil quinientos vietnamitas? —dijo—. Vamos, teniente —no hizo falta que el jefe de grupo dijera lo que estaba pensando. Aquello no era una misión difícil. Era un suicidio.

Y, en señal de reproche, había llamado a Jake por su verdadero rango, el de teniente. Tenía gracia hasta qué punto se había acostumbrado al apodo que le habían puesto los miembros de su equipo: el almirante. Era la expresión definitiva de respeto por parte de aquella pandilla variopinta; sobre todo, porque en la academia le habían apodado Niño Bonito, NB, para abreviar. Sí, almirante le gustaba mucho más.

Fred y Chuck estaban observándole. Y también Scooter, y el Reverendo, y Ricky. Esperaban una orden suya. A sus veintidós años, Jake era de los veteranos del equipo: todo un teniente que había servido en tres destinos distintos, en aquel infierno terrenal. Ham, su jefe, le había acompañado durante los dos últimos. Era firme como una roca y, a sus veintisiete años, tan curtido y ancestral como las montañas. Pero pese a todo nunca había cuestionado su autoridad.

Hasta ahora.

Jake sonrió.

—Nueve heridos, siete Seals y un sacerdote —contestó con desenfado—. No te olvides del sacerdote, Ham. Siempre viene bien tener a uno de nuestra parte.

Fred esbozó una sonrisa, pero Ham no cambió de expresión.

—Yo a ti no te dejaría morir —le dijo Jake. Ham era lo más parecido a un amigo que tenía en aquel rincón de la jungla—. Y no voy a dejar a esos hombres ahí.

No esperó la respuesta de Ham, porque, francamente, le traía sin cuidado. No necesitaba la aprobación de su jefe de equipo. Aquello no era una democracia. Era él quien estaba al mando.

Miró a los ojos a Fred, a Scooter, al Reverendo, a Ricky y a Chuck para infundirles confianza. Para que vieran que tenía la absoluta convicción de que podían llevar a cabo aquella misión imposible.

Dejar morir a aquellos pobres diablos estaba descartado. Jake no podía hacerlo. Y no lo haría.

Se volvió hacia Ham.

—Ponte a la radio, jefe, y encuentra a Ruben el Loco. Si hay alguien capaz de pilotar un helicóptero en medio de esta jungla, es él. Recuérdale que me debe unos cuantos favores, prométele apoyo aéreo y luego ponte manos a la obra y consígueselo.

—Sí, señor.

Jake se volvió hacia Fred.

—Volved allí y animadlos un poco. Preparadlos para el traslado. Luego volved aquí cagando leches —sonrió de nuevo con su mejor sonrisa de día de fiesta campestre, ésa que hacía creer a los hombres bajo su mando que vivirían para ver un nuevo día–. Los demás, id preparándoos para cortar mechas bien largas. Porque tengo un plan estupendo.

—¡Deben de haberse lanzado en paracaídas! —exclamó Jimmy, emocionado–. ¡Escuche eso, sargento! ¿Cuántos cree que son?

Matt se incorporó con esfuerzo e intentó ver algo entre la oscuridad de la selva. Pero sólo veía los destellos de una inmensa batalla en el oeste. Dentro del territorio del Vietcong.

—Dios mío, debe de haber cientos.

Pero no podía creerlo. ¿Cientos de soldados americanos, salidos de la nada?

—¡Tienen que haberse lanzado en paracaídas! —repitió Jimmy.

Parecía imposible, pero tenía que ser cierto, porque luego llegó el apoyo aéreo: grandes aviones que dejaban caer toda clase de sorpresas desagradables sobre el enemigo.

Dos horas antes había aparecido un hombretón de piel oscura, emergiendo de la jungla como un fantasma. Llevaba la cara salvajemente pintada de marrón y verde y un pañuelo de camuflaje pulcramente atado alrededor de la cabeza. Se había identificado como el marinero Fred Baxter, de los Seals de la Armada estadounidense.

Matt tenía el rango más alto entre los que quedaban, y era él quien se había encargado de preguntar qué demonios hacía un marinero tan lejos del mar.

Pero, al parecer, había un grupo entero de marineros en medio de la jungla. Un equipo, había dicho Baxter. El equipo de Jake, lo había llamado, como si eso quisiera decir algo por sí solo. Iban a sacarlos de allí.

—Prepárense para moverse —había dicho Baxter antes de desaparecer.

Matt se había preguntado si aquella conversación no sería una alucinación producida por la morfina. Seals de la Armada. Pero *seal* significaba «foca». ¿Quién iba a ponerle el nombre de un animal de circo a un grupo de las fuerzas especiales? ¿Y cómo iba a sacar un solo equipo a nueve heridos de la jungla?

—He oído hablar de los Seals —dijo Jimmy como si de algún modo hubiera podido seguir el pensamiento de Matt—. Son especialistas en demoliciones, o algo así. Incluso bajo el agua, figúrese. Y son como ninjas, pueden pasar justo al lado del enemigo sin que se entere. Se adentran kilómetros y kilómetros en territorio enemigo en equipos de seis o siete hombres, para volar cosas. Y no sé qué clase de vudú usan, pero siempre vuelven vivos. Siempre.

Seis o siete hombres. Matt miró los fogonazos que iluminaban el cielo. Expertos en demolición... No. No podía ser.

¿O sí?

—¡Un helicóptero! —gritó el padre O'Brien—. ¡Alabado sea el Todopoderoso!

El estruendo era inconfundible. El viento huracanado que levantaba el rotor les pareció un milagro. ¡Santo cielo, tal vez sobrevivieran!

Las lágrimas comenzaron a correr por la cara redonda del sacerdote mientras ayudaba a los enfermeros a levantar a los heridos y a trasladarlos al helicóptero. Matt no le oía por encima del estruendo del helicóptero y el fragor de las armas. Los hombres de cara verde habían aparecido de pronto y estaban manteniendo al enemigo a raya, más allá del claro. Pero Matt no necesitaba escuchar a O'Brien para saber que su boca se movía constantemente dando gracias a Dios.

Él, sin embargo, no era católico. Y todavía no habían salido de allí.

Alguien le levantó y el dolor repentino de su pierna le hizo gritar.

—Perdone, sargento —contestó la voz de un hombre curtido—. No hay tiempo para preguntar dónde les duele.

Pero el dolor valió la pena, porque un segundo más tarde estaba dentro, con la cara pegada al suelo de chapa del helicóptero. Después comenzaron a elevarse y se alejaron, en un vuelo exprés de regreso del infierno.

El miedo, no obstante, atravesaba la alegría que sentía en oleadas. Santo Dios, ¡que no se hubieran dejado a nadie atrás!

Se obligó a tumbarse de espaldas y el dolor casi le hizo vomitar.

—¡Recuento! —logró gritar.

—Están todos, sargento —era la misma voz firme del hombre que lo había llevado a bordo.

Estaba agazapado junto a la puerta abierta, con un lanzagranadas en los brazos. Mientras hablaba, apuntaba y disparaba. Era más joven de lo que hacía suponer su voz. No llevaba insignia, ni galones, ni marca alguna en su traje de camuflaje. Como los otros Seals, llevaba la cara pintada de verde y marrón, pero cuando se volvió para mirar a los heridos, Matt pudo verle los ojos. Eran de un tono casi sorprendente de azul. Al encontrarse con la mirada de Matt, sonrió.

La suya no era una sonrisa tensa y tirante, entreverada de miedo. Ni tampoco era la expresión animal de la euforia inducida por la adrenalina. Era una sonrisa calma y relajada. Una sonrisa que parecía decir «a ver cuándo quedamos para jugar un rato al béisbol».

—Los tenemos a todos —gritó de nuevo, sin dudar un instante—. Aguante, sargento, el vuelo va a ser movidito, pero vamos a sacarlos de aquí y a llevarlos a casa.

Y al oír que lo decía así, como si fuera una verdad absoluta, Matt casi se convenció de que era cierto.

El hospital era un infierno lleno de dolor, de muerte y hedores. Pero Matt sabía que sólo iba a estar allí un poco más.

Le habían dado sus órdenes: la baja médica. Iba a volver a casa, con Lisa.

Seguramente cojearía el resto de su vida, pero los médicos habían logrado salvar su pierna. No estaba mal, teniendo en cuenta que había estado al borde de la muerte.

—Hoy tiene mucho mejor aspecto —la enfermera que se paró junto a su cama para echar un vistazo a su pierna era una morena muy guapa, con hoyuelos en las mejillas cuando sonreía—. Soy Constance. Puede llamarme Connie, que es más corto.

Matt no la había visto antes, pero sólo llevaba allí cuarenta y ocho horas. Y había pasado la mayor parte de ese tiempo en el quirófano y en reanimación.

—Ah, es usted uno de los chicos de Jake —dijo Connie al mirar su historia, y su terso acento de Georgia de pronto sonó cargado de respeto.

—No —contestó él—. No soy un Seal. Soy sargento de...

—Sé que no es un Seal, tonto —volvió a sonreír—. Los Seals de Jake no aparecen por aquí. A veces tenemos que darles penicilina extra, pero eso quizá debería mantenerlo en secreto —le guiñó un ojo.

Matt estaba confuso.

—Pero ha dicho...

—Los chicos de Jake —repitió ella—. Así es como llamamos a los heridos que trae el teniente Jake Robinson. Alguien del hospital empezó a llevar la cuenta hará unos ocho meses —al ver su mirada de estupor, intentó explicarle a qué se refería—. Jake ha tomado la costumbre de resucitar a soldados estadounidenses, sargento. El mes pasado, su equipo liberó un campo de prisioneros. No me pregunte cómo lo hicieron, pero Jake y su equipo salieron de la jungla con setenta y cinco prisioneros de guerra, a cada cual en peor estado. Le juro que estuve una semana llorando cuando vi a esas pobres criaturas —sacudió la cabeza—. Creo que esta vez han sido diez, ¿no? Jake lleva... Veamos. Creo que son ya cuatrocientos veintisiete —sonrió otra vez—. Aunque en mi opinión deberían darle puntos extras por el sacerdote.

—Cuatrocientos veinti...
—Veintisiete —Connie asintió con la cabeza mientras le tomaba la tensión—. Todos los cuales le deben la vida. Naturalmente, empezamos a contar hace sólo ocho meses. Y él lleva mucho más aquí.
—Un teniente, ¿eh? —dijo Matt, pensativo—. Mi capitán ni siquiera consiguió que mandaran un helicóptero para sacarnos de allí.

Connie dio un respingo.

—No voy a decirle la opinión que me merece su capitán porque soy una señorita. Qué vergüenza, dejarlos así. Más vale que no venga por aquí a hacerse el chequeo anual. Hay docenas de médicos y enfermeras que se mueren de ganas de decirle que vuelva la cabeza y tosa.

Matt se echó a reír, y luego hizo una mueca de dolor.

—El capitán Tyler lo intentó —dijo—. Yo estaba allí. Sé que lo intentó. Por eso no lo entiendo. ¿Cómo es posible que ese teniente lo lograra, si no lo logró un capitán?

—Bueno, ya sabe cómo llaman a Jake —Connie dejó de mirar un momento sus heridas de metralla—. O quizá no lo sepa. Sus compañeros de equipo lo llaman almirante. Y no me sorprenderá nada que algún día llegue a serlo. Ese chico tiene algo especial. Sí, hay algo muy especial en esos ojos azules.

Ojos azules.

—Creo que le vi —dijo Matt.

—Sargento, si le hubiera visto, no le cabría ninguna duda al respecto. Tiene la cara de una estrella de cine y una sonrisa que da ganas de seguirlo a cualquier parte —suspiró y volvió a sonreír—. Ay, madre mía. Me estoy chiflando por él, ¿verdad?

—Entonces —insistió Matt—, ¿cómo es posible que un teniente consiguiera llevar a tantos hombres a esa zona? Tenía que haber cientos y...

Connie se echó a reír. Luego, de pronto, se detuvo y lo miró con asombro.

—Dios mío —dijo—. No lo sabe, ¿verdad? Cuando me enteré, yo tampoco me lo creía, pero si consiguieron engañarles hasta a ustedes...

Matt esperó a que se explicara.

—Fue una estratagema —dijo—. Jake y sus Seals prepararon una cadena de explosivos para engañar al enemigo y hacerle creer que habíamos lanzado una contraofensiva. Pero sólo fue una maniobra de distracción para que el helicóptero del capitán Ruben pudiera sacarlos de allí. No había cientos de soldados en esa jungla, sargento. Lo que vio y oyó era obra de siete Seals a las órdenes del teniente Jake Robinson.

Matt se había quedado de piedra. Siete Seals le habían hecho creer que había un inmenso ejército en la oscuridad.

Connie sonrió más aún.

—Con un poco de suerte, ese hombre será algo más que almirante algún día. Puede que llegue a presidente —levantó las cejas con aire sugerente—. Yo le votaría, eso seguro.

Hizo una anotación en la historia de Matt antes de pasar a la siguiente cama.

—¿Connie?

Ella se volvió pacientemente.

—Sargento, no puedo darle nada para el dolor hasta dentro de un par de horas.

—No, no es eso. Es sólo que me estaba preguntando... ¿Alguna vez viene por aquí? El teniente Robinson, quiero decir. Me gustaría darle las gracias.

—En primer lugar —dijo ella—, dado que es uno de sus chicos, pueden ustedes tutearse. Y, en segundo lugar, no. No lo verá por aquí. Está otra vez por ahí, sargento. Esta noche duerme en la jungla. Si es que puede dormir.

CAPÍTULO 1

El Pentágono, Washington, en la actualidad

La doctora Zoe Lange miró por la ventanilla del coche cuando el chófer se detuvo ante el Pentágono.
Maldición.
Iba mal vestida para la ocasión.
Su jefe, Patrick Sullivan, sólo le había dicho que se estaba considerando su candidatura para una misión importante y de larga duración. Zoe había dado por sentado que, para una reunión de ese tipo, convenía ir vestida cómodamente, con vaqueros, deportivas y una camiseta con florecitas azules, y sin maquillar. A fin de cuentas, ella era como era. Si iba a sumarse a una misión a largo plazo, convenía que todo el mundo supiera desde el principio qué podía esperarse de ella.
Y Zoe no se ponía de tiros largos a no ser que fuera imprescindible.
O que tuviera que personarse en un sitio como el Pentágono, por ejemplo.
Si hubiera sabido que iba a ir allí, se habría puesto el traje de chaqueta negro, ceñido como un guante, y sus zapatos de tacón de aguja, se habría pintado los labios de rojo oscuro y se habría recogido el cabello rubio en una elegante trenza francesa, en lugar de llevar una coleta, como si fuera una ani-

madora de instituto. Porque los militares tendían a pensar que las agentes que parecían superheroínas de cómic y chicas Bond sabían valerse por sí solas en situaciones difíciles. Las florecitas azules, en cambio... Las florecitas azules daban a entender que a la mujer que las llevaba habría que ofrecerle un pañuelo para que se enjugara las lágrimas, por más que dichas florecitas no le impidieran correr a toda velocidad, cosa que no podía decirse de los tacones de un palmo.

Pero, en fin... Ya estaba hecho. Tendría que conformarse con las florecitas azules.

Se puso las gafas de sol, recogió su gran bolso, que hacía las veces de maletín, y entró en el edificio escoltada por varios guardias, cruzó diversos puestos de control y subió al ascensor que esperaba.

Bajaron y bajaron, más allá del nivel S, el del sótano. A pesar de que ya no aparecían letras ni números en el panel, seguían descendiendo. ¿Qué podía haber tan abajo, aparte del infierno?

Zoe esbozó una sonrisa tirante al pensar que quizá la hubieran convocado a una reunión con el mismísimo diablo. En aquel oficio, todo era posible. Pero, aun así, no esperaba encontrarse con el diablo allí, en Washington.

El ascensor se detuvo por fin y las puertas se abrieron con un suave tintineo.

El pasillo era blanco y luminoso, no sombrío, neblinoso y gris, o rojo anaranjado, como el infierno. Los guardias que la esperaban fuera no portaban tridentes, sino uniformes de la Armada. Conque de la Armada, ¿eh? Qué interesante.

Los tenientes de la Armada de Estados Unidos Clon Uno y Clon Dos la condujeron por un pasillo anodino, a través de un sinfín de puertas que se abrían y se cerraban automáticamente. Maxwell Smart se habría sentido allí como en casa.

—¿Adónde vamos, chicos? —preguntó Zoe—. ¿Al Cono del Silencio?

Uno de los tenientes la miró con extrañeza. O era demasiado joven o demasiado formal para haber visto las reposiciones del *Superagente 86* que ella veía de niña.

Pero cuando se detuvieron ante una puerta sin distintivos, Zoe comprendió que, aunque lo había preguntado en broma, había dado justo en el clavo. La puerta, de un grosor absurdo, estaba reforzada con acero y recubierta de todo tipo de capas (incluida, sin duda, una de plomo) que convertían la habitación del otro lado en un compartimento estanco. Ningún satélite de infrarrojos podría ver a través de las paredes de aquella sala. Ningún micrófono podría escuchar lo que se decía dentro de sus paredes, por potente que fuese. Nada de lo que se dijera allí dentro podría grabarse o escucharse sin autorización.

La sala era, en efecto, el equivalente al Cono del Silencio de Maxwell Smart.

La puerta exterior (la primera de las tres por las que pasó Zoe) se cerró con un golpe seco, seguida por la segunda. La tercera era como la escotilla de un barco: tuvo que encorvarse para pasar por ella, y también se cerró herméticamente a su espalda.

Por lo visto, era la última en llegar.

La sala interior no era muy amplia. Medía cuatro metros por cinco y estaba llena de hombres. Hombres grandes, vestidos con blanquísimos uniformes de gala de la Armada. Un intenso resplandor reinaba en la sala. Cuando todos aquellos hombres se volvieron para mirarla y se levantaron en una unánime muestra de caballerosidad, Zoe tuvo que resistirse al impulso de bajarse las gafas de sol, que se había colocado en lo alto de la cabeza.

Los miró, recorriendo sus rostros en busca de alguna cara conocida. Pero sólo logró contar sus cabezas (eran catorce) y clasificar los diversos rangos de sus uniformes.

—Por favor —dijo con su sonrisa más profesional—, caballeros, por mí no hace falta que se levanten.

Había dos soldados, cuatro tenientes, un alférez, dos comandantes, un capitán, un contraalmirante y tres almirantes, tres, cuyas gorras descansaban sobre la mesa, con sus características insignias en forma de huevos revueltos.

Siete de ellos eran Seals en servicio activo. Dos de los almirantes llevaban también el *budweiser*, el alfiler de los Seals, con un ancla y un águila en vuelo asiendo con una de sus garras el tridente de Poseidón y con la otra un estilizado fusil, lo que significaba que habían pertenecido al cuerpo en algún momento de su dilatada carrera militar.

Uno de los Seals (un teniente rubio, tan guapo y con los dientes tan blancos y perfectos que parecía salido de un episodio de *Los vigilantes de la playa*) apartó una silla para ella. Zoe le dio las gracias con una inclinación de cabeza y se sentó a su lado.

—Me llamo Luke O'Donlon —susurró él al tenderle la mano.

Zoe se la estrechó con rapidez, distraídamente, y sonrió a O'Donlon y al Seal sentado a su otro lado, un fornido afroamericano con la cabeza afeitada, un pendiente de diamante en la oreja izquierda y una gruesa alianza de oro en el dedo anular. Mientras colocaba su bolso delante de ella, se fijó en los hombres que tenía enfrente, al otro lado de la ancha mesa.

Tres almirantes. Madre mía. Fuera cual fuese aquella misión, para lanzarla hacían falta tres almirantes y una habitación a prueba de espías.

El almirante que no había pertenecido a los Seals tenía el cabello blanco y el semblante contraído en una constante expresión de repugnancia, como si llevara un pescado podrido en el bolsillo de la pechera de la guerrera. Stonegate, se llamaba. Zoe lo conocía por haber visto su foto en el periódico. Aparecía constantemente en el *Washington Post*. Era casi un político profesional, cosa que ella desaprobaba en un hombre de su graduación.

A su lado, O'Donlon carraspeó y le lanzó su sonrisa más coqueta. Era muy mono y lo sabía.

—Lo siento, señorita, no he oído su nombre.

—Me temo que eso es información reservada —susurró ella—. Seguramente no está usted autorizado para saberlo. Lo siento, marinero.

El alférez que había junto a ella la oyó y procuró disimular la risa con un tosido.

El almirante que se había sentado junto a Stonegate tenía una densa mata de pelo negro, salpicado de canas. Era el almirante Mac Forrest. Un tipo con mucha sangre fría, no había duda. Zoe había coincidido con él al menos dos veces en Oriente Medio, la última hacía un par de meses. Forrest inclinó la cabeza y sonrió cuando sus ojos se encontraron.

El almirante situado a su derecha, el que se hallaba justo frente a Zoe, seguía de pie, con el rostro oculto detrás de un expediente que hojeaba rápidamente.

—Ya que estamos todos —dijo—, ¿qué les parece si empezamos?

En ese momento levantó la vista y Zoe se halló mirando unos ojos de un azul asombroso y un rostro que habría reconocido en cualquier parte.

Jake Robinson.

El auténtico, el genuino Jake Robinson.

Zoe sabía que tenía poco más de cincuenta años (debía tenerlos, a no ser que hubiera realizado sus hazañas en Vietnam a la tierna edad de doce años), pero seguía teniendo el cabello oscuro y abundante, y las arrugas de sus ojos y su boca sólo servían para conferir más fuerza y madurez a su bello rostro.

Calificarle de guapo era quedarse muy corto. Jake Robinson era mucho más que guapo. Hacía falta inventar una palabra completamente nueva para describir la belleza de su cara. Su boca, elegante y bien formada, parecía siempre lista para formar una sonrisa. Su nariz era de una perfección absolutamente viril, sus pómulos eran exquisitos; su frente, fuerte; su barbilla, tenaz en el grado justo; y su mandíbula seguía siendo afilada.

El teniente Monín, el que estaba sentado junto a Zoe, era simplemente guapo. Jake Robinson, en cambio, era guapo con mayúsculas.

El almirante recorrió la mesa con la mirada, haciendo las presentaciones por cortesía hacia ella. Todos los demás ya se conocían. Zoe intentó prestar atención. Los dos soldados rasos eran Skelly y Taylor, de los Seals. Uno tenía la complexión de un defensa de fútbol americano; el otro parecía Popeye el Marino. Zoe no tenía ni idea de quién era Skelly y quién Taylor. El alférez afroamericano se llamaba Becker. O'Donlon ya se había presentado. Hawken, Shaw, Jones. Zoe intentó memorizar los hombres y las caras, pero no lo consiguió.

Estaba demasiado turbada.

Jake Robinson...

Santo Dios, se le había concedido la oportunidad de trabajar en una misión de larga duración a las órdenes de una leyenda viva. Las hazañas de Robinson en Vietnam eran legendarias, igual que una de sus últimas creaciones, el Grupo Gris.

El Grupo Gris de Robinson era un equipo tan secreto, tan reservado, que Zoe sólo podía imaginar el tipo de misiones que se le encargaban. Misiones peligrosas. Encubiertas. Cruciales para la seguridad nacional.

Y ella iba a formar parte de una.

Su corazón latía como si acabara de correr diez kilómetros. Respiró hondo para calmarse mientras el almirante le presentaba a los demás asistentes a la reunión. Cuando el último militar fijó sus viriles ojos en ella, volvía a sentirse dueña de sí. Estaba tranquila. Serena. Imperturbable.

Sin embargo, trece de los catorce pares de ojos que la miraban no parecían notarlo. Sólo veían su coleta y sus florecitas azules. Zoe veía claramente la duda dibujada en su expresión.

Era la secretaria, ¿no? La habían mandado allí a tomar notas, mientras hablaban los hombres.

«Pues no, chicos, no».

—La doctora Zoe Lange es una de las principales expertas del país, y posiblemente de todo el mundo, en armas químicas y biológicas —les dijo Jake Robinson con su grave y aterciopelada voz de barítono.

Los demás levantaron las cejas al unísono. Zoe casi olía su escepticismo. Al otro lado de la mesa, los ojos del almirante parecían chisporrotear, divertidos. Estaba claro que él también notaba el fuerte olor del escepticismo.

—La doctora Lange trabaja para Pat Sullivan —añadió con naturalidad, y el ambiente que reinaba en la sala cambió de inmediato.

La Agencia. Robinson ni siquiera tuvo que mencionar el nombre del organismo. Todos sabían lo que era y a qué se dedicaba. El almirante había sabido exactamente qué decir para que todos se pusieran firmes y dejaran de fijarse en sus florecitas azules para mirarla a ella. Zoe le lanzó una sonrisa agradecida.

—Le agradezco que haya venido, doctora —el almirante le devolvió la sonrisa, y Zoe tuvo que hacer un esfuerzo por no derretirse a sus pies.

Era cierto. Todo lo que había oído, leído o escuchado acerca de la sonrisa de Jake Robinson era absolutamente cierto. Era una sonrisa cálida y auténtica. Absolutamente seductora. Lo iluminaba por dentro y hacía que sus ojos parecieran más azules. Daba ganas de seguirlo a cualquier parte. A cualquiera.

—Es un placer, almirante —murmuró—. Es un honor para mí que me haya invitado. Confío en poder serles de ayuda.

El rostro de Robinson se ensombreció.

—Lo cierto es que, por desgracia, nos hace mucha falta —paseó la mirada por la mesa, muy serio—. Hace dos semanas hubo un robo en el laboratorio de pruebas militares de Arches, a las afueras de Boulder, Colorado.

Zoe dejó de mirar sus ojos y empezó a prestar atención a sus palabras. Un robo. En Arches. Santo cielo.

No era ella la única que se removía, inquieta, en su asiento. A su lado, el alférez Becker parecía incómodo, como la mayoría de los Seals. Sabían, al igual que Zoe, qué se probaba en Arches. Y sabían también lo que se almacenaba allí. Ántrax. Toxina botulínica. Gas sarín. El mortífero gas nervioso VX. Y el Triple X, el instrumento de muerte y destrucción química más reciente de los inventados por el ser humano.

La última vez que había estado en Arches, Zoe había escrito un informe de ciento cincuenta páginas acerca de las debilidades de su sistema de seguridad. Ahora se preguntaba si alguien se había molestado en leerlo.

—El robo se efectuó sin violencia. Ni siquiera forzaron la entrada —prosiguió el almirante—. Seis cartuchos de un agente nervioso letal fueron sustraídos y reemplazados por otros. Ha sido pura casualidad que se descubriera el cambiazo.

Zoe no podía mantenerse callada ni un segundo más.

—Almirante, ¿qué se llevaron exactamente?

Stonegate y otros oficiales de alto rango la miraron como si mereciera que le lavaran la boca con jabón por hablar cuando no le tocaba. Pero a ella le traía sin cuidado. Necesitaba saberlo. Y a Jake Robinson no pareció importarle.

La miró con fijeza y ella adivinó la respuesta en sus ojos antes de que abriera la boca para responder. Era el peor escenario que cabía imaginar.

Triple X. ¿Seis cartuchos? Dios santo.

Zoe comprendió que había hablado en voz alta cuando él asintió con un gesto.

—Sí, Dios santo —dijo con amarga ironía—. Doctora Lange, ¿podría explicar qué es exactamente el Triple X, así como cuáles son nuestras alternativas para afrontar este pequeño problema?

¿Pequeño problema? ¡Por todos los santos, aquello era un problemón!

—Nuestras alternativas son extremadamente reducidas, señor —contestó—. Sólo tenemos una opción. No podemos elegir. Hay que encontrar esos recipientes y apoderarse de ellos. Créanme, caballeros: no conviene que haya Triple X flotando por ahí. Y menos aún el contenido de seis cartuchos —miró al almirante—. ¿Cómo ha podido pasar algo así?

—El cómo no importa en estos momentos —repuso él casi con suavidad—. Ahora debemos concentrarnos en el qué. Continúe, por favor, doctora.

Zoe asintió con la cabeza. La idea de que hubiera seis cartuchos de Triple X circulando por ahí hacía que se le helara la sangre en las venas. Era aterrador. Y ella no estaba acostumbrada a sentir terror, a pesar de su trabajo. Pasaba horas y horas estudiando los detalles más horripilantes de las armas de destrucción masiva que había por ahí, listas para sembrar el caos en el planeta, y sin embargo había aprendido a dormir a pierna suelta, inmune a las pesadillas, y a leer sin inmutarse informes en los que se detallaba cómo ciertos países probaban las armas químicas con prisioneros y personas enfermas. Con mujeres y niños.

Pero seis cartuchos de Triple X...

Aquello le ponía los pelos de punta.

Aun así, respiró hondo y se levantó, porque también había aprendido a ofrecer información clara y precisa incluso cuando estaba profundamente impresionada.

—El Triple X es el agente químico más letal que hay en el mundo actualmente —explicó—. Es veinte veces más potente que el gas nervioso VX y, al igual que el VX, mata mediante parálisis. Huelan un poco de Triple X, caballeros, y morirán asfixiados, porque sus pulmones, lo mismo que los demás músculos de su cuerpo, irán agarrotándose poco a poco. Triple X, Tri X o T-X es todo lo mismo: muerte que se transmite por el aire.

Rodeó la mesa hasta la pizarra blanca que había en la pared, detrás del almirante Robinson. Empuñó un rotulador y anotó los dos componentes químicos en la pizarra, llamándolos A y B.

—El Triple X es un compuesto triple, lo cual lo hace mucho más estable para su transporte y almacenamiento. Y lo convierte en un arma muy adaptable —señaló la pizarra—. Estos dos componentes se almacenan en seco, en forma de polvos que, por separado, son relativamente inofensivos. Pero, con sólo añadirles agua, llega la hora de ponerse la máscara antigás. Se convierten instantáneamente en un veneno. Es así de fácil, chicos. Traedme dos globos, una cucharadita de los componentes A y B, ambos inofensivos por sí solos, recordadlo, y un poquito de agua mezclada con algún ácido y lejía, y os prepararé un arma capaz de matar a todo el mundo en este edificio, en todo el Pentágono y a un montón de gente que pase por la calle. Uno de los globos se llena de agua, se cierra y se mete dentro del otro, que a su vez se llena con aire y con una pizca de los elementos A y B. El agua mezclada con ácido o lejía corroe la goma. Aparece una gotera en el globo y, al mezclarse el agua con A y B, se produce una reacción química que crea el Triple X en forma al mismo tiempo líquida y gaseosa. El gas se difunde por el aire, circula por el sistema de ventilación del edificio y mata a todo el que entre en contacto con él.

Zoe dejó el rotulador. La sala había quedado en silencio.

Jake Robinson había tomado asiento al empezar ella su explicación y se había girado para mirarla. Zoe estaba justo enfrente de él. Tan cerca que podía alargar los brazos y tocarlo. Y olerlo. El almirante se había puesto un poco de Polo Sport, lo justo para oler deliciosamente.

Zoe respiró hondo para calmarse... y para recordarse que, aunque el mundo estuviera lleno de maldad, también había cosas buenas en él. Había hombres como Jake Robinson.

—Eso es lo que pueden hacer dos cucharaditas de Triple X, señores —agregó—. En cuanto a seis cartuchos... —Sacudió la cabeza.

—Sé que cuesta imaginar una desastre de esa magnitud —comentó el almirante con voz suave—, pero, en su opinión, ¿cuántos cartuchos del tamaño de termos harían falta para borrar del mapa esta ciudad?

—¿Washington? —Zoe se mordisqueó el labio—. ¿Más o menos? Cuatro, dependiendo de hacia dónde soplara el viento.

Él asintió con la cabeza. Estaba claro que ya lo sabía. Y faltaban seis cartuchos.

Ella paseó la mirada por la habitación.

—¿Alguna pregunta?

El alférez Becker levantó la mano.

—Ha dicho que nuestra única alternativa es encontrar el Triple X y apoderarnos de él. ¿Hay algún modo de destruirlo?

—Los dos elementos pulverizados pueden quemarse —contestó ella con una tensa sonrisa—. Pero no apaguen el fuego con agua.

El teniente O'Donlon levantó la mano.

—Tengo una pregunta para el almirante Robinson. Después de dos semanas, tendrán alguna idea de quién está detrás del robo, señor.

El almirante volvió a ponerse en pie. Medía quince centímetros más que Zoe. Ella hizo amago de volver a su asiento, pero Robinson la tomó del codo apoyando los cálidos dedos sobre su piel desnuda.

—Quédese —ordenó suavemente.

Zoe asintió con la cabeza.

—Desde luego, señor.

—Hemos identificado al grupo terrorista que robó el Triple X —explicó Jake—. Y creemos haber encontrado el lugar donde ocultan los cartuchos desaparecidos.

Todos empezaron a hablar a la vez.

—Eso es fantástico —comentó Zoe.

—Sí, bueno, no lo es tanto como parece —le dijo el almirante en voz baja—. Como siempre, no es tan fácil.

—¿Cuándo salimos? —preguntó ella en el mismo tono—. Imagino que nuestro destino está en Oriente Medio.

—Nada de eso, doctora. Y tal vez convenga que esté usted al corriente de todos los pormenores del caso antes de sumarse a la misión. Tengo la sensación de que no va a gustarle mucho.

Zoe lo miró fijamente a los ojos, con la misma calma con que la miraba él.

—No necesito conocer los detalles. Soy toda suya, si me acepta.

No se dio cuenta de lo sugerentes que sonaban sus palabras hasta que las dijo.

Pero luego pensó por qué no. Se sentía atraída por Jake Robinson a todos los niveles. ¿Por qué no hacérselo saber?

Algo, sin embargo, cambió en la mirada de Jake. Una emoción imposible de identificar cruzó su rostro, y Zoe vio de pronto que llevaba un anillo de casado en la mano izquierda.

—Lo siento, señor —se apresuró a decir—. No pretendía que sonara así...

Jake esbozó una sonrisa.

—No importa. Sé lo que quería decir. Es una misión muy apetecible. Pero no tendrá que ir a Oriente Medio —se volvió y tocó en la pizarra para llamar la atención de los presentes—. Los terroristas que se llevaron el Triple X viven aquí mismo, en Estados Unidos. Hemos seguido el rastro de los cartuchos hasta su fortaleza en Montana. Son ciudadanos estadounidenses, aunque intenten secesionarse de la Unión. Su líder es un tal Christopher Vincent, y responden al nombre de ORA: Organización de la Raza Elegida.

El ORA.

El almirante la miró y Zoe asintió con un gesto. Sabía mucho del ORA. A eso se refería el almirante al decir que convenía que estuviera al corriente de los detalles del caso antes de tomar una decisión. El ORA era una organización misógina, además de neonazi, antigubernamental y profundamente corrupta. Si Jake Robinson pensaba enviarla a la fortaleza del ORA como parte de un equipo de infiltrados, con el objetivo de recuperar el Triple X, la misión, en efecto, no sería de su agrado. En el ORA, a las mujeres se las trataba poco menos que como a esclavas. Servían a los hombres en silencio, incansablemente y sin preguntar. Sus padres y maridos las consideraban posesiones materiales, y con frecuencia las maltrataban.

Jake estaba pasando fotografías tomadas por satélite del cuartel general del ORA, una antigua fábrica situada en las montañas, a unos tres kilómetros del pueblecito de Belle, en Montana. Zoe conocía aquellas fotografías y había oído hablar del costoso sistema de seguridad que el líder del ORA, Christopher Vincent, un hombre rico, había hecho montar en torno al recinto.

Si el laboratorio de Arches hubiera tenido la mitad de medidas de seguridad que la sede del ORA, aquello no habría pasado.

—No conviene entrar por la fuerza —estaba diciendo el almirante—. En estos momentos, ni siquiera podemos plantearnos esa posibilidad.

El almirante Stonegate tomó la palabra.

—¿Por qué no evacuamos las poblaciones de los alrededores y bombardeamos a esos canallas?

El almirante Forrest hizo girar los ojos.

—Sí, Jake —dijo—. En Waco funcionó estupendamente.

—Pues rodeémoslos, entonces —sugirió Stonegate, sin percatarse del sarcasmo de Forrest—. Que nuestros hombres se pongan máscaras antigás y que el ORA use el Triple X para quitarse de en medio.

El almirante Robinson se volvió hacia Zoe como si percibiera su deseo de responder.

—Esa solución es poco aconsejable por diversos motivos —explicó ella—. Por de pronto, si esperaran las condiciones meteorológicas adecuadas, es decir, fuertes vientos o incluso lluvia, la cantidad de Triple X que tienen en su poder no sólo arrasaría la zona adyacente, sino un territorio mucho más extenso. Y luego está la cuestión de la escorrentía. No sabemos qué pasaría si esa cantidad de agente tóxico pasara a la capa freática. No tenemos datos suficientes para determinar el punto de dilución. O, para serles sincera, si hay punto de dilución.

Se quedaron callados y Zoe comprendió que se estaban imaginando qué pasaría si un veneno mortal se extendiera por las aguas subterráneas y llegara hasta el río Colorado... Respiró hondo.

—Repito, caballeros, nuestra única alternativa es recuperar y destruir los seis cartuchos de Triple X en su forma pulverizada.

—Mi plan consiste en mantener la vigilancia —afirmó el almirante Jake—. Ya tengo varios equipos en la zona, vigilando la fortaleza del ORA y siguiendo a cualquier persona que sale por sus puertas. Seguiremos haciéndolo, pero también vamos a mandar a alguien al interior del complejo para que averigüe la localización exacta de los cartuchos de Triple X. No va a ser fácil. Sólo se permite la entrada a miembros del ORA.

El alférez Becker levantó la mano.

—¿Me permite decir algo, señor?

—Por favor. Si vamos a trabajar juntos, conviene que nos ahorremos las formalidades.

Becker asintió con un gesto, pero cuando comenzó a hablar se hizo evidente que elegía con cuidado sus palabras.

—Creo que resulta obvio que es poco probable que me acepten como miembro del ORA en un futuro inmediato. Lo mismo que al marinero Taylor, aquí presente. En cuanto a Crash, al teniente Hawken, quiero decir, puede que su piel sea lo bastante pálida, pero hace apenas un año que salió en las noticias de todo el país. Es muy conocido. Y aunque no pretendo dar a entender que los tenientes O'Donlon, Jones y Shaw sean incapaces de llevar a cabo una empresa de estas características, me parece que convendría tener un jefe de equipo con más experiencia, señor. Estoy seguro de que el capitán Catalanotto o el comandante McCoy, de la Brigada Alfa, estarían encantados de participar en esta operación.

El almirante escuchó atentamente y esperó a que el alférez acabara de hablar, a pesar de que Zoe notaba por su lenguaje corporal que no quería incluir a nadie más en la operación.

—Agradezco su opinión, alférez. Y conozco la merecida reputación tanto de Joe Cat como de Blue McCoy —hizo una pausa y miró a su alrededor antes de dejar caer su bomba—. Pero quien va a dirigir este equipo in situ soy yo. Y seré yo quien entre en el fuerte del ORA.

CAPÍTULO 2

Jake levantó las manos para atajar las protestas, las dudas y las expresiones de preocupación. Era demasiado mayor para el servicio activo. Estaba desvinculado de aquel mundo. Hacía años que no salía al mundo real. Era demasiado peligroso. ¿Y si lo mataban? ¿Y si, y si, y si...?

—Lo que propongo es lo siguiente —dijo—. Conozco a Christopher Vincent. Coincidimos hace unos cinco años. La editorial que publicaba los libros de arte de mi mujer iba a sacar un libro suyo. Nos presentaron en una fiesta, en Nueva York, y estuve hablando un buen rato con él. Es extremadamente peligroso, un perfecto megalómano. Pero da la causalidad de que le caía bien. Sé que, con un poco de ayuda y una buena tapadera, podré infiltrarme.

—Almirante, esto es sumamente irregular y...

Jake cortó a Stonegate.

—Y han desaparecido seis cartuchos de Triple X, ¿no es así? —recorrió la sala con la mirada—. No los he convocado para pedirles su consentimiento. Yo dirijo el Grupo Gris. Yo evalúo los riesgos. Y ésta es una misión del Grupo Gris. El presidente me la encomendó con la orden expresa de no fracasar. Quienes no hayan trabajado para el Grupo Gris antes de ahora deben saber que no me tomo esa orden a la ligera. Lo que necesito en este momento tanto de los Seals como de la doctora Lange es saber si quieren formar parte de mi equipo.

No había acabado de hablar cuando la clara voz de Zoe Lange resonó en la habitación.

—Puede contar con mi respaldo al cien por cien, almirante.

Estaba muy guapa, con sus vaqueros y su camiseta de flores azules. Parecía una estudiante, aunque Jake sabía que no lo era. Era la principal agente de Pat Sullivan. Se la habían recomendado con todo tipo de alabanzas. Era brillante, era guapa y tan joven y fresca que casi le dolía mirarla.

Tenía el cabello rubio, largo y liso. Lo llevaba cortado al estilo clásico de las californianas, sin flequillo que suavizara su rostro. Pero su cara era ya de por sí tan suave que no lo necesitaba. Tenía la piel tersa como un bebé, su rostro era un óvalo casi perfecto y sus facciones eran de una impecable delicadeza. El tono claro de su tez y su cabello hacían pensar que sus ojos serían azules. Pero no lo eran. Eran castaños. Y no claros, sino de un intenso marrón chocolate.

¿Era posible que una mujer con los ojos tan oscuros fuera rubia natural? Jake sabía perfectamente cómo averiguarlo.

«Soy toda suya, si me acepta».

«No vayas por ahí, amigo. No lo decía por eso».

Jake fijó su atención en el equipo de Seals. Harvard Becker. Nunca había hablado con el alférez afroamericano, pero, en lo tocante a vigilancia electrónica, Becker era el mejor. Y para aquella misión Jake necesitaba a los mejores.

El marinero de primera Wesley Skelly, bajo y delgado, y el corpulento Bobby Taylor le recordaban a los soldados a los que había conocido en Vietnam. Leales hasta la médula, bebían y jugaban demasiado y siempre estaban donde se les necesitaba y cuando se les necesitaba. En ese momento seguían a Harvard, y esperaban el asentimiento de su jefe de equipo para sumarse a la misión.

El teniente Billy Hawken, apodado Crash, era primo de

Daisy, la esposa de Jake. Éste había ayudado a criarlo desde que tenía diez años y le consideraba hijo suyo, pero pese a todo vio desconfianza en los ojos del chico cuando lo miró desde el otro lado de la mesa. «¿Estás seguro de que sabes lo que haces?». Jake vio aquella pregunta reflejada en los ojos de Billy tan claramente como si la hubiera formulado en voz alta.

Asintió con un gesto. Sí, sabía muy bien lo que hacía. Lo había pensado largo y tendido. No era sólo una excusa para volver al mundo real. Aunque, a decir verdad, eso era lo que deseaba. No podía engañarse a sí mismo. Sin embargo, el momento era el adecuado y Jake confiaba en sí mismo y en su instinto.

Billy se volvió para mirar al teniente Mitchell Shaw, sentado a su derecha. Mitch y Billy habían trabajado para el Grupo Gris en incontables ocasiones. Mitch pertenecía al grupo desde sus comienzos. Había formado parte de su primera misión. Medía un metro sesenta y cinco y era, por tanto, más bajo que la mayoría de los Seals, delgado y compacto, con el cabello largo y oscuro y unos ojos castaños que no delataban emoción alguna.

Ni siquiera sus dudas.

Su silencio era, sin embargo, suficientemente elocuente.

Jake, que sabía lo que estaba pensando Mitch, casi pudo ver la progresión que condujo al seco gesto de asentimiento del teniente. Aceptaba la misión, pero sólo porque creía que él y el resto de los Seals podrían proteger a Jake.

Jake tendría que ponerle las cosas claras, pero no allí, ni en ese momento.

—Pueden contar conmigo —afirmó el teniente Luke O'Donlon, y un momento después el teniente Harlan Jones repitió como un eco sus palabras.

Lucky y Cowboy. Los dos rubios y de ojos azules. Jake los había elegido por su tez clara, así como por su reputación. Eran grandes tiradores, y no tendrían problemas para que los aceptaran en el ORA, si era necesario.

Y eso era todo. Ya tenía su equipo. Los Seals habían dado su asentimiento, aunque con menos entusiasmo que Zoe Lange.

—Recojan su equipo, señores... y usted también, doctora —añadió Jake, mirando a la joven—. Nos vemos en Andrews dentro de dos horas. Traigan ropa de abrigo. Vamos a Montana.

El alférez Harvard Becker, el primero en llegar a la puerta, apretó el botón que indicaba a los guardias del exterior que querían abandonar la sala. La escotilla se abrió y los Seals salieron sin decir palabra.

Seguramente sabían que el almirante Stonegate se ocuparía de decir todo lo necesario.

—Voy a presentar una queja oficial —afirmó el almirante en tono crispado—. El lugar de un almirante no está en el frente de batalla. Eres demasiado valioso para la Armada de los Estados Unidos para ponerte en una situación de tal peligrosidad que...

—¿No has oído lo que ha dicho la doctora Lange? —le preguntó Jake—. Con un desastre de esa magnitud a la vida, todos somos prescindibles, Ron.

—Hace años que no participas en una misión activa.

—Me mantengo en forma —contestó Jake con calma.

—Mentalmente, quizá, pero físicamente no hay modo de que...

Desde que había salido del hospital, se había puesto en tan buena forma física que se sentía tan capaz como cuando estaba en Vietnam.

—También puedo dar la talla físicamente. Cincuenta y tres años no son tantos, ¿sabes, Ron?

—Maldita sea, todo esto es culpa de John Glenn.

Jake se echó a reír sin poder evitarlo.

—Perdona que me ría en tu cara, amigo mío, pero eso es ridículo.

Stonegate pareció ofendido.

—Voy a presentar una queja.

—Hágalo, almirante —contestó Jake, cansado de su actitud—. Pero no hasta que acabe la misión. Todo lo que se ha dicho en esta sala hoy es información altamente reservada. Si filtras algo, aunque sea en forma de queja oficial, haré que acabes entre rejas.

Aquello zanjó la discusión. Stonegate salió hecho una furia.

Mac Forrest fue el siguiente.

—Y yo te ayudaré —le dijo a Jake en voz baja, guiñándole un ojo—. Si puedo hacer algo, Jake, no tienes más que avisarme.

La sala se quedó por fin vacía.

Jake respiró hondo y exhaló un largo suspiro mientras ordenaba sus notas y papeles.

La reunión había ido mucho mejor de lo que esperaba. Creía que la cuestión de su edad iba a ser un escollo insuperable, que ninguno de los Seals a los que había escogido aceptaría la misión. Había llegado al extremo de teñirse el pelo para la ocasión, cubriendo las canas de sus sienes con el tono castaño oscuro de su cabello. Imaginaba que parecer algo más joven no le vendría mal.

Y aquello le hacía parecer más joven, no había duda.

Le gustaba su pelo teñido más de lo que quería reconocer. Pero lo reconocía. Se había obligado a afrontar la cuestión. Odiaba la idea de hacerse viejo. Se había resistido a ella a brazo partido desde que cumplió treinta años. Había desterrado de su dieta la carne roja y los alimentos con alto contenido en colesterol. Consumía comida sana y algas y hacía ejercicio religiosamente todos los días. Hacía aeróbic, pesas, corría...

Lo que le había dicho a Ron Stonegate era cierto: estaba en plena forma, mejor que muchos hombres quince años más jóvenes que él.

Sólo había un tipo de ejercicio que ya no practicaba con regularidad y era...

Cerró el maletín de golpe y al darse la vuelta se encontró mirando los ojos de Zoe Lange.

El sexo.

Sí, hacía casi tres años que no practicaba el sexo.

Tragó saliva y se obligó a sonreír.

—Vaya, lo siento —dijo—. ¿Cuánto tiempo lleva ahí? No me había dado cuenta de que no se había marchado aún.

Ella se cambió de mano el maletín y Jake notó que estaba nerviosa. Ponía nerviosa a la principal agente de Pat Sullivan.

Pero el sentimiento era mutuo, aunque fuera por motivos completamente distintos. Jake la encontraba atractiva, incluso con aquel peinado de estudiante universitaria. La encontraba extremadamente atractiva.

—Sólo quería darle las gracias otra vez por incluirme en esta misión —dijo ella, casi tartamudeando. Intentaba aparentar calma, pero no lograba engañar a Jake.

—Veremos si sigue dándomelas cuando vea de cerca el complejo del ORA —Jake se dirigió hacia la puerta para escapar de su sutil, fresco y dulce aroma. No llevaba perfume. Tenía que ser su pelo. Aquel pelo que se deslizaría entre sus dedos como la seda. Si estuviera lo bastante cerca como para tocarlo. Que no lo estaba.

—He pasado años en Oriente Medio. Por lo menos en Montana no tendré que ir por ahí tapada con un velo —ella lo siguió, casi tropezándose para seguir su paso—. Es sólo que... Me hace mucha ilusión trabajar con usted, señor.

Jake se paró en el pasillo, más allá de la tercera puerta.

—Ha leído el dichoso libro de Scooter.

Aquel libro llevaba persiguiéndolo diecisiete años. Scooter había escrito un libro sobre su experiencia en Vietnam. ¿Quién iba a pensar que aquel Seal que hablaba con monosílabos era un Hemingway en ciernes? Pero había escrito *Reírsele en la cara al fuego* con humor y elocuencia. El suyo era uno de los pocos libros sobre Vietnam que a Jake casi le habían gustado, con una salvedad: que Scooter le había hecho parecer una especie de semidiós.

Zoe Lange posiblemente lo había leído cuando tenía doce o trece años, o a cualquier otra edad igual de impresionable, y sin duda guardaba desde entonces una imagen absurda del teniente Jake Robinson, el superhéroe.

—Pues sí, lo he leído —contestó ella—. Claro que lo he leído —lo miraba como un niño de diez años habría mirado a un astro del deporte.

Y Jake odiaba que lo mirara así, como si fuera un héroe. Sin una pizca de lujuria o deseo. ¿Qué demonios le había pasado?

Que había cumplido cincuenta años, eso le pasaba. Y que las jovencitas como Zoe Lange, que ni siquiera había nacido aún cuando él llegó a Vietnam, lo consideraban una especie de abuelete.

—Scooter exageraba —contestó secamente mientras echaba a andar de nuevo hacia los ascensores. Estaba enojado consigo mismo porque aquello le importara. ¿Qué más daba que aquella chica no lo viera como hombre? Era mejor así, teniendo en cuenta que iban a trabajar juntos y que no podía liarse con ella—. Muchísimo.

—Aunque sólo fuera cierto el diez por ciento de lo que contaba, seguiría usted siendo un héroe.

—No hay héroes de esa guerra.

—No lo dirá en serio.

—¿No? No se puede ser un héroe estando solo en un salón. Hace falta una multitud. Un desfile triunfal. Una hermosa rubia que te bese hasta dejarte sin aliento. Lo sé: he visto las fotografías de los soldados americanos que volvían a casa después de la Segunda Guerra Mundial. A ellos no los recibían los estudiantes de las universidades lanzándoles huevos.

—La época de la guerra de Vietnam fue una etapa muy convulsa de nuestra historia.

Jake hizo una mueca.

—Historia... No fue hace tanto tiempo, ¿sabe? Hace usted que parezca un carcamal.

—Yo no lo considero mayor, almirante.

—Pues entonces empieza a llamarme Jake. Estás en mi equipo, llegaremos a conocernos bastante bien antes de que esto acabe —se paró delante de los ascensores y marcó su código de seguridad—. Además, soy mayor. Llevo medio siglo en este mundo y he visto actos terribles, violentos, monstruos, muchos más de los que me gustaría. Me horrorizan las cosas que es capaz de hacer la gente. Pero voy a usar eso en mi favor. Todo lo que he visto y aprendido va a ayudarme a impedir que Chris Vincent y el ORA hagan daño a este país que tanto amo.

Ella sonrió. Sus dientes eran blancos y rectos.

—Y dices que no eres un héroe —se abrieron las puertas del ascensor y lo siguió dentro—. Creo que te equivocas. Creo que se puede ser un héroe aunque uno esté solo en una habitación. Y creo que de todos modos habrías huido del desfile triunfal.

—¿Bromeas? Me lo habría tragado entero —introdujo el código que los llevaría a la planta baja—. Mira, doctora, te agradezco tu apoyo, de veras. Pero no te creas todo lo que pone en el libro de Scooter.

—Cuatrocientos veintisiete.

—¿Cuatrocientos veintisiete qué?

—Hombres.

Lo primero que pensó Jake era sin duda alguna una señal de que últimamente pensaba demasiado en el sexo. Pero en la expresión de Zoe Lange no había nada que permitiera deducir que se le estaba insinuando, que quería que él fuera su amante número cuatrocientos veintiocho. Una lista de amantes tan larga que resultaba ridícula. Jake intentó no reírse y fracasó.

—No sé de qué me hablas. Intento adivinarlo, pero... —se

rio otra vez, divertido por su propia confusión–. Me he perdido, doctora.

–Mi padre fue el número cuatrocientos veintisiete –contestó ella con calma–. Es uno de los chicos de Jake.

El almirante no supo qué decir.

Le ocurría a veces. Alguien se acercaba a él con los ojos rebosantes de emoción y le estrechaba la mano mientras susurraba que su marido o su hijo, o su padre, era uno de los chicos de Jake. Como si todavía tuviera alguna influencia sobre ellos. O como si, al salvarles la vida, los hubiera acogido bajo su ala hasta el fin de los tiempos.

Había aprendido a mostrarse amable, pero parco en palabras. Estrechaba la mano de su interlocutor, le tocaba el hombro, le sonreía y fingía acordarse del soldado tal o del cabo cual. Lo cierto era que no se acordaba de ninguno de ellos. Las únicas caras que tenía grabadas a fuego en la memoria eran las de los hombres a los que no había podido salvar. Las de los hombres que habían muerto, que ya habían perecido. Ojos vacíos. Esos horribles ojos vacíos...

–El sargento Matthew Lange –le dijo ella–. Estaba con el regimiento cuarenta y cinco...

–No le recuerdo –a ella no podía mentirle. No, si iba a formar parte de su equipo.

Zoe ni siquiera pestañeó.

–No esperaba que le recordaras. Fue sólo uno entre cientos –sonrió y alargó el brazo para tomar su mano y apretarle los dedos–. ¿Sabes?, yo también te debo la vida. Nací un año después de que mi padre volviera a casa.

Lo cual significaba posiblemente que su padre era más joven que él.

Genial.

Su única aliada absolutamente leal, la única persona del equipo que no tenía reserva alguna respecto a su edad o sus capacidades, acababa de hacer que se sintiera como un anciano.

Y no sólo: había hecho que se sintiera como un viejo verde. Como una especie de perfecto degenerado.

Mientras miraba sus magníficos ojos marrones y sentía el calor y la fuerza de los dedos de Zoe y la tersura de su piel, se obligó a reconocer que, por primera vez desde hacía dos años y medio, desde la muerte de Daisy, por fin había conocido a una mujer con la que se imaginaba haciendo el amor.

Y no quería imaginárselo. No quería sentirse capaz de desear a alguien, excepto a la única mujer a la que había querido, la mujer a la que seguía queriendo. No podía negar, sin embargo, que echaba de menos el sexo. Que quería sexo. Y que no sabía cómo reconciliar sus necesidades físicas con el hecho de que Daisy se hubiera ido para siempre.

Para siempre. Y no iba a volver.

Por un segundo se permitió mirar de veras a Zoe Lange. Era una mujer inteligente, valerosa y dura, y sin embargo su belleza estaba impregnada de una dulzura que lo atraía inexorablemente. Sus ojos parecían iluminados por el ingenio, su boca siempre parecía dispuesta a sonreír. Su risa era contagiosa, y su cuerpo...

Jake se permitió mirar un instante el cuerpo casi perfecto de la doctora Zoe Lange. Sus piernas eran largas, y los vaqueros le quedaban algo sueltos en las caderas y los muslos. No era muy alta, ni muy baja, pero su figura no podía describirse como «media». Tenía los brazos musculosos y ágiles y curvas allí donde debía tenerlas. Sí, a él le gustaban las mujeres con buena delantera, y había que reconocerlo: Zoe Lange tenía un cuerpo capaz de ponerlo a cien. La camiseta se ceñía tentadoramente a su exuberante figura, que hacía que aquellas recatadas florecitas azules parecieran seductoras y sugerentes.

Jake se la imaginó de pronto tumbada en la cama con él, sin camiseta ni vaqueros. Se imaginó devorando su boca, acariciando sus pechos perfectos, hundiéndose profundamente dentro de ella mientras se movían juntos y...

Dios, Dios, Dios...

El deseo se apoderó de él con tal fuerza que estuvo a punto de gemir en voz alta. Pero ese deseo fue seguido de inmediato por un sentimiento de vergüenza y de culpa.

Todavía quería a Daisy. ¿Cómo podía quererla aún y al mismo tiempo desear tanto a otra mujer?

Santo cielo, cuánto la echaba de menos.

El agujero que sentía en las entrañas, y que llevaba casi tres años intentando cerrar, volvió a abrirse de par en par.

Soltó la mano de Zoe y dio un paso atrás, tropezando torpemente con la pared del ascensor. Casi al instante se dio cuenta de que estaba excitado. Estupendo. Justo lo que le hacía falta.

No sabía si reír o llorar.

Así que no hizo ninguna de las dos cosas. Sencillamente, sujetó su maletín delante de sí.

Zoe había clavado los ojos en los números de encima de la puerta del ascensor, y Jake comprendió que había visto en su mirada algo que la había avergonzado. No le extrañó: la había estado mirando como el lobo a Caperucita. «Buen trabajo, Robinson». Una forma estupenda de sentirse aún más como un viejo verde. Y la cosa era peor aún porque estaba claro que aquella atracción no era correspondida.

Sin embargo, cuando se volvió hacia él, fue Zoe quien se disculpó.

—Lo siento —dijo—. No quería avergonzarte. Seguramente se te acerca gente todo el tiempo y...

—Me gusta cuando han hecho algo bueno con sus vidas, como tu padre, está claro. Debe de estar muy orgulloso de ti. Yo lo estaría, si fueras mi hija —se esforzaba por hablar con aire paternal. Pero sonaba patético.

Ella sonrió, indecisa.

—Bueno, gracias.

Se abrió el ascensor y esta vez Jake se quedó atrás para dejarla pasar. Ella miró a un lado y otro del pasillo desierto cuando la puerta volvió a cerrarse a su espalda.

—La salida está por ahí –Jake le indicó el camino–. Toma la...

—La primera a la derecha –dijo ella–. Lo sé, gracias. Escucha, almirante...

—Jake –contestó él–. Por favor.

—La verdad es que prefiero llamarte almirante.

—Muy bien –se apresuró a decir él–. De acuerdo. No voy a ordenarte que me llames Jake, ni nada por el estilo. No es que...

—Lo sé –intentó mirarlo a los ojos, pero no pudo sostenerle la mirada. Otra vez estaba nerviosa–. Es sólo que... No puedo evitar preguntarme por qué quieres ponerte en peligro. Quiero decir que te has ganado el derecho a quedarte en segundo plano y a dar tranquilamente órdenes desde tu despacho. Y me imagino que... que tu esposa no estará muy contenta con tu decisión de volver al servicio activo. Sobre todo después de ese intento de asesinato, hace unos años. Estuviste meses en el hospital.

Jake tenía experiencia suficiente como para saber cuándo alguien intentaba sonsacarlo. Pero ¿qué era exactamente lo que quería saber Zoe? ¿Pretendía averiguar qué lo impulsaba a asumir aquella misión, o por qué razón la miraba como si quisiera comérsela viva?

No tenía por qué ocultarle nada, excepto el hecho de que cada vez que la miraba se la imaginaba desnuda, lo cual era muy poco profesional. Y aunque no consiguiera atajar sus pensamientos obscenos acordándose de Daisy, sólo tenía que pensar en los cartuchos de T-X desaparecidos.

—Sé que es una pregunta muy personal –prosiguió ella rápidamente–. Puedes decirme que no es asunto mío, si quieres, y...

—Daisy, mi mujer, murió de cáncer –contestó él con calma–. En Navidad hará tres años.

—Ah –dijo ella–. Lo siento muchísimo. No lo sabía.

—Seguramente tienes razón. Si todavía viviera, me pensaría largo y tendido los riesgos de esta misión. Pero, aunque no fuera viudo, no podría pasar por alto que tengo un vínculo con Christopher Vincent. Sé que puedo introducirme en el sanctasanctórum del ORA. Y, estando así las cosas, no tengo por qué pensármelo dos veces.

Ella lo miraba con compasión y Jake apartó la mirada, incapaz de soportar su lástima.

—Más vale que vayas a hacer las maletas —le dijo con brusquedad—. Despegamos dentro de noventa y ocho minutos. Y créeme, si nos haces esperar, el equipo te lo recordará eternamente.

—Descuida, Jake —contestó ella—. Seré la primera en subir al avión.

Jake la miró alejarse. Antes de doblar la esquina, Zoe miró hacia atrás, le dedicó una sonrisa y le dijo adiós con la mano.

Sólo cuando estaba de vuelta en su despacho, cambiando su uniforme de gala por el traje negro de faena, el almirante cayó en la cuenta de que le había llamado Jake.

CAPÍTULO 3

Zoe se moría de ganas de llamar a Peter.

Cinco meses antes, lo habría hecho. Habría llamado por una línea segura y le habría dicho:

—¿Qué crees que significa que un hombre sea viudo desde hace casi tres años y que aún lleve su alianza de boda?

Y Peter habría contestado:

—Es evidente. Utiliza el anillo para impedir que las mujeres se le acerquen demasiado.

Ella, a su vez, habría respondido:

—Yo creo que todavía la quiere.

Y su amigo habría soltado un soplido y habría dicho:

—El amor es un mito. Lo que pasa es simplemente que todavía no ha conocido a una mujer que pueda ocupar el lugar de su esposa muerta. Pero te aseguro que, en cuanto la encuentre, se quitará el anillo en un abrir y cerrar de ojos. Al diablo con él. ¿Qué te parece si nos vemos en Boston el fin de semana que viene y la armamos en el Ritz-Carlton?

Pero eso era lo que Peter habría dicho cinco meses antes. Antes de descubrir que el amor no era, en efecto, un mito.

Ella se llamaba Marita y era presentadora de televisión en Miami. Era de origen cubano y muy guapa, a pesar de lo cual Zoe no estaba ni remotamente celosa. Bueno, quizá sí, un poquitín. Pero sólo porque Peter, el infatigable, el ansioso, el insaciable y descreído superagente Peter McBride hubiera encontrado por fin la paz interior.

De eso sí tenía celos. Peter le gustaba, incluso lo quería mucho, pero había sabido desde la primera vez que habían hablado, después de que él conociera a Marita, que su amigo tenía por fin alguna posibilidad de ser verdaderamente feliz.

Y Peter merecía ser feliz.

A Zoe le gustaba hablar con él, le gustaba que siempre la hiciera reír. Y le había gustado hacer el amor con él un par de veces al año, cuando su trabajo en la Agencia les hacía coincidir.

Sabía desde el principio, sin embargo, que su relación no podía ser duradera. Se parecían demasiado. Zoe era en extremo inquieta, demasiado ansiosa e insaciable, y estaba excesivamente hastiada de un mundo que parecía empeñado en autodestruirse.

Hacía cinco meses que no hablaba con Peter. Imaginaba que a su flamante esposa no le agradaría que recibiera llamadas de una examante. Pero echaba de menos su amistad. Añoraba hablar con él.

Y también añoraba el sexo. La suya había sido una relación carente de riesgos. Ella nunca había estado en peligro de perder del todo el corazón.

—Bueno —le dijo a Peter, aunque no estuviera allí—, ¿qué crees que significa que esté metiendo en la maleta mi ropa interior más sexy y este camisoncito negro?

—¿Para ponértelo en Montana en septiembre? —habría dicho él, divertido, levantando elegantemente una ceja—. Que estás en apuros, Zoe.

—No te creerías cómo me miró en el ascensor —cerró los ojos y se derritió al acordarse—. Dios mío, sí que estoy en apuros.

—Liarte con tu jefe es mala política —le habría recordado Peter—. Pero, por otra parte, en realidad no es tu jefe, ¿no? Tu jefe es Pat Sullivan. Así que, adelante. Llevas años fantaseando con ese tío. ¿Cómo vas a resistirte? Y si te mira así... Me sorprende que no intentaras nada allí mismo. No habría sido difícil desactivar las cámaras de seguridad del ascensor y...

—Ha estado parándome los pies desde el momento en que nos conocimos —Zoe sacó del armario sus jerséis más gruesos. Sus jerséis más gruesos... y sus camisetas de tirantes más minúsculas. Y sus pantalones cortos. Y hasta su bañador. Un bikini. De estilo brasileño. La braguita no era un tanga, pero tampoco era recatada. Tal vez, con un poco de suerte, haría buen tiempo—. Además, en ese momento todavía creía que estaba casado.

—Vaya, ya estamos otra vez con tu moral de *girl scout* —cuando lo decía así, sonaba como si Zoe debiera avergonzarse de ello.

—Parecía que le daba vergüenza encontrarme atractiva. Como si se sintiera culpable, ya sabes. Está claro que sigue enamorado de su mujer. Sigue considerándose casado.

—¿Y qué vas a hacer? —habría preguntado Peter.

Zoe cerró la cremallera de su bolsa y se la echó al hombro.

—Es un tipo estupendo, Pete. Voy a intentar ser su amiga.

Él odiaba que lo llamara Pete.

—¿Y para eso necesitas toda esa lencería?

—Seis cartuchos robados de Triple X —dijo, y el malvado espíritu de Peter desapareció de inmediato.

Tenía una misión que cumplir. Una misión muy importante. De vida o muerte.

Agarró su maletín, recogió su ordenador portátil y cerró la puerta de su apartamento sin mirar atrás.

Día dos. Tres de la madrugada.

Jake había estado fuera casi toda la noche, recorriendo sigilosamente el perímetro del complejo del ORA junto a

Cowboy Jones. El padre del teniente Jones era contraalmirante, y Jake había dado por sentado que, entre todos los miembros del equipo, Jones era el que se sentiría más a gusto con un militar de su rango.

Pero se había equivocado.

Desde que estaban en Montana, todo el equipo lo trataba como con guantes. «Permítame llevar eso, almirante. Yo me ocupo de eso, almirante. ¿Por qué no se queda aquí y deja que yo me encargue, almirante? Siéntese, almirante. Está usted estorbando».

Bueno, sí, nadie le había dicho eso, pero Jake sabía que era lo que pensaban todos.

Hasta Billy Hawken, que era casi como su hijo, lo había llevado aparte para decirle en voz baja que los avances tecnológicos de los últimos años habían cambiado por completo tanto el *hardware* como el *software* de los equipos de vigilancia electrónica. Si necesitaba ayuda para entender su manejo, o alguna ayuda con el equipo, no tenía más que decírselo.

Y no había duda de que, si Jake necesitaba que trocearan la comida, Billy también estaría ahí para hacerlo.

¿Acaso de pronto tenía noventa años? Y aunque los tuviera, eso no significaba que su cerebro se hubiera convertido automáticamente en papilla de avena.

Mientras hacían la ronda de reconocimiento, Jones no había parado de preguntarle si ya había visto suficiente, si no quería dar media vuelta y regresar al campamento.

La noche era muy fría, pero Jake quería examinar cada palmo del complejo que se divisara desde la valla exterior. Había mirado por sus gafas de visión nocturna hasta que le dolió la cabeza, y un poco más. Había hecho el recorrido completo y se había demorado más de lo necesario en la puerta principal, sólo para demostrarle a Jones que era capaz de hacer su trabajo minuciosamente.

Lucky y Wes habían salido en su busca, para ver por qué tardaban tanto. Jake y Cowboy se los habían encontrado en el camino. Era evidente que el equipo los había mandado en su auxilio, como si temiera que el viejo almirante hubiera quedado enredado entre el alambre de espino.

Era desalentador, como mínimo.

Jake necesitaba que sus hombres confiaran en él. Necesitaba su apoyo al cien por cien.

Porque era él quien iba a entrar. Había ideado un plan, y la actitud de Zoe Lange esa noche le había dado motivos para pensar que funcionaría.

Ella estaba ahora sentada frente a él, en la caravana principal.

Bobby y Wes habían conseguido cuatro destartaladas caravanas esa misma tarde, y los Seals las habían equipado con tal cantidad de dispositivos de vigilancia que parecían barcos de guerra. Las habían aparcado en un camping, a unos veinticinco kilómetros al sur de Belle. Eran un grupo de alegres excursionistas que habían parado en el pueblo para cazar un poco.

Zoe se levantó, abrió la nevera y sacó una lata de refresco sin cafeína. No parecía cansada, a pesar de lo tarde que era. Claro que Jake no esperaba otra cosa.

Había procurado mantenerse alejado de ella desde el momento en que subieron a bordo del avión, en Andrews. No se había acercado demasiado, y apenas la había mirado. Ahora, en cambio, se permitió el lujo de mirarla mientras hablaba.

—El bar se llama Mel's, y su dueño Hal. Harold Francke, escrito con c-k-e. No lo he visto. Al parecer, no suele ir por allí los miércoles por la noche. La camarera se llama Cindy Allora. Me ha dicho que Hal siempre está buscando camareras —sonrió—. Me imagino que es un viejo verde con la mano muy larga y que la tasa de dimisión de las camareras del bar debe de ser muy alta.

Un viejo verde. Jake intentó no hacer una mueca mientras Zoe se sentaba a la mesa.

Esa noche estaba distinta. La camiseta de florecitas había desaparecido. Iba vestida de negro. Pantalones ceñidos negros, botas negras, sudadera con capucha del mismo color que se deslizaba por su hombro, dejando al descubierto su piel suave y bronceada, y camiseta negra muy ceñida, cuyos tirantes no llegaban a ocultar los del sujetador, también de color negro.

Llevaba, además, un poco de maquillaje. Raya oscura en los ojos, rímel y carmín rojo oscuro en los labios. El pelo le caía suelto alrededor de los hombros.

Parecía peligrosa. Salvaje. Absolutamente capaz. Y endiabladamente sexy. Hal Francke la contrataría en el acto. Y luego intentaría propasarse con ella.

—Puede que no sea buena idea —comentó Jake—. Quizá podrías encontrar trabajo de cajera en el supermercado.

Ella levantó lentamente una ceja.

—¿Y comunicarme contigo usando banderines cuando vengas al pueblo? —se inclinó ligeramente hacia delante—. Sabes tan bien como yo que los hombres del ORA vienen al pueblo para ir al bar. Al supermercado sólo van las mujeres.

Jake se resistía a mirar su camiseta. Mantenía la vista fija en sus ojos marrones.

—Es sólo que... me parece injusto. Una científica con tu formación y tus capacidades... No es sólo que vayas a servir mesas. Es que es prácticamente seguro que van a manosearte.

Ella se echó a reír.

—No ha trabajado mucho con mujeres, ¿verdad, almirante?

—Como jefe de equipo, no.

—Digamos que, si eso pasa, no será la primera vez que me manoseen en una misión. Y si dejar que Hal Francke me toque un poco el trasero me ayuda a permanecer en un puesto en el que pueda serte de ayuda... —estiró las manos, encogiéndose de hombros.

Jake se rio, consternado.

—Dios mío, hablas en serio.

—No es para tanto —bebió un sorbo de refresco—. ¿Sabes, Jake?, yo no me tomo el sexo tan en serio como pareces tomártelo tú.

Sexo. Dios santo. ¿Cómo habían acabado hablando de ese tema? Zoe no sólo iba vestida de modo distinto esa noche. Su forma de mirarlo también había cambiado. Un par de días antes, Jake se había sentido mal por no ver ni un solo destello de deseo en sus ojos. Ahora, ella le sostenía la mirada con intención. Y le sonreía con excesivo calor.

Aquello lo estaba sacando de sus casillas.

Y ahora se ponían a hablar de sexo. Pero Jake no podía llevar la conversación a un terreno menos peligroso. Aún no. Primero tenía que preguntar:

—¿Me estás diciendo que serías capaz de acostarte con ese tío?

—Considero mi cuerpo una herramienta más de la que servirme —contestó ella, esbozando una sonrisa—. No me importa exhibirlo un poco, si con eso consigo acercarme a mi objetivo. La verdad es que es divertido comprobar cómo puede manipularse a los hombres —se inclinó de nuevo hacia él y bajó la voz—, con sólo insinuarse un poco —se rio, y sus ojos parecieron brillar—. Fíjate. Ni siquiera tú eres inmune.

—¿Yo? Yo... yo... —se había puesto colorado como si tuviera catorce años. ¿Cómo lo sabía Zoe? Se había comportado con ella como si no le impresionara lo más mínimo. Le había costado un esfuerzo sobrehumano, pero no había mirado su camiseta. Ahora, sin embargo, sus ojos se deslizaron en esa dirección, y rápidamente cerró los párpados—. Soy humano —maldición, con el esfuerzo que le costaba intentar no serlo.

—Más que humano, eres un hombre —repuso ella, divertida—. Los hombres pueden clasificarse en dos categorías, te lo aseguro: están los que se dejan dominar completamente por el sexo, y los que, como tú, se pasan todo el tiempo intentando proteger a las mujeres de los hombres obsesionados por el sexo. En ambos casos se trata de una perfecta manipulación —se levantó mientras se quitaba la sudadera—. Entro en el Mel's vestida con esta camisetita negra. Tú estás sentado en la barra, y puede que no te dejes dominar por el sexo y que no me mires por el espejo, ni intentes imaginarme desnuda.

Jake procuró no inmutarse. ¿Cómo lo sabía Zoe? No podía haberle leído el pensamiento.

Ella se sentó a su lado, deslizándose por el asiento corrido de la caravana.

—Puede que me siente a tu lado y que me eches un vistazo y que pienses, «vaya, ¿qué estará haciendo aquí sola una mujer tan atractiva?». Puede que no te fijes en lo que llevo puesto, puede que no te afecte, y que pienses, «caray, qué ojos tan bonitos tiene» —su sonrisa parecía decir «sí, ya»—. Y entonces levantas la vista y ves que hay cinco borrachos preparándose para acercarse a mí y piensas, «no le va a gustar nada que esos payasos la manoseen». Y te levantas, dispuesto a partirte la cara por mí —sonrió—. Te guste o no, lo notes o no, mis pechos acaban de manipularte.

Jake tuvo que echarse a reír y apoyó la cabeza entre las manos.

—Dios mío, lo peor de todo es que tienes toda la razón. Nunca lo había pensado —la miró por entre los dedos—. Mira, tenemos que concentrarnos en cómo vas a conseguir ese trabajo de camarera en el bar y en qué va a pasar cuando estés instalada allí.

Zoe se levantó y volvió a deslizarse la sudadera sobre los hombros.

—Cindy me ha invitado a una fiesta en casa de su amiga Monica, el sábado por la tarde. Hal Francke también estará allí. He pensado que estaría bien manipularlo un poco para que se acerque a mí y sea él quien me pida que trabaje en el bar. Así, si alguien del ORA sospecha y empieza a hacer averiguaciones, descubrirá que soy una chica más a la que Hal conoció en una fiesta. Será menos sospechoso que si voy al bar a pedir trabajo.

—Y también menos seguro —repuso Jake—. No tienes la certeza de que vaya a ofrecerte el puesto.

Zoe le lanzó una mirada.

—La fiesta es en un jacuzzi, Jake. Me lo ofrecerá.

Un jacuzzi. Jake se aclaró la garganta. Un jacuzzi.

—Descuida, no me quitaré el bañador —le aseguró ella con una sonrisa.

Pero eso no hizo que él se sintiera mejor.

—Entonces, ¿qué haremos después de que consiga trabajo en el bar? —preguntó Zoe—. Porque obviamente estaré en situación de actuar como enlace entre el resto del equipo y tú.

Él asintió con la cabeza.

—Puede que pase algún tiempo antes de que pueda venir al pueblo. Sé que las normas del ORA son bastante complejas. Tal vez tenga que pasar una especie de prueba de lealtad para que me dejen moverme a mi aire. Pero cuando pueda ir al bar, eh... —esbozó una débil sonrisa—. Bueno, intentaré ligar contigo. Lo siento, pero creo que es el modo más fácil de explicar por qué vamos a susurrarnos tantas cosas al oído. Si puedes preparar un poco el terreno, decirle a la gente que eres un poco mayor de lo que pareces, quizá no les cueste creer que pueda haber algo entre nosotros.

A Zoe se le aceleró el corazón. Jake Robinson iba a intentar ligar con ella. Iban a pasar algún tiempo acaramelados. Sólo para pasarse información, claro, pero eso bastaba para hacerla fantasear. Bajó la voz y, procurando controlar su tono, dijo:

—Creo que podemos hacerles creer que nos sentimos atraídos el uno por el otro. La diferencia de edad no es tanta.

—Podría ser tu padre.

—¿Y qué? Puedes fingir que estás atravesando una especie de crisis de madurez, y yo comentaré por ahí que me gustan los hombres maduros. Con experiencia –y guapísimos, y musculosos, y de ojos azules, y heroicos...

–No quiero que parezca tan fácil. Ya sabes, la primera vez que entre en el bar... Una chica joven y guapa como tú...

–Jake, la primera vez que entres en el bar las mujeres van a hacer cola para conocerte. Tendré que pelearme con ellas para acercarme a ti –se rio, incrédula, al ver su expresión de desconcierto–. Cualquiera pensaría que, llevando cincuenta y tres años mirándote al espejo por las mañanas, ya te habrías dado cuenta de que eres el hombre más guapo del planeta.

Él se rio, avergonzado. Dios, de veras no sabía que era tan guapo, ¿verdad?

–Bueno, gracias por tu voto de confianza, pero...

Zoe sintió el impulso de tomar su mano y apretársela, de decirle que todo saldría bien, pero no se atrevió a tocarlo.

–Yo prepararé el terreno –dijo–. Dejaré caer que estoy buscando un ligue.

–Un ligue, no –puntualizó él, casi con aire de disculpa–. Voy a necesitar un modo de introducirte en el complejo del ORA. Te necesito para que me ayudes a encontrar los cartuchos de T-X. Y el único modo de hacer entrar a una mujer...

–Es casarse con ella.

Zoe soltó una risa que le sonó casi ebria. Aquella misión era de ensueño, dejando a un lado los previsibles manoseos de Hal Francke. Iba a trabajar con Jake Robinson, el que siempre había sido su prototipo de héroe. Cada vez que se imaginaba al hombre perfecto, éste tenía siempre los nervios de acero de Jake, su larga lista de hazañas y aquellos mismos ojos de un azul profundo.

Y ahora iba a tener que fingir que estaba casada con su héroe. Él iba a tener que besarla, iba a tener que estrecharla entre sus brazos. Iba a casarse con ella. ¿Qué podía haber mejor?

–No será real –le dijo él apresuradamente, malinterpretando su risa–. Según tengo entendido, Christopher Vincent celebra todas las bodas de sus seguidores. No hay papeleo, ni licencias que rellenar. No creen en la intervención del estado en cuestiones matrimoniales –miró su alianza de boda–. No será real –repitió, como si intentara convencerse a sí mismo.

Zoe se sentó frente a él, desanimada.

–¿Estás segura de que quieres hacer esto? –preguntó con calma–. Tendrás que quitarte tu anillo de boda.

Jake volvió a mirar su mano izquierda.

–Lo sé –tocó el anillo con el pulgar–. No pasa nada. En realidad, no significa nada. Nos casamos sólo unos días antes de que ella muriera.

Un momento...

–Crash me dijo que Daisy y tú llevabais juntos toda la vida.

–Daisy no creía en el matrimonio –contestó con sencillez–. Sólo se casó conmigo al final, porque era lo único que le quedaba por darme –se quitó la alianza y la dejó rodar sobre la mesa, delante de él.

–Debes de echarla mucho de menos.

–Sí. Era increíble –recogió el anillo hábilmente, en medio de un giro, y se lo guardó en el bolsillo del pantalón–. Debería acostumbrarme a no llevarlo puesto.

Parecía tan triste que Zoe sintió lástima por él.

–¿Sabes, Jake?, podríamos pensar en otro modo de hacer esto.

Él la miró a los ojos.

–Supongo que podría llamar a Pat Sullivan para ver si Gregor Winston puede sustituirte.

Zoe reaccionó de inmediato.

–Gregor no está ni la mitad de cualificado que...

Jake estaba sonriendo.

–Que tú –concluyó en su lugar–. Sí, por eso pedí que fueras tú.

—Pero es un hombre —comentó ella innecesariamente—. Podría infiltrarse en el ORA sin tener que casarse contigo.

—Afortunadamente —la sonrisa de Jake se borró mientras la miraba—. Mira, a mí no me importa, Zoe. Pero si tú te sientes incómoda...

Ella miró sus manos, ya sin anillo. Eran unas manos grandes, de dedos anchos y fuertes y uñas limpias y cuidadas. Hasta sus manos le parecían irresistiblemente atractivas.

No, no estaba incómoda con aquella misión.

Intentó bromear.

—¿Estás de broma? No me preocupa que me manosee Hal Francke, ¿cómo va a importarme que me manosees tú?

Lo de Hal no era cierto, claro. A pesar de lo que había dicho, odiaba que los hombres la tocaran, y odiaba tener que servirse de su cuerpo cuando estaba en una misión. Pero había veces en que vestirse provocativamente le resultaba útil. Y en cuanto a dejar que los hombres la tocasen...

Había aprendido a fingir que no era nada, a quitarle importancia al asunto. Era una agente dura y profesional. No debía importarle un comino algo tan insignificante como eso. Y aunque fingía también que su despreocupación incluía también el acto sexual mismo, siempre había trazado el límite mucho antes que eso. Siempre.

Jake le había preguntado si sería capaz de acostarse con aquel tipo y ella había esquivado la pregunta evitando darle una respuesta directa. No convenía que su jefe de equipo pensara que necesitaba que la protegieran. Aunque fuera delicioso imaginarse a Jake Robinson corriendo en su auxilio para protegerla de todos los Hal Francke del mundo, aquello era el mundo real.

Y si Jake pensaba que era débil, la obligaría a pasarse el resto de la misión dentro de la caravana de vigilancia.

—Tendré que intentar que parezca real —le dijo él—. Ya sabes, cuando vaya al bar.

—Yo también —contestó ella—. Así que no te asustes si te toco el trasero, ¿vale?

Él se echó a reír, pero sin ganas, y ella comprendió lo que estaba pensando. Que la última mujer que le había tocado el trasero había sido Daisy.

Zoe se levantó y tiró la lata de refresco vacía en el cubo de reciclaje.

—¿Quieres que...? —se detuvo. Le parecía demasiado atrevido preguntárselo. Y, además, quizá su sugerencia diera a entender que al almirante le faltaba destreza.

Él, sin embargo, le leyó el pensamiento.

—Temes que me ponga rígido —dijo, e hizo una mueca al darse cuenta de lo mal que había elegido sus palabras—. Que me ponga tenso —puntualizó enseguida—. Te preocupa que parezca envarado.

Zoe no pudo evitar echarse a reír, y Jake se rio también, sacudiendo la cabeza.

—Vaya —dijo—. Esto es muy violento, ¿verdad?

Ella le tendió la mano.

—Ven aquí.

Él titubeó y la miró con una mezcla de emociones. Luego meneó la cabeza.

—Zoe, no creo que...

—Ven.

Con un suspiro, Jake se levantó del asiento y sus musculosos brazos se tensaron cuando se apoyó en la mesa. Vestido así, con una camiseta negra pegada al cuerpo y pantalones de faena negros, Zoe advirtió que estaba en mejor forma que muchos hombres de veinticinco. Parecía un sueño hecho realidad. ¿Cómo era posible que no se diera cuenta?

—No necesito, ya sabes, practicar —dijo mientras le daba la mano—. No he olvidado cómo se hace.

—Pero de este modo desaparecerá el misterio —repuso ella—. Así, cuando vayas al bar, no tendrás que estar pensando que Daisy fue la última mujer a la que abrazaste. Podrás concentrarte en hacer que parezca real, en cumplir tu misión.

Deslizó los brazos a su alrededor, pero él se quedó allí,

con los brazos junto a los costados, y empezó a maldecir en voz baja.

—Vamos, Jake —añadió ella—. Sólo hay que fingir —lo dijo tanto para él como para sí misma.

Jake olía tan bien... Era tan delicioso sentirlo cerca... Su cuerpo encajaba perfectamente con el de ella.

Muy despacio, la envolvió en sus brazos.

Zoe apoyó la cabeza en su hombro y notó la solidez de su pecho, la tensión de sus muslos, el calor de sus brazos.

Él apoyó lentamente la mejilla sobre su cabeza y ella lo sintió suspirar.

—¿Estás bien? —susurró.

—Sí —se apartó de ella y compuso una sonrisa—. Gracias. Ha sido... buena idea. Porque estoy un poco tenso, ¿verdad?

—Creo que deberías besarme.

Él puso cara de horror, como si acabara de sugerirle que practicara su puntería con el gato del vecino.

—Bueno, no creo que...

—Lo siento, Jake, pero no es que estés un poco tenso, es que estás completamente rígido. Si entras en el bar y me abrazas tan cortésmente como si fuera tu abuela...

Él no pudo alegar nada, porque sabía que era cierto.

—No sé si estoy preparado para...

—Entonces será mejor que pensemos en otro plan. Quizá deberíamos encontrar un modo de introducir a Cowboy o a Lucky en el complejo. Si no puedes afrontar esto...

Algo brilló en los ojos del almirante.

—No he dicho que no pueda afrontarlo. Quería decir que no sé si estoy preparado para afrontarlo ahora mismo.

—Si no puedes hacerlo ahora, ¿cómo vas a hacerlo dentro de una semana o dos? —preguntó ella—. Vamos, Jake. Inténtalo otra vez. Y ahora abrázame como si quisieras meterte dentro de mí.

El destello de su mirada se avivó violentamente.

—En fin, no debería ser tan difícil...

La atrajo hacia sí casi con violencia y la abrazó fuertemente, con el muslo entre sus piernas, sujetándola con la mano sobre el trasero.

Zoe se sintió desfallecer.

—Mucho mejor —dijo con voz débil—. Ahora, bésame.

Él no se movió. Se limitó a mirarla con aquel brillo hipnotizador en los ojos.

Unos segundos después, al ver que seguía sin moverse, fue Zoe quien lo besó.

Fue un beso ligero, una caricia delicada en su hermosa boca. Él siguió paralizado.

Pero respiraba agitadamente cuando Zoe se retiró para mirarlo, como si hubiera corrido diez kilómetros. Sus ojos eran del tono más radiante de azul que ella había visto nunca.

Lo besó otra vez, y él reaccionó por fin.

Bajó la cabeza y, apoderándose de su boca, comenzó a besarla. A besarla de verdad. A besarla con el alma.

Zoe ladeó la cabeza para besarlo aún más profundamente, y él hundió la lengua en su boca, ansioso.

Sabía a café dulce, a todo lo que ella ansiaba, a una vida entera de fantasías por fin hechas realidad.

Apretó aún con más fuerza a Zoe contra su cuerpo y ella se aferró a él mientras la besaba con más ímpetu, con más ansia, infinitamente, y su pasión, al igual que la de ella, se desorbitaba por completo. Zoe intentaba pegarse más y más a él y las manos de Jake se deslizaban por su cuerpo. Después, se apartó bruscamente de ella.

—Dios mío —parecía atónito, completamente estupefacto.

Zoe seguía abrazada a él. Tenía la impresión de que sus rodillas ya no la sostenían.

—Ha sido muy... creíble.

—Sí —contestó, jadeante—. Muy creíble.

—Me alegra saber que podemos hacer que parezca tan... real.

Jake se desasió de sus brazos y dio media vuelta.

—Sí. Yo también.

Zoe tuvo que apoyarse contra la encimera.

—Mira —dijo él, de espaldas a ella—, es muy tarde y tengo cosas que hacer antes de que amanezca, así que...

Quería que se fuera. Zoe se dirigió hacia la puerta con precaución.

—Espero que dormir sea una de esas cosas —intentaba parecer despreocupada, como si el eje de su mundo no acabara de dar un vuelco.

Él se rio suavemente.

—Sí, bueno, dormir no es una de mis prioridades ahora mismo. Si no puedo dormir esta noche, ya dormiré mañana.

Zoe se detuvo con la mano en el picaporte.

—Jake, ese beso... No ha sido real. Sólo hemos hecho que lo pareciera.

Él se volvió para mirarla. La expresión de sus ojos era del todo ilegible.

—Sí —dijo en voz baja—. Lo sé.

CAPÍTULO 4

—¡Vámonos! —exclamó Harvard, pero se paró en seco al ver a Jake—. Almirante... ¿Viene con nosotros a correr, señor?

—¿Algún problema, alférez?

—Pues... no, señor, claro que no —Harvard no llegó a decir el «pero». No hacía falta. Estaba implícito.

Jake se apoyó a un lado del desvencijado coche ranchera del equipo para guardar el equilibrio mientras estiraba primero un muslo y luego el otro. Mantuvo una expresión amable y dijo con despreocupación:

—Di lo que estás pensando, H. Si vamos a ser un equipo, no puede haber secretos entre nosotros.

—Estaba pensando, señor, que si yo fuera almirante, no me ofrecería voluntario para salir a correr a las siete de la mañana después de haber estado haciendo tareas de reconocimiento hasta las tres de la madrugada.

Jake miró las caras de sus colaboradores. Y de su colaboradora. Zoe también estaba allí, vestida con un chándal que parecía pintado sobre su piel. Jake apartó la mirada de ella, resistiéndose a pensar en lo ocurrido esa noche. En aquel beso increíble.

—Cowboy también estuvo en pie hasta esa hora —repuso—. Y Lucky y Wes también. De hecho, ¿quién se acostó anoche antes de las tres y media?

Ninguno.

Jake sonrió.

—Bien, como decía el alférez, vámonos. Estoy tan listo como el que más.

Harvard miró a Cowboy, y Cowboy asintió con un gesto apenas perceptible.

El mensaje no podría haber estado más claro si hubiera usado banderas.

«No conviene que el viejo se haga daño».

Vaya.

Harvard, el encargado de marcar el ritmo, tomó sin prisa la pista de algo más de tres kilómetros que rodeaba el camping. Nadie se quejó. De hecho, todos se quedaron atrás y dejaron que Jake se adelantara con Harvard.

Ni uno solo de ellos pensaba que el almirante pudiera seguir su ritmo. Ni siquiera Billy, o Mitch.

Habría tenido gracia, si no fuera tan exasperante. Si su equipo no creía que pudiera dar la talla en una carrera matutina, era imposible que confiaran en él en otras cosas.

Luego Zoe se apartó del grupo y apretó el paso hasta que estuvo a la altura de Jake. No dijo ni una palabra. Se limitó a hacer una mueca desdeñosa, refiriéndose a todas luces al ritmo lento y pausado que llevaban. Luego levantó una ceja. El mensaje estaba claro. «¿Vamos?».

«Deja de pensar en ese beso», se dijo Jake. Dios, tenía que dejar de pensar en lo sucedido esa noche. Asintió con la cabeza. Sí. Se volvió hacia el alférez y le lanzó una simpática sonrisa.

—Oye, H, ¿cuántas vueltas pensáis darle a la pista?

Harvard le devolvió la sonrisa. Saltaba a la vista que Jake le caía bien. Pero no era de eso de lo que se trataba.

—Bueno, había pensado que con dos vueltas bastaría, señor.

—Y a este paso, ¿cuánto tardaréis? ¿Unos cuarenta minutos?

—Un poco menos, creo.

—La doctora Lange y yo vamos a ir un poco más deprisa —dijo Jake—. Un poco más fuerte. Vamos a dar tres vueltas en dos tercios de ese tiempo, digamos. Avisadnos cuando volváis al campamento.

Aceleró el paso y a Zoe, que estaba lista, no le costó seguirlo.

—¡Eh! —oyó Jake que gritaba Harvard mientras los dejaban atrás en medio de una nube de polvo. El alférez apretó el paso para alcanzarlos—. Almirante, esto no es necesario. No tiene nada que demostrar.

—Está claro que sí.

—Esta mañana estamos todos cansados...

—Habla por ti. Yo soy viejo. No necesito dormir mucho.

Harvard pareció avergonzado.

—Le aseguro, señor...

—Ahórrese el aliento, alférez. Va a necesitarlo, si quiere seguir nuestro ritmo.

Y aceleró de nuevo.

Debajo de la ducha del camping, Zoe dejaba que el agua chorreara por su cabeza.

Hacía tiempo que no corría tanto. Había sido toda una carrera. Tres vueltas por la pista del camping. Casi diez kilómetros a toda velocidad.

Había sido una especie de exhibición de hombría de la que Jake había salido airoso. Era un buen corredor. Sabía reservar fuerzas para el final de la carrera. Mientras todos los demás se esforzaban por mantener el ritmo en el último trecho, él se había sacado un sprint de la manga.

Zoe cerró el grifo y se secó con la toalla.

Los otros Seals habían intentado valerosamente mantenerse al paso del almirante, pero Harvard era el único que lo había conseguido.

Y al acabar la carrera, Jake todavía podía hablar. Bobby y Wes, en cambio, boqueaban como peces intentando absorber oxígeno mientras el almirante repartía órdenes, dedicándoles a todos aquella maravillosa sonrisa.

A todos, menos a ella.

Se puso su albornoz y se echó la toalla sobre los hombros para frotarse el pelo mientras se dirigía hacia las caravanas.

A ella, Jake le había lanzado una sonrisa tímida. Zoe sabía que no podía mirarla sin pensar en el beso que se habían dado esa noche. Saltaba a la vista que estaba avergonzado. Que no sabía qué decirle. Que ella había traspasado los límites de lo que se consideraba decente.

Genial. Había intentando ayudar y lo único que había conseguido era empeorar las cosas entre ellos.

Tuvo que reírse para sus adentros, por su pudibundo intento de justificar lo que había hecho la noche anterior. Lo cierto era que había besado a Jake Robinson porque le apetecía besarlo. Le apetecía muchísimo. Deseaba besarlo desde que descubrió los besos, en séptimo curso.

Se había precipitado y estaba pagando por ello.

Al subir los escalones de su caravana, vio a Jake con Bobby y Wes en la puerta de la caravana principal.

La estaba mirando, pero en lugar de sostenerle la mirada, apartó los ojos.

El mensaje no podía estar más claro. Aquella misión no iba a ser ni fácil, ni agradable para él. Prefería guardar para siempre dentro de sí lo que le había hecho besarla de esa manera.

Seguía enamorado de su mujer, y un hombre como Jake Robinson era incapaz de traicionar a nadie. Ni siquiera a un recuerdo.

El teniente Lucky O'Donlon irrumpió en la caravana de vigilancia como si tuviera los pantalones en llamas.

Se detuvo junto a Bob Taylor y le susurró algo al oído. Luego se marchó tan rápidamente como había llegado y Bobby se levantó.

Moviéndose con la agilidad de un bailarín clásico, el fornido Seal se acercó a su compañero Wes Skelly y, lanzando una mirada nerviosa a Jake, se inclinó para decirle algo al oído.

Después salió de un salto por la puerta.

Wes se levantó con tanta prisa que se le cayeron todos los papeles de la carpeta. Los recogió, los dejó sobre la mesa desordenadamente y se acercó a Cowboy, Crash y Mitch.

Les dijo algo en voz baja, señalando hacia la puerta, y se marchó en pos de Bobby.

Jake miró a Harvard, que estaba ajustando la programación de los ordenadores con conexión satélite. El alférez frunció el ceño al que ver Mitch también se levantaba y se acercaba a la puerta. Se volvió, miró a Jake y sacudió la cabeza, adelantándose a la pregunta del almirante.

—¿Qué demonios está pasando? —Jake se levantó por primera vez desde hacía horas, estiró las piernas y se dirigió hacia la puerta.

Cowboy se había acercado a la ventana y estaba mirando afuera.

Crash se asomó por la puerta.

—Por lo visto, la doctora Lange ha vuelto de su fiesta.

—Sí —dijo Cowboy desde la ventana—. No hay duda, lleva biquini. Y no hay duda de que... lleva biquini.

Jake abrió la puerta con intención de salir a poner orden. Los miembros del equipo no tenían derecho a mirar a Zoe con lascivia, con biquini o...

O sin él.

Porque lo que llevaba puesto casi no era un biquini.

Dos minúsculos triángulos de tela negra se extendían sobre sus grandes pechos, unidos a un cordel que se ataba alrededor del cuello y de la espalda.

Dios santo, estaba mirándola fijamente. Igual que Lucky, Bobby y Wes, y hasta el imperturbable Mitch Shaw. Estaba allí, comiéndosela con los ojos. Se obligó a apartar la vista de sus pechos y se tropezó con su trasero perfecto.

Alrededor de las caderas llevaba una especie de pareo, pero éste era de color blanco y, como estaba totalmente mojado, apenas ocultaba su cuerpo.

De hecho, se ceñía a él y realzaba cada detalle de la pequeñísima braguita de su biquini negro. La braguita era muy alta por delante y por detrás. Sí, no había duda. Zoe Lange tenía un trasero espectacular.

Pero eso Jake ya lo sabía. Lo había tocado un par de noches antes.

Y desde entonces había evitado a Zoe.

—¿Es que nadie va a traerme una toalla? —preguntó ella.

Jake se dio cuenta con sobresalto de que tenía el pelo empapado. Llevaba en la mano una toalla, pero estaba empapada y goteaba, al igual que su bolso y que un par de vaqueros que llevaba en el brazo. Todavía tenía gotas de agua en los hombros, el pecho y...

El aire del atardecer tenía un frescor otoñal. Saltaba a la vista que estaba helada.

Jake miró rápidamente su cara.

—¿Qué ha pasado?

—Me tiraron a la piscina cuando me iba de la fiesta. Hal no quería que me fuera. Pero se estaba poniendo demasiado... cordial —intentaba hablar con desenfado y naturalidad—. No pasa nada. Sólo que me he mojado un poco.

Lucky se acercó con una toalla blanca en las manos y Mitch corrió a recoger sus cosas mojadas.

—Yo te cuelgo esto —dijo.

Era asombroso. Jake sabía que, tras apenas tres días trabajando juntos, Lucky O'Donlon estaba loco por Zoe. Pero ¿Mitch? El teniente Mitchell Shaw no era humano, en lo relativo a distracciones. Era el único hombre que conocía Jake al que era imposible distraer. O eso había creído hasta entonces.

Lucky echó una toalla sobre los hombros de Zoe y le frotó suavemente los brazos. Ella, sin embargo, se apartó bruscamente.

—¡No me toques! —gritó, sorprendiéndoles a todos, incluida ella. Forzó una sonrisa—. Vaya. ¿A qué ha venido eso? Perdona, Luke. Creo que he tenido una tarde demasiado... intensa.

—Oye —dijo Harvard desde la puerta de la caravana—, ¿cómo es que a mí no me hacéis una fiesta de bienvenida cada vez que vuelvo al campamento? Tenemos dos meses de trabajo que hacer en dos días y yo sólo veo gente remoloneando. Sacad la cartera, por favor, y echad un vistazo a vuestras nóminas. A no ser que tengáis el rango de almirantes, volved aquí inmediatamente.

—Necesito una ducha, alférez —dijo Zoe—. Deme veinte minutos para asearme —miró a Jake mientras se envolvía en la toalla—. Si le parece bien, almirante, luego le haré un informe completo.

Almirante. Era su modo de decirle que era consciente de que Jake intentaba poner distancia entre ellos.

«Abrázame como si quisieras meterte dentro de mí».

Eso quería Jake. A pesar del recuerdo de Daisy, a pesar de la diferencia de edad, a pesar de que ella estaba bajo sus órdenes y formaba parte de su equipo, la deseaba.

Mantener las distancias parecía lo más sensato, dadas las circunstancias. Muy pronto se verían forzados a acercarse.

—Me parece bien, doctora.

Jake la vio dar media vuelta y alejarse hacia la pequeña caravana en la que se alojaba. Entonces vio que había una mancha roja en la toalla.

Corrió a alcanzarla.

—Zoe, estás sangrando.

Ella miró la toalla y, al apartarla, dejó al descubierto un

arañazo de buen tamaño en el codo derecho. Jake levantó la toalla y vio un raspón más pequeño en el otro brazo. Parecía que alguien la había sujetado de espaldas contra el suelo.

—Vaya —dijo ella—. No me había dado cuenta de que...

—Creo que conviene que me informes ahora mismo —dijo él, crispado.

Zoe levantó la barbilla.

—No ha sido nada. Yo sé valerme sola.

Él seguía sujetando su muñeca.

—¿Por eso estás temblando?

—Estoy helada —mintió y él se dio cuenta. Lo ocurrido la había dejado temblorosa.

—Demasiado cordial —recordó Jake. Señaló su codo—. ¿A esto te referías?

Ella se desasió suavemente.

—Fue el novio de Monica. Creo que se había metido coca. Pero salí del paso, Jake. Ahora mismo debe de tener los testículos alojados en algún punto entre las anginas y las fosas nasales.

—Tendré que acordarme de no hacerte enfadar —comentó Jake.

Ella se rio, como esperaba Jake. Luego, bruscamente, dio media vuelta, no sin que antes Jake viera que sus ojos se habían llenado de lágrimas.

—Te lo contaré todo —dijo—, pero después de ducharme, ¿de acuerdo?

—Sí —respondió Jake mientras luchaba por ocultar un súbito arrebato de ira. Sentía ganas de ir en busca del novio de Monica y darle una lección—. Voy a buscarte algo caliente que beber. Nos vemos en tu caravana.

—Gracias, Jake —susurró ella—. Eres muy amable.

CAPÍTULO 5

Zoe se quitó las zapatillas de la ducha al entrar en su caravana. Había subido a tope la calefacción antes de irse a la zona de baños, y en la pequeña caravana hacía mucho calor. Pero se estaba bien. Hacía horas que no se sentía tan a gusto.

Se sintió aún mejor cuando vio que, en efecto, Jake estaba esperándola en el minúsculo cuarto de estar de la caravana. Se había sentado, algo envarado, en los cojines de espuma barata del sofá empotrado y había puesto tres tazas de café sobre la mesa, delante de él...

¿Tres?

Mitch Shaw estaba sentado al otro lado de la caravana, con un botiquín sobre el regazo.

Jake había llevado una carabina. Seguramente iba a fingir que sólo había llevado a Mitch para que le limpiara y le vendara bien los codos, pero Zoe sabía que no era por eso. Jake temía verse en situación de volver a besarla.

Ella le sonrió para asegurarse de que sabía lo que pretendía.

Pero él había adoptado el papel de jefe de equipo y, con el ceño fruncido, le pasó una de las tazas y señaló a Mitch.

—Le he pedido al teniente Shaw que le eche un vistazo a sus codos, doctora.

Zoe dedicó una sonrisa al guapo teniente mientras se sentaba a su lado.

—Mitch y yo nos tuteamos, almirante.

Él esbozó una sonrisa.

—Cuando esté lista —dijo—, puede empezar con su informe.

Ella bebió un sorbo de café y se remangó el albornoz.

—Lo primero es lo primero. Esta tarde he cumplido mi objetivo —dijo mientras Mitch examinaba sus codos con delicadeza—. Hal Francke me ha ofrecido trabajo.

—Estupendo —comentó Jake—. ¿Cuándo empieza?

—No lo he aceptado.

Jake hizo un esfuerzo por comprender.

—¿Por qué no? ¿Por lo que ha pasado en la fiesta? No me malinterprete, si no cree que convenga que esté allí o...

—No he aceptado el trabajo porque no quería parecer demasiado ansiosa —explicó ella—. Le dije a Hal que me lo pensaría. Dentro de un día o dos me pasaré por el bar para que vuelva a pedírmelo. Me aseguraré de que lo oiga todo el mundo y le haré suplicar. Ay —apartó involuntariamente el brazo de Mitch. ¡Qué daño!

—Perdón —murmuró el teniente—. Todavía tienes un poco de tierra que tengo que quitar. Parece gravilla muy fina. No creo que pueda quitártela sin hacerte un poquito de daño. Pero si no te la quito...

—Bueno, intenta hacerlo rápido —le ofreció el brazo, consciente de que estaba sudando por el dolor que esperaba sentir—. Almirante, ¿puede hacerme un favor y apagar la calefacción?

—¿Por qué? ¿Ha cambiado de idea? ¿Ya no quiere reproducir las condiciones ambientales de Venus?

—Ja, ja. Pruebe usted a lanzarse a una piscina a diez grados de temperatura y luego a conducir treinta kilómetros en una cafetera sin calefacción —apretó los dientes, intentando defenderse del dolor.

Jake sonrió mientras bajaba la calefacción.

—Algún día tendremos que hablarle del entrenamiento de los Seals, ¿eh, Mitch?

El teniente estaba concentrado limpiando la herida.

—Si no soportas el frío, no puedes ser un Seal.

—Una parte importante de la Semana Infernal, la quinta del curso de entrenamiento de los Seals, se pasa en estado de semicongelación —le dijo Jake—. Te mojas al principio y así te quedas toda la semana.

—Sí, he oído hablar de eso —Zoe cerró los ojos. No sabía qué estaba haciendo Mitch, pero le dolía una barbaridad—. Leí en un reportaje de una revista sobre la Semana Infernal que os meáis encima para entrar en calor cuando estáis en el agua.

—Sí, claro —Jake soltó un bufido—. Eso es lo que ponen de relieve los periodistas. Que nos meamos encima. Pero se olvidan de las horas y horas de entrenamiento que tenemos que soportar, de las pruebas de resistencia, de las demoliciones subacuáticas, del adiestramiento para operaciones de montaña... Eso no es ni la mitad de interesante que el hecho de que nos meemos encima.

Zoe sintió que Jake se sentaba a su lado y abrió los ojos cuando tomó su mano.

—Apriete —le dijo—. Y mantenga los ojos abiertos. Si los cierra y deja de ver lo demás, se queda a solas con el dolor. Y eso no es bueno.

—Lo siento muchísimo —murmuró Mitch—. Tienes que haberte dado un buen golpe contra el suelo para que se te haya clavado tanto la gravilla.

Zoe respiró hondo y exhaló lentamente. Los ojos de Jake eran tan azules, tan firmes... Le sostuvo la mirada como si fueran un salvavidas.

—¿Qué ha pasado en la fiesta? —preguntó él—. Sigue hablando.

—Llegué poco después de mediodía —comenzó a decir ella, apretándole la mano con más fuerza—. Estaban bebiendo como cosacos. Cerveza, sobre todo. Luego, unas cinco personas entraron en la casa y, cuando salieron, era evidente que se habían metido unas rayas de cocaína. Hal Francke era uno de ellos. El otro tipo, Wayne, el novio de Monica... ¡Menudo capullo! Es uno de esos tipos que han sido estrellas del equipo de fútbol de su instituto. Antes era el rey del instituto. Ahora sólo es un gordo resentido. Él también entró. Un par de veces.

Apretó con más fuerza la mano de Jake.

—¡Ay! ¡Ay, ay, ay!

De pronto, el dolor cesó.

—Ya está —Mitch había acabado. Sudaba casi tanto como ella y la miraba con remordimiento—. Sólo tengo que ponerte un poco de pomada antibacteriana y vendarlo. El otro parece limpio.

Zoe intentó disimular que estaba temblando.

—En fin, ha sido divertido. Muchas gracias.

—¿Cómo te has hecho esos arañazos? —preguntó Jake.

Zoe se dio cuenta de que él intentaba disimular que se moría de ganas de salir en busca de Wayne, el novio de Monica.

Y lo más absurdo era que a ella le gustaba. Le gustaba la idea de que aquel hombre fuera su héroe. A decir verdad, esa tarde, en algunos momentos, le habría encantado ver a Jake lanzarse en paracaídas para acudir en su auxilio.

No estaba acostumbrada a trabajar en equipo, como los Seals. En su oficio tenía que valerse sola a menudo.

Se desasió suavemente de la mano de Jake.

—Me fui a la parte de atrás del jardín —continuó mientras Mitch le vendaba el brazo—, a buscar a Monica. Había un camino que bajaba hasta a un arroyo, y parte de la fiesta se había trasladado allí. Pensaba marcharme y quería decirle a Monica que me iba. Pero ella debía de estar dentro de la casa y todos los que habían bajado al arroyo también se habían ido. Excepto Wayne, que me había seguido. Como he dicho antes, estaba drogado y se puso un poco bruto —estaba quitándole importancia al asunto y se dio cuenta por su mirada de que él lo sabía–. Pero no fue para tanto –añadió–. Pude arreglármelas.

En realidad, no estaba siendo sincera. Porque sí había sido para tanto. Todavía sentía las manazas de Wayne sobre sus pechos y olía su aliento pútrido, impregnado de alcohol. Era una especie de mastodonte y, cuando la había agarrado, cuando la había aplastado contra la hierba y la grava, Zoe había temido no poder librarse de él.

Era una sensación espantosa, aquella impotencia.

Pero Wayne estaba drogado y era idiota, y ella había utilizado su cerebro y su habilidad para asestarle un fuerte rodillazo y escapar de él.

Hal Francke estaba con un grupo de hombres junto a la piscina. Ellos también habían bebido demasiado. Zoe había recogido su toalla y su bolso, temblorosa, y se disponía a marcharse sin despedirse siquiera de su anfitriona cuando uno de los hombres la agarró y la tiró a la piscina.

Hal saltó tras ella para rescatarla, a pesar de que Zoe no lo necesitaba. La había manoseado por completo mientras la aupaba al borde de la piscina. Zoe había tenido que hacer un esfuerzo para no darle también a él una patada en los testículos.

El agua estaba helada. Tenía la toalla y la ropa empapadas.

A Hal le había hecho mucha gracia. La había invitado a cenar, la había invitado a quedarse a pasar el resto del fin de semana en su cabaña de pesca. Prácticamente había insinuado que le pagaría si se acostaba con él. Ella le había dicho que se pensaría lo del trabajo de camarera, gracias, pero que ya se verían. Y había salido pitando de allí.

–No ha sido para tanto –repitió.

Jake sabía que estaba mintiendo, pero no insistió.

–En cuanto a lo que piensa la gente del pueblo sobre el ORA –prosiguió ella–, la mayoría de los invitados no sabía nada sobre ellos. Lo único que saben es que la antigua fábrica de helados se vendió por fin y que la gente que la compró es muy reservada. Preferirían que la hubiera comprado alguien que fuera a ponerla en marcha otra vez. Así habría más trabajo en esta zona. Saben que hay una valla eléctrica que rodea la finca, pero del resto del sistema de seguridad no tienen ni idea. Y eso es todo.

—Yo también he terminado —anunció Mitch mientras acababa de vendarle el brazo—. Siento mucho haberte hecho daño, Zoe.

—No pasa nada —le sonrió—. Te perdono.

Mitch la miró con calidez mientras recogía su botiquín.

—Genial.

Jake se aclaró la garganta.

Mitch se levantó.

—Si no me necesita para nada más, almirante...

—Gracias, Mitch. Dentro de un minuto estoy con vosotros.

Zoe vio salir al teniente. Luego miró a Jake y se preguntó qué querría decirle en privado.

—¿De veras estás bien? —preguntó él. La tocó con un dedo bajo la barbilla, haciéndola volver la cabeza para que lo mirara a los ojos. Ella asintió en silencio—. ¿Por qué será que tengo la sensación de que no estás siendo del todo sincera? —añadió Jake—. Mira, hagamos un trato. Tú no me mientes y yo no intento decirte lo que deberías o no deberías haber hecho. No te diré que hay cosas que son demasiado peligrosas para ti, por ser mujer. Pero, a cambio, tienes que ser brutalmente sincera conmigo. Tienes que ser capaz de desconectarte, de abandonar una misión que tal vez sea demasiado incómoda para ti por diversos motivos. ¿Te parece justo?

Zoe asintió, aunque dudaba de que Jake pudiera cumplir su parte del trato. Protegía por instinto a los demás, y especialmente a las mujeres. Tenía que ser un jefe verdaderamente excepcional para superar sus prejuicios a ese respecto.

Pero si alguien podía hacerlo, ése era Jake Robinson.

—Trato hecho —contestó ella.

—Entonces, ¿de veras estás bien? —su mirada era tan intensa que Zoe habría jurado que intentaba leerle el pensamiento—. ¿Qué ha pasado de verdad, Zoe? ¿Ese tipo se limitó a empujarte o hizo algo más?

—¿Alguna vez te ha fallado el paracaídas al saltar de un avión? —preguntó ella.

Él se quedó mirándola un momento. Luego decidió dejar que Zoe respondiera a su modo a la pregunta que le había hecho. Era una pregunta difícil y, si tenía que dar un rodeo para responder, él no tenía nada que objetar.

—¿El paracaídas? —Jake se rio suavemente—. Es curioso que lo preguntes. Siempre he odiado saltar en paracaídas. He tenido que hacerlo claro, he sido un Seal y va incluido en el paquete. Pero hay tíos que saltan cada vez que tienen ocasión. Yo siempre he tenido que obligarme a hacerlo —hizo una pausa—. Y sí, más de una vez he tenido que cortar las cuerdas del paracaídas principal. Es aterrador.

—Entonces, ¿sabes lo que se siente justo antes de que se abra el paracaídas de emergencia? ¿Esa sensación de impotencia total? O sea, que si el paracaídas no funciona, se acabó.

Jake asintió.

—Claro que la conozco. Me gusta tenerlo siempre todo controlado, seguramente por eso detesto saltar.

—Pues eso es lo que he sentido hoy —le dijo ella—. Cuando Wayne estaba... —cerró los ojos—. Cuando estaba encima de mí, tirándome del bañador —Jake masculló un juramento—. ¿Quieres que sea sincera contigo, Jake? Por un momento pensé aterrada que iba a violarme y que no podría hacer nada por impedirlo. No es un sentimiento muy agradable, así que tienes razón, sigo estando un poco alterada. Pero me recuperaré.

Al abrir los ojos se encontró a Jake mirándola con una mezcla de emociones. Ira. Remordimiento. Atracción. La potencia de sus otras emociones le hacía imposible ocultar la atracción que sentía por ella.

—Lamento mucho que haya pasado esto, Zoe.

—No es para tanto, de veras. Quiero decir que debería haber tenido más cuidado. Debí darme cuenta de que ese tipo daría problemas. Y luego cometí otro error al dejar que se acercara demasiado. Subestimé el peligro. Si presto la debida atención, soy perfectamente capaz de librarme de alguien de ese tamaño. Pero me descuidé. Y he estado a punto de pagar por ello.

—¿Cómo se apellida ese tipo? —preguntó Jake—. ¿Wayne qué más?

—No, señor —contestó Zoe—. Con todo el respeto, no pienso decírtelo.

—Te ha agredido sexualmente —se le quebró la voz—. Y eso no es algo que pueda pasarse por alto.

—¿Y qué vas a hacer, Jake? ¿Buscarlo para darle una paliza? ¿Y echar a perder nuestra tapadera si te reconoce dentro de un par de semanas, cuando entres en el bar con Christopher Vincent? ¿O quizá crees que debería denunciarlo? Se supone que soy una especie de vagabunda, ¿no? Que he tenido problemas con la ley y que estoy harta del sistema y lista para dejarme iluminar por la doctrina del ORA. Ésa es mi tapadera. No cuadra que acuda a la policía clamando justicia.

Jake sabía que tenía razón. Zoe lo notó en su expresión. Tenía un rostro tan expresivo y maravilloso...

Se inclinó hacia él.

—Nuestra labor aquí consiste en recuperar el Triple X. Eso tiene prioridad sobre todo lo demás. Incluso sobre esto.

Jake dejó escapar un suspiro de frustración.

—Lo sé. Pero odio no poder hacer nada.

Zoe le lanzó una sonrisa trémula.

—¿Quieres hacer algo? Podrías abrazarme un momento.

Él no necesitó que se lo repitiera. Se acercó a ella y Zoe se descubrió de pronto envuelta en sus brazos.

Jake olía tan bien y le resultaba tan familiar... Era como si la hubiera abrazado muchas más veces, y no sólo una. Sus brazos eran cálidos y firmes mientras la apretaba con fuerza y acariciaba su pelo. Tenía gracia hasta qué punto se sentía mejor entre sus brazos.

Lo cual no significaba que fuera débil. O que no fuera fuerte. No necesitaba que Jake la abrazara, pero era agradable que estuviera allí.

Cerró los ojos. No quería que aquel instante acabara.

Le sintió suspirar y, armándose de valor, esperó a que se apartara. Pero no se apartó. Ni ella tampoco.

—Dios mío —dijo él por fin con otro suspiro, estrechándola aún entre sus brazos—. Qué agradable es esto.

Zoe levantó la cabeza y se descubrió mirándolo directamente a los ojos.

—Lo dices como si fuera algo malo.

Él le apartó el cabello húmedo de la cara.

—Parece inadecuado —susurró—. ¿No?

Ella miró su boca bien delineada.

—A mí, no.

—No voy a besarte otra vez —dijo con voz ronca y, apartándose, se levantó del sofá y cruzó la pequeña habitación—. No, hasta que sea imprescindible.

Zoe intentó sonreír, intentó hacer una broma mientras él se ponía la cazadora de cuero y se preparaba para marcharse.

—Vaya, no sabía que besarme fuera tan espantoso.

Jake se volvió para lanzarle una larga mirada.

—Sabes muy bien que me gustó. Sé que no fue real, pero aun así me gustó demasiado. Me voy esta noche —agregó.

Zoe se levantó.

—¿Esta noche? Pero...

—Estoy listo y esto... esto es una locura. Ten cuidado cuando empieces a trabajar en el bar —ordenó—. Con un poco de suerte, nos veremos dentro de un par de semanas.

—Jake...

Se paró con la mano en el picaporte y miró hacia atrás.

Zoe tenía el corazón en la garganta. A él le había gustado besarla. Le había gustado demasiado.

—A mí también me gustó –dijo, y añadió–: Besarte –como si él necesitara que se explicara.

Otro hombre habría vuelto hacia ella, la habría tomado en sus brazos y la habría besado hasta que la habitación empezara a darles vueltas. Pero Jake se limitó a lanzarle una sonrisa de soslayo, ensombrecida por la tristeza de su mirada.

—Cuídate –dijo, y se marchó.

Jake supo por cómo carraspeó Harvard que había llegado el momento de la verdad.

Era hora de que se marchara. Así que, si alguien iba a intentar hacerle cambiar de idea, era ahora o nunca.

Esperaba que fuera nunca. Pero se equivocó.

—Pido permiso para hablar con libertad, señor.

Jake miró de Harvard a los cuatro tenientes y, a continuación, al resto de los hombres del equipo. Estaban todos allí, menos Zoe. Ella no formaba parte de aquello. O tal vez la hubieran excluido a propósito.

—Esto no es una democracia, alférez –dijo Jake con suavidad.

—Al menos escúchenos, almirante.

Almirante. Cuando Billy lo llamaba «almirante», era que hablaba en serio.

Jake suspiró.

—No necesito escucharos –contestó–. Creéis que no estoy listo para esta misión. Que hace demasiado tiempo que no entro en acción, que no piso el mundo real. Creéis que no puedo dar la talla, a pesar de que cada vez que corremos juntos, sois vosotros los que tenéis que esforzaros por manteneros a mi paso.

—Esto es distinto y tú lo sabes –dijo Billy–. Sí, físicamente estás en forma para... –se interrumpió.

Jake dio un respingo.

—Adelante, dilo. Para ser tan mayor. ¿No?

—Jake, te quiero mucho y estoy preocupado por ti —dijo Billy, yendo directo al grano, como hacía siempre—. No sé por qué haces esto cuando cualquiera de nosotros podría encontrar el modo de infiltrarse en el ORA...

—Porque yo puedo entrar por esas puertas por la mañana —contestó Jake— y estar cenando con Christopher Vincent esa misma noche. Si tú, o Cowboy, o Lucky, entrarais ahí, sabe Dios cuántos meses tardaríais en ascender lo suficiente para montar guardia a las puertas del comedor.

Los miró a los ojos a todos, uno por uno. Billy. Cowboy. Mitch. Lucky. Harvard. Bobby. Wes.

—No disponemos de meses, caballeros. El ORA podría decidir probar el Triple X en cualquier momento, en cualquier ciudad —todos tenían familiares y amigos que vivían por todo el país y captaron a la primera su mensaje tácito: hasta que recuperaran el Triple X, nadie estaría a salvo.

Jake se echó al hombro el macuto.

—Ahora, ¿quién nos lleva a Mitch y a mí al aeropuerto?

El vuelo en el avión de la Fuerza Aérea hasta Dakota del Sur se les hizo eterno.

Mitch se pasó casi todo el tiempo durmiendo. Sólo se despertó cuando iniciaban el descenso.

Jake estaba harto de pensar en cómo había cuestionado su equipo su plan. Se había esforzado mucho durante la semana anterior para ganarse su confianza. Creía que su resistencia física y su capacidad para correr le habían valido su respeto. Pero, evidentemente, se había equivocado.

Su equipo lo consideraba un viejo.

Habría deseado que a su lado estuviera Billy, en vez de Mitch. Quería hablar con el chico acerca de Zoe, descubrir si le parecía mal que fuera a fingir que se había liado con la joven doctora.

Pero su plan requería que uno de los Seals acabara detenido y encerrado por conspiración y ayuda y encubrimiento de un sospechoso. Tanto Mitch como Billy se habían ofrecido voluntarios, pero Jake sabía que aquel papel era demasiado delicado para el chico. No hacía tanto tiempo que Billy había estado en prisión, acusado de cargos muy similares a aquéllos.

Así pues, allí estaba, en el avión, con Mitch Shaw. Un hombre al que siempre había considerado un amigo. Y que, apenas unas horas antes, había hecho piña con el resto del equipo y cuestionado su mando.

En ese mismo momento, la CNN estaba dando una noticia de última hora acerca de una conspiración dentro del ejército estadounidense. Mientras se aireaba la noticia, el almirante Jake Robinson había escapado de su arresto domiciliario. Estaba confinado en su casa después de ser acusado de conspiración por haber filtrado presuntamente secretos militares a varios grupos de ultraderecha del país. Dichos grupos intentaban ejercer su influencia para conseguir una disminución de la legislación federal y un menor control del gobierno de la Unión. Según se decía, había grabaciones que confirmaban los hechos, y Jake podía haber incurrido en un delito de alta traición por sus declaraciones.

El ejército había intentado que el asunto no se hiciera público, puesto que un almirante de la Armada como Robinson debía ser uno de los más firmes defensores del gobierno federal. Pero hacía cuatro días, al airearse la noticia, Robinson había escapado de sus guardias con ayuda de tres hombres sin identificar, y su historia se había difundido por todo el país.

El almirante y sus acompañantes seguían en paradero desconocido.

Para refrendar su tapadera, Mitch y Jake iban a dejarse ver en Dakota del Sur y Mitch sería detenido mientras Jake conseguiría escapar de nuevo.

Después llegaría, en coche y a pie, a Montana, dejando un rastro que el ORA podría seguir, si lo intentaba. Y lo intentaría. Sobre todo, cuando Jake llamara a su puerta pidiendo refugio.

Unos días después, la CNN dejaría de hablar del asunto. El almirante Mac Forrest se encargaría de ello. Y tras un par de semanas oculto en el complejo del ORA, Jake podría abandonar su escondrijo y aventurarse en el pueblo.

Entonces volvería a ver a Zoe.

Zoe... A quien le gustaba que la besara.

Mitch movió la mandíbula para destaponar sus oídos mientras el avión proseguía su descenso.

—Oye, Mitch.

—¿Sí, señor?

—No —dijo Jake—, nada de señor. Quería hablar contigo de una cosa y necesito que me trates como a un amigo.

Mitch asintió, completamente tranquilo.

—Haré lo que pueda.

—Es sobre...

—Zoe. —Mitch asintió con la cabeza—. Imaginaba que ibas a comentarme algo sobre eso. Siento haberme metido en medio. Sinceramente, no creía que te interesara. Llevabas toda la semana esquivándola —esbozó una sonrisa—. ¿Sabes, Jake?, he descubierto que es mucho más fácil acostarte con una mujer si hablas con ella.

—Yo no quiero acostarme con... —no pudo acabar la frase. No era cierto. Exhaló un suspiro, molesto—. Dios mío, es demasiado joven para mí. ¿Cómo puede habérseme pasado por la cabeza?

—Ella no es de la misma opinión —Mitch volvió a sonreír—. He estado charlando con ella. Contándole cosas sobre ti. Es tuya, si la quieres, almirante. Y si no la quieres, espero ser el siguiente en su lista.

Jake tenía que saberlo.

—Es preciosa, y lista, y muy sexy, pero... Tú has tenido oportunidad de conocer a muchas mujeres guapas, listas y sexis y, que yo sepa, nunca te has interesado por ellas. Así que, ¿por qué Zoe? ¿Qué la hace distinta?

Mitch miró pensativamente por la ventana unos segundos.

—Es de los nuestros —contestó con sencillez, volviéndose para mirarlo—. Tengo la sensación de que quiere las mismas cosas que busco yo en una relación de pareja. Nada de ataduras, ni de promesas, ni de arrepentimientos. Sólo diversión, limpia y sana. El sexo es sólo eso: sexo. Ni más, ni menos —se rio suavemente—. Para serte del todo sincero, Jake, procuro evitar a la mayoría de las mujeres porque temo hacerles daño cuando me marcho. Y tú sabes que en este oficio uno siempre acaba por marcharse. Desaparecemos en una misión y sabe Dios cuándo volveremos. Pero Zoe... —se rio otra vez—. Ella no espera una relación a largo plazo. Porque también se marcha. Y seguramente se marcha primero.

El avión tomó tierra con una sacudida.

—Sé que echas de menos a Daisy —añadió Mitch en voz baja—. Sé lo que sentías por ella. Pero no estás muerto. Y puede que Zoe sea justo lo que necesitas. Eso no afectará a lo que había entre Daisy y tú. No tiene por qué ser algo profundo.

Jake suspiró.

—Me siento infiel con sólo pensarlo.

—¿Infiel a quién, Jake? —preguntó Mitch con suavidad—. Daisy ya no está.

CAPÍTULO 6

Las noches de entresemana eran las peores. Los fines de semana tampoco eran fáciles, pero al menos los viernes y los sábados por la noche el bar estaba lleno de gente y Zoe se mantenía ocupada.

Pero los martes por la noche, como aquél, se quedaba sentada junto a la barra, con el viejo Roy, que se pasaba todas las noches acunando una cerveza en el mismo taburete y podía tener ochenta años o ciento ocho, y Lonnie, el dueño de la gasolinera de la esquina de la calle Page y Hicks Lane y que seguramente tenía aún más años que Roy.

Los martes por la noche, Hal Francke iba a jugar a los bolos, así que ni siquiera él estaba por allí, intentando restregarse contra ella.

En cuanto a Wayne Keating, el novio de Monica, había sido detenido por conducir borracho. Era su tercera detención y le habían encarcelado sin fianza, de modo que no cabía la posibilidad de que entrara tambaleándose en el bar y animara las cosas un poco.

No, aquélla sería otra aburrida noche de martes en Belle, Montana.

Zoe iba a volverse loca.

Había pasado un mes y allí seguía, en su quinta semana de camarera, sin que Jake diera señales de vida.

Había entrado en el complejo del ORA, eso lo sabía. Había visto las grabaciones de las cámaras de vigilancia. Aunque se lo veía de lejos, lo había reconocido perfectamente por su modo de caminar, de moverse.

Según el equipo, de vez en cuando se lo veía dentro del recinto vallado.

Pero aún no había salido.

Cada vez que un coche o una furgoneta salía por las puertas del complejo y se dirigía hacia el pueblo, Harvard, Lucky o Cowboy llamaban y el localizador de Zoe vibraba sin hacer ruido. De ese modo sabía que debía estar preparada.

Tal vez Jake apareciera esa vez. Tal vez...

Pero aunque el propio Christopher Vincent había ido al bar unas cuantas veces, siempre rodeado de su séquito, Jake no había pisado por allí.

Zoe se sentía absolutamente frustrada. Y empezaba a preocuparse.

¿Habría pasado algo? Llamaba a Harvard cada noche con la excusa de preguntarle qué tal iban las cosas, pero en realidad sólo quería saber si habían visto a Jake durante el día.

¿Y si se había puesto enfermo? ¿O estaba herido? ¿Y si Vincent había descubierto que sólo estaba allí para encontrar el Triple X? ¿Y si estaba encerrado en el sótano de la antigua fábrica, malherido y sangrando y...?

Lo peor de todo, lo más absurdo, era que, por debajo de la preocupación y de la frustración infinita que le producía su inactividad, se ocultaba una verdad insoslayable: lo echaba de menos.

Echaba de menos a Jake.

Añoraba su sonrisa, su sólida presencia, su serena firmeza, la dulce sensación de sus brazos envolviéndola.

Dejó escapar un gruñido y apoyó la frente en la barra, sobre sus brazos cruzados. Sólo se habían besado una vez, pero eso también lo echaba de menos. Dios santo, ¿desde cuándo era tan romántica?

El absurdo enamoramiento de colegiala que sentía era, indudablemente, unilateral.

Sí, Jake la había besado. Una vez. Y después había salido huyendo en dirección contraria. Cuando volviera a besarla, sería porque no le quedara más remedio. Él mismo se lo había dicho.

—¿Esta noche no cantas? —preguntó Lonnie, inclinándose hacia ella.

Se refería al karaoke. El viernes anterior, Hal le había comprado un aparato de segunda mano, muy barato, a un tipo que cerraba su tienda en Butte. Zoe había sido la única camarera que se había atrevido a probarlo. Casi todas las canciones eran grandes éxitos de discoteca de décadas anteriores y, en medio, un montón de viejas canciones country.

Zoe levantó la cabeza para mirar el espejo de detrás de la barra. Al lado de Lonnie, el viejo Roy, Gus el camarero y ella eran los únicos ocupantes del local.

—Creo que no —contestó—. No hay mucho público.

El viejo Roy se había puesto a ojear las páginas forradas de plástico con la lista de canciones del karaoke.

—Me encanta ésta de Patsy Cline —la miró parpadeando, expectante—. ¿No podrías cantarla? Por favor.

Era la misma canción que escuchaba una y otra vez en la gramola por lo menos tres veces cada noche.

—El disco suena mucho mejor que yo —le dijo—. Toma, te doy una moneda para que la pongas.

—Pero a nosotros nos gusta que la cantes tú —Lonnie la miraba como un cachorro apenado—. Y también me gustaría oír las otras canciones que cantaste el sábado por la noche.

Zoe suspiró.

—Por favor —dijeron los demás al unísono.

Ella debía ir a limpiar los aseos. Pero odiaba limpiarlos.

—Claro. ¿Por qué no? —se metió detrás de la barra y encendió el aparato de karaoke—. Pero, ya que voy a cantar, voy a hacerlo bien —se desató el pequeño delantal en el que llevaba la libreta de pedidos y el cambio. Lo dejó en la barra, tomó el micrófono del karaoke y lo encendió–. ¿Listos, chicos?

Roy y Lonnie asintieron.

Usó el mando a distancia para encender la televisión de detrás de la barra y sintonizar el canal del karaoke. Puso el disco, programó la máquina y...

Por los altavoces se oyó el chirrido estridente de los acordes de una guitarra eléctrica. El viejo Roy y Lonnie se taparon los oídos.

–¡Perdón! –gritó Zoe, y bajó a toda prisa el volumen.

Las palabras que aparecían en pantalla fueron tiñéndose de verde y ella comenzó a cantar:

–*Crazy*...

El viejo Roy y Lonnie (presidente y vicepresidente de su club de fans) la miraban embelesados mientras emulaba a una diva del country cantando ante una imaginaria muchedumbre de seguidores.

Una canción siguió a otra, y luego a otra y a otra. Cada vez que acababa de cantar, Roy y Lonnie la aplaudían en pie.

–Canta otra vez la mía –le pidió el viejo Roy.

Cuando ella miró al camarero en busca de ayuda, Gus se limitó a sonreír.

–A mí también me gusta.

–La última –dijo Zoe–. La última.

Esta vez no necesitó leer las palabras que aparecían en pantalla para cantar el tema.

–*Crazy*...

Era el final del concierto y echó el resto, exagerando todos los movimientos. Roy y Lonnie le sonreían como niños de dos años.

Y durante el pasaje instrumental y el subsiguiente cambio de tono, se subió a cantar a la recia barra de madera y sus espectadores le hicieron la ola, aunque sólo fueran dos.

Zoe sabía que no era su voz lo que los animaba. Tenía

una voz bastante bonita, y podía cantar una melodía, desde luego, pero no era Patsy Cline. No, Roy y Lonnie eran más bien fans de sus vaqueros ceñidos y sus camisetas escotadas.

Cerró los ojos, echó la cabeza hacia atrás y cantó así el último estribillo de la canción, dejando que un desgarrado lamento country se apoderara de su voz mientras cantaba que estaba loca por llorar, loca por intentarlo, loca de amor.

Mientras se apagaban los últimos compases de la canción, el local se llenó de aplausos. Demasiados aplausos para el viejo Roy y Lonnie.

Zoe abrió los ojos.

Y se encontró mirando directamente a Christopher Vincent.

El líder del ORA estaba junto a la puerta, rodeado por unos quince discípulos.

Zoe no había recibido ningún aviso, no estaba preparada. Pero se había quitado el delantal, donde llevaba el localizador, hacía lo menos cinco canciones.

—Precioso —dijo Vincent—. Precioso.

Ella hizo una profunda reverencia.

—Gracias.

—¿Alguien puede echarle una mano para bajar de ahí?

—Sí, yo lo haré encantado.

Jake...

Se abrió paso entre los demás y sonrió a Zoe.

Ella no se desmayó de alegría, no ahogó un grito de sorpresa, no mostró ningún indicio de conocerlo. Pero lo miró fijamente, como si intentara calibrar a un desconocido, al hombre más guapo que había pisado aquel pueblo.

Iba vestido como los demás, con vaqueros azules y camisa de faena muy gastada. Pero los vaqueros descoloridos se ajustaban a sus muslos y la camisa se tensaba a la perfección sobre sus anchas espaldas. Estaba increíblemente guapo y sus ojos eran de un asombroso tono de azul.

Durante las anteriores cuatro semanas y media, Zoe había olvidado lo azules que eran.

Jake la miraba tan atentamente como ella a él, y sonreía.

Tenía un inmenso repertorio de sonrisas, pero aquélla era muy distinta a las que Zoe le había visto hasta ese momento. Era tan firme y confiada como las demás, pero en lugar de prometer amistad o protección, prometía un éxtasis total y arrebatador. Prometía el paraíso.

Maldición, qué bueno era. Casi la hizo creer que había encendido una especie de fuego dentro de él.

Christopher Vincent también lo notó. Y no le agradó del todo.

Zoe le sostuvo la mirada a Jake, levantando una ceja para darse por enterada de la atracción que chisporroteaba entre ellos. Luego le dedicó una sonrisa que parecía decir «quizá». Un «quizá» clarísimo.

−Zoe... −Gus no daba abasto detrás de la barra.

Jake le tendió la mano y ella se inclinó para darle el micrófono a Lonnie antes de apoyar las manos en sus hombros. Él la agarró por la cintura y la bajó sin esfuerzo, no sin asegurarse de que, antes que de sus pies tocaran el suelo, cada palmo de su cuerpo que pudiera rozarse contra el suyo lo rozara.

Fue tan delicioso... Zoe tenía ganas de abrazarlo, de cerrar los ojos y apoyar la mejilla en su hombro, de oír el firme latido de su corazón bajo la suave tela de la camisa. Jake estaba sano y salvo, y estaba por fin allí. Gracias a Dios.

Deseaba aferrarse a él una hora entera, por lo menos. O dos. Pero se limitó a tocar su mejilla y a sostenerle la mirada un segundo más, con la esperanza de que le leyera el pensamiento y comprendiera lo mucho que se alegraba de verlo.

Él la apretó entre sus brazos un instante y luego la soltó.

−Soy Jake −le dijo con otra de aquellas mortíferas sonrisas.

−Y yo Zoe −contestó ella mientras se metía detrás de la barra−. Bienvenido al Mel's. Esta noche seré tu camarera −se puso el delantal alrededor de la cintura y, efectivamente, dentro del bolsillo el localizador vibraba suavemente. Lo apagó enseguida–. ¿Qué te pongo?

Él se sentó en un taburete, frente a ella.

—¿Qué cerveza de barril tenéis, Zoe?

Pronunció su nombre de un modo que evocaba toda clase de imágenes eróticas, y que a ella le dejó la boca seca.

Se inclinó hacia él, le hizo señas de que se acercara y deslizó la mirada por su camisa, casi como una caricia palpable.

—Te recomiendo la cerveza embotellada –le dijo. Tenían un problemilla con las cucarachas. Zoe ignoraba cómo se metían en los grifos de cerveza, pero se metían. Y era asqueroso.

—Entonces, una botella, no hay duda –dijo Jake. Estaba tan cerca que su aliento movía el pelo de Zoe–. Lo que tú me pongas estará bien.

Al darse la vuelta para sacar la botella de la nevera, sintió su mirada fija en ella. Una mirada fingida, se recordó. Era todo parte de la farsa. Jake Robinson no estaba babeando en realidad por su trasero. Sólo fingía hacerlo.

Abrió la botella (canadiense, de importación) y la dejó delante de él.

—¿Un vaso?

—No, no me hace falta.

—¡Zoe, dos jarras, una sin y otra normal! –gritó Gus.

—No te vayas –le dijo a Jake.

Siguió sintiendo sus ojos fijos en ella mientras llenaba las jarras.

Él seguía mirándola cuando las llevó, junto con un montón de vasos de plástico, a las mesas en las que Christopher Vincent se había sentado con la mayoría de sus hombres.

—¿Qué os trae por aquí un martes por la noche, chicos? –preguntó.

—Mi amigo Jake necesitaba que le diera un poco el aire –contestó Christopher–. Ha estado... un poco encerrado. ¿Su cara no te suena de nada?

Zoe miró hacia la barra, donde Jake seguía sentado, mirándola.

—Parece una estrella de cine. ¿Lo es?

—No exactamente —Chris miró a su alrededor—. ¿Dónde está Carol? Quería presentársela. Creo que se llevarán bien.

—Esta noche libraba —dijo Zoe—. Había no sé qué función en el colegio de su hija.

—Quizá mañana, entonces.

—Mañana ya será demasiado tarde —repuso Zoe—. Porque yo lo he visto primero. Y es adorable.

Chris no parecía muy contento. Pero él rara vez parecía contento.

Para ser el líder de la presunta raza elegida, Christopher Vincent no era un hombre especialmente atractivo, sobre todo debido a la expresión amarga que adoptaba su rostro casi constantemente, y en parte a sus gruesas y oscuras cejas, que se juntaban casi por completo en el medio. Era alto y corpulento, con el pelo largo y oscuro, recogido siempre en una coleta. Ocultaba su cara tras una poblada barba grisácea y solía cubrir sus ojos marrones con gafas tintadas, por encima de cuya montura observaba a Zoe.

Eran, indudablemente, los ojos de un fanático: los ojos de un hombre que no vacilaría en usar el Triple X que había robado si creía que beneficiaba a su causa.

Era explosivo, y tenía la mecha muy corta.

—Yo te he visto a ti primero —replicó.

Ay, Señor. Aquélla era una complicación que Zoe no se esperaba. De algún modo, durante las semanas anteriores, había conseguido captar la atención de Christopher Vincent.

—Tú estás casado —le dijo, intentando parecer contrita y hasta un poco apesadumbrada—. Y yo tengo una regla respecto a los hombres casados. Son intocables. Verás, yo también quiero casarme, y como los hombres casados ya están casados... —se encogió de hombros.

—Estoy pensando en tomar otra esposa.

—¿Otra?

—El gobierno federal no tiene derecho a imponernos restricciones respecto al matrimonio y la familia. Un hombre rico y poderoso debería poder tener tantas esposas como le plazca.

¿Ah, sí?

—¿Y qué piensa tu mujer al respecto? —preguntó Zoe.

—Mis tres esposas están muy satisfechas.

Caray. Si alguna vez se encontraban desesperados, podrían procesarlo por poligamia.

—Guau —dijo ella—. Bueno, ya es bastante difícil ser la segunda esposa cuando la primera no está. No creo que pudiera soportar tanta competencia.

—Piénsatelo.

—No necesito pensármelo, guapo —contestó—. Soy más bien celosa. No me gusta compartir.

—Podrías tener un hijo mío.

¿Y se suponía que eso era un aliciente? ¿Un bebé unicejo con un padre lunático?

—Bueno, es muy tentador —dijo—. Pero la verdad es que prefiero ser la esposa número uno.

Él le indicó que se acercara.

—A veces también compartimos a nuestras esposas en el ORA —dijo en voz baja—. Podrías casarte con alguien como Jake y aun así tener un hijo mío.

¡Uf!

—Tengo la impresión de que a Jake tampoco le gusta compartir.

—Es muy generoso —le dijo Christopher Vincent. Miró más allá de ella y sonrió. Su sonrisa parecía la de un lobo: dejaba ver muchos dientes y era, más que alegre, feroz—. Oye, colega, estábamos hablando de ti. Aquí Zoe quiere casarse contigo.

Zoe levantó las manos.

—Espera, Chris, yo no he dicho eso —se volvió hacia Jake—. Es broma. Está loco, ¿sabes?

Fue un error decir eso.

Christopher estalló de pronto: la agarró de la camiseta y tiró de ella hasta que sus caras estuvieron casi pegadas. Zoe quedó casi tumbada sobre la mesa, delante de él, y su bandeja cayó al suelo con estrépito.

—¡No vuelvas a llamarme loco!

—¡Eh! —dijo Jake—. Caray, tranquilo, Chris. Vamos, hombre, seguro que no quería ofenderte.

Zoe lo sintió justo a su espalda. La rodeó con el brazo e intentó que Vincent soltara su camiseta.

Vincent la soltó y la apartó de él de un empujón. Zoe se habría caído de no estar allí Jake.

—Maldita sea, Chris —dijo, intentando que no se le notara lo asustada que estaba—. Me has estropeado la camiseta —tuvo que sujetarse la parte de delante, dada de sí. Estaba, además, un poco magullada: Vincent no sólo había agarrado la camiseta.

Gus, que había salido de detrás de la barra, revoloteaba por allí.

—¿Va todo bien por aquí?

—No lo sé —contestó Zoe—. Chris, ¿has dejado ya de zarandearme?

Jake la apretó a modo de advertencia, pero ella no le dio tiempo a contestar.

—Tengo que cambiarme de camiseta —se desasió de Jake, recogió la bandeja y se la pasó a Gus. Luego se dirigió a la trastienda.

Sintió, más que verlo, que Jake la seguía. Y no le sorprendió, después de sacar otra camiseta de su mochila, darse la vuelta y verlo allí, parado frente a la puerta cerrada.

Parecía muy disgustado.

Zoe no supo quién se movió primero, pero no importaba. Mientras le tendía los brazos, Jake se lanzó hacia ella y un momento después la estrechó entre sus brazos.

—¿Estás bien? —no la soltó para preguntárselo. Siguió abrazándola con tanta fuerza como ella a él–. Cuando te ha agarrado así...

–Estoy bien –le dijo. Y era cierto. A pesar de las magulladuras que acababa de hacerle Christopher Vincent, hacía mucho tiempo que no se sentía tan bien. Se apartó para mirarlo–. ¿Y tú?

–Esto no va a funcionar –el tono de su voz coincidía con la intensidad de sus ojos. Se habían vuelto de acero: duros y fríos, y afilados como una navaja–. El plan. Tiene que ocurrírseme otra cosa, porque no voy a permitir que entres ahí.

–Pero...

–Es peligroso, Zoe. Ese tipo está completamente chiflado. Son un hatajo de desequilibrados. Introducirte allí como mi esposa está descartado. No quiero que te acerques allí. Además, ya no es factible, después de lo que he descubierto.

–Maldita sea, Jake...

Él la besó. Estaba mirándola con intensidad y un instante después se apoderó de su boca. Zoe sintió que se tambaleaba, aturdida. Después se aferró a él y lo besó con idéntica pasión, ladeando la cabeza para ofrecerle del todo su boca.

La estaba besando. Jake Robinson la estaba besando porque quería, no porque tuviera que hacerlo. Sintió el escozor de las lágrimas detrás de los párpados y por primera vez reconoció ante sí misma que deseaba a Jake Robinson más de lo que había deseado a ningún otro hombre. Era su héroe, su comandante y, en muchos sentidos, su dios. Lo adoraba en todos los aspectos.

La empujó hacia atrás y Zoe chocó contra la pared de cemento del almacén mientras seguía besándola. Recorrió su cuerpo con las manos al tiempo que se apretaba contra sus piernas y le subía el muslo sobre el suyo para acercarse más a ella. Pero cuando la agarró del pecho con más brusquedad de la que esperaba, Zoe abrió los ojos, sorprendida.

Y vio a Christopher Vincent en la puerta entornada del almacén, con la mano sobre el picaporte, mirándolos.

Vincent cerró la puerta y de pronto Jake dejó de besarla. Apartó la mano de su pecho, pero se quedó allí, con los ojos cerrados, jadeante, con la frente apoyada contra la pared, a su lado.

Zoe se había equivocado. Jake en realidad no estaba besándola a ella. Debía de haber oído que se abría la puerta. Había sabido que Christopher estaba allí.

No había sido un beso de deseo, a fin de cuentas, sino un beso por obligación.

—Dios mío —dijo Zoe con un suspiro trémulo.

Jake se apartó de ella. Sus ojos tenían una expresión de disculpa.

—Lo siento. ¿Te he hecho daño?

Ella intentó bromear.

—¿Lo dices en serio? Hacía semanas que no me divertía tanto.

Jake se separó un poco de ella y Zoe vio que su camiseta dada de sí dejaba ver el borde de arriba de su sujetador. Recogió la otra camiseta del suelo y, dándose la vuelta, se cambió rápidamente.

—Tenemos muchas cosas de las que hablar, muchas cosas que decidir —le dijo Jake—. Así que esta noche me voy a casa contigo.

Ella se volvió para mirarlo. Tenía el corazón en la garganta, a pesar de que sabía que no ocurriría nada entre ellos aunque pasaran la noche juntos en su caravana. Jake había tenido que besarla. Dios, qué tonta había sido por pensar lo contrario.

—No creo que sea buena idea. ¿Para qué vamos a casarnos si puedes acostarte conmigo cuando quieras? Además, aquí todo el mundo sabe ya que estoy buscando un hombre con el que casarme. ¿Qué pensarán si de pronto me lío con alguien?

—Lo siento —contestó él—, pero he cambiado de idea sobre lo de la boda. Zoe, ese tipo está loco. Todos lo están. Es criminal cómo tratan a las mujeres. No puedo dejar que hagas esto.

—Jake, prometiste que me dejarías decidir si...

—Eso fue antes de saber cómo eran las cosas. Además, Vincent tiene cámaras de seguridad por todas partes. He encontrado al menos tres en mi habitación. ¿Cómo demonios voy a llevarte allí? ¿No crees que parecería un poco sospechoso que no hiciera el amor con mi joven y bella esposa?

—Pues llévame y hazme el amor —Zoe no podía creer que hubiera dicho aquello en voz alta.

Jake se quedó callado, mirándola a los ojos como si intentara adivinar si hablaba en serio.

Ella le sostuvo la mirada, fingiendo que no le importaba mantener una relación íntima con él, que le daba la misma importancia que a cualquier otro requisito de su trabajo y que no era más que un modo más de encontrar el Triple X.

«No es para tanto», le decía con su sonrisa mientras su corazón latía con violencia.

—Aunque fueras capaz de hacerlo —dijo él por fin—, yo no querría. No podría —se dio la vuelta—. No puede ser.

Zoe sintió ganas de llorar. Jake no la deseaba. No podía reconocer que la pasión que chisporroteaba entre ellos cuando se besaban era auténtica, ni siquiera con una justificación bien fundada. Y quizá no lo fuera. Quizá fuera el mejor actor que había visto nunca, y la pasión fuera sólo de ella.

Dios, era patética.

Pero lo mismo daba. Porque tenía que cumplir con su trabajo y no tenía tiempo de compadecerse de sí misma.

Respiró hondo.

—Entonces, ¿vas a hacerlo solo? ¿Vas a buscar el Triple X sin ayuda? ¿Tú solo?

—Necesito que le hagas llegar un mensaje a Harvard. Creo que hay un modo de interceptar las imágenes de las cámaras de seguridad, pero necesito equipamiento. Si puedo hacerlo, podrás ver el interior del ORA desde la caravana de vigilancia.

—¿Y si no basta con eso? Jake, tú sabes que será más fácil que te ayude a encontrar el Triple X si estoy allí, contigo. Creo que tenemos que dejar opciones abiertas. Así que no voy a dejar que vayas a casa conmigo, por si más adelante tenemos que utilizar la excusa de la boda —¿no sería divertido? ¿Vivir con él veinticuatro horas al día y fingir que eran amantes, sabiendo que en realidad no la deseaba?

Le pasó su libreta de pedidos y un bolígrafo.

—Escribe el mensaje para Harvard —continuó—. Anota el equipamiento que necesites. Me ocuparé de que lo reciba.

Llamaron a la puerta y el viejo Roy asomó la cabeza.

—Zoe, Gus te está buscando. Acaba de aparecer el equipo de bolos de Hal —miró a Jake con el ceño fruncido—. Oiga, joven, usted no debería estar aquí —entró en la habitación—. ¿Va todo bien, Zoe?

Ella respondió con una sonrisa tranquilizadora.

—Perfectamente, Roy. Dile a Gus que enseguida voy —miró a Jake mientras se cerraba la puerta—. Será mejor que salga.

Él no pudo ocultar su exasperación.

—Tenemos que hablar de otros asuntos.

Zoe se dirigió hacia la puerta.

—Echa un montón de monedas en la gramola e invita a sus amigos a otra ronda. En cuanto suene una lenta, invítame a bailar. A Hal no le importa que las camareras bailen con los clientes que pagan. Así podremos hablar. Pero asegúrate de que eliges baladas —hizo una pausa, con la mano en la puerta—. Sé que esto te desagrada, pero no se me ocurre otro modo de que hablemos en privado.

—Zoe...

Cerró la puerta tras ella y regresó a toda prisa al bar.

CAPÍTULO 7

Jake inspeccionó rápidamente el local mientras se dirigía hacia la máquina de discos. El bar no estaba del todo lleno, pero había mucha más gente que al llegar él.

Detrás de la barra, con Zoe y el otro camarero, había un hombre alto, con el cabello largo, canoso y grasiento y un bigote colgante. Tenía que ser Hal Francke. Efectivamente, nunca pasaba junto a Zoe por el estrecho espacio de detrás de la barra sin tocarla.

«Pues llévame y hazme el amor».

Sacudió la cabeza para olvidarse de la voz aterciopelada de Zoe. Lo había dicho en serio. Se le notaba en los ojos. Sería capaz de acostarse con él delante de aquellas cámaras con tal de cumplir su misión.

Mientras miraba distraídamente la lista de canciones de la vieja gramola, lamentó no tener su arrojo, su ímpetu, su despreocupada juventud. Deseó poder liberarse de todo lo que lo ataba al pasado, pero sabía que, aunque pudiera olvidar por una noche, por una hora, y perderse por completo entre los dulces brazos de aquella mujer, al despertar se hallaría exactamente en el mismo punto.

O quizás en otro peor.

«Sé que esto te desagrada», había dicho Zoe al salir. Jake tenía que aclararle que no era verdad. No podía dejar que siguiera creyendo eso. Había muchas cosas que le desagradaban en aquella misión, pero estar con Zoe no era una de ellas.

Como le había dicho hacía casi cinco semanas, le gustaba besarla. Le gustaba demasiado. Y seguía gustándole después de pasar tantos días lejos de ella. Le gustaba muchísimo. Había creído que la distancia le sentaría bien, que le haría ver las cosas con perspectiva, que le procuraría cierta objetividad. Pero durante esas semanas no había dejado de soñar con ella.

Empezaba soñando con Daisy, sueños eróticos y sensuales, llenos de ardor y de vívidas sensaciones. Pero luego los sueños cambiaban, como era propio de ellos, y la mujer a la que abrazaba se convertía en Zoe. Después se despertaba aturdido y jadeante, dolorosamente solo.

Se obligó a concentrarse, metió algunos dólares en la máquina y eligió todas las baladas románticas que pudo identificar. Acababa de elegir un tema de Leann Rimes cuando vio acercarse a Christopher Vincent por el reflejo del cristal.

Se tensó y procuró componer una sonrisa cordial. Dios, cuando Vincent había agarrado a Zoe, había tenido que refrenarse físicamente. Había estado a punto de levantarlo en vilo y lanzarlo al otro lado del local.

—Parece que te gusta la camarera nueva —comentó Christopher.

Sin levantar la vista, Jake pulsó los botones para seleccionar una canción de Garth Brooks.

—Ah, ¿es nueva?

—Llegó al pueblo hace unas semanas. Hal la conoció en no sé qué fiesta. No te preocupes. Me he informado sobre ella. Es lo que dice ser.

—Bueno, me alegra saberlo —Jake le sonrió—. Pero no me sorprende. No parece física nuclear o, no sé, ingeniera en bioquímica. ¿Te la imaginas con bata de laboratorio?

Christopher se echó a reír y Jake se rio también: sabía que de quien de verdad se estaba burlando era del líder del ORA. Dios, qué placer iba a ser trincar a aquel tipo...

—Sí —dijo Chris—. Me la imagino llevando sólo una bata de laboratorio —se rio otra vez—. Está muy buena.

Jake se volvió hacia la máquina de discos, incómodo. No quería participar en los comentarios lascivos de Vincent.

—La he visto contar con los dedos —continuó éste—, pero con ese cuerpo casi es mejor que no sea muy lista —miró hacia la barra, donde Zoe estaba sirviendo otra jarra de cerveza—. Sí, está muy buena.

Como si fuera un trozo de carne. Jake notó que su sonrisa se crispaba más aún y miró fijamente la gramola mientras se recordaba que no podía darle una paliza a Vincent.

—Para que no te hagas muchas ilusiones —le dijo Christopher mientras se alejaba—, nuestra pequeña Zoe quiere casarse. Con Carol tendrías más suerte.

Jake miró hacia la barra, pero Zoe se había ido. Recorrió rápidamente el local con la mirada y la vio sirviendo mesas. Ella levantó la vista y durante una fracción de segundo, al ver que la observaba, Jake distinguió un brillo de incertidumbre en su mirada. Desagradarle. ¿De veras creía que le desagradaba acercarse a ella?

Pero aquella expresión desapareció bruscamente de sus ojos y sonrió.

Fue una sonrisa cálida y seductora, acompañada de una mirada de arriba abajo, completamente desprovista de sutileza. Una mirada que podrían haberle lanzado en el instituto, y a la que su cuerpo respondió como si tuviera diecisiete años.

Avanzó hacia ella con decisión. Era como si estuvieran imantados, como si no pudieran mantenerse alejados el uno del otro aunque lo intentaran.

Zoe dejó la bandeja sobre una mesa vacía.

Él se metió las manos en los bolsillos traseros de los vaqueros, temiendo tocarla.

—Todavía no he invitado a otra ronda —le dijo—. Cuando salí, otro había...

—No pasa nada —apartó la mirada, repentinamente tímida—. ¿Sabes?, si no quieres bailar podríamos intentar sentarnos a esa mesa del fondo. Pero puede que Gus y Hal...

Él se sacó las manos de los bolsillos y de pronto la agarró de la mano y tiró de ella hacia la pista de baile en penumbra, junto a la máquina de discos. De repente Zoe se encontró en sus brazos, meciéndose suavemente al compás de la música.

—Deberías darte prisa —le dijo—. No sé cuánto tiempo va a tardar Gus en llamarme.

Jake la apretó contra sí.

—Esto no me desagrada —le susurró al oído—. Que quede claro, ¿de acuerdo?

Zoe sacudió la cabeza.

—Jake, no tienes por qué...

—Es sólo... —intentó encontrar palabras para explicarse—. Para mí es muy... extraño. Sólo he estado con una mujer en casi treinta años. Toda una vida, prácticamente. ¿Te lo imaginas?

Ella negó con la cabeza sin decir nada.

—Voy a hacerles creer a todos que estoy loco por ti —añadió él—. Y no será desagradable. Mentiría si te dijera que no deseaba que llegara este momento. Lo deseaba y lo temía al mismo tiempo. Eres una chica fantástica, Zoe, y una mujer muy hermosa, y... Y siento no poder tomarme esto con más calma. Te pido perdón por adelantado, si de algún modo te hago sentir mal. Abrazarte, incluso bailar contigo así, me duele un poco. Pero también me hace sentir bien. Realmente bien. Lo que a su vez también me duele un poco. ¿Tiene sentido lo que digo?

Ella asintió con un gesto.

—Siento que...

—Dejemos de pedirnos disculpas el uno al otro. Tenemos que cumplir con nuestro trabajo, ¿de acuerdo?

Ella levantó la barbilla.

—Creo que parte de mi trabajo consiste en entrar en el complejo del ORA.

—Esa idea sí me desagrada.

—No, Jake, he estado dándole vueltas —apoyó la cabeza sobre su hombro y, cuando habló, Jake sintió su aliento en el cuello—. El mejor modo de ayudarte a encontrar el Triple X es que esté allí —levantó la cabeza y lo miró a los ojos—. ¿Recuerdas nuestro trato? ¿Recuerdas lo que me prometiste?

—No sabía cómo eran las cosas ahí dentro para una mujer. Zoe, lo que hayas oído sobre el ORA...

—Sabía muy bien dónde me metía cuando acepté formar parte de este equipo. Puedo arreglármelas.

—Pero el jefe del equipo soy yo y primero necesito que lo intentes a mi manera —y si eso no funcionaba... Jake no sabía qué harían con las cámaras de su habitación. Tal vez pudieran tapar algunas y desactivar otras. Tal vez pudieran fingir que hacían el amor debajo de las sábanas...

Cambió de tema, intentando olvidar la imagen de Zoe en su cama, de su cuerpo suave bajo el suyo.

No. Se negaba a abandonar la idea de encontrar el Triple X y al mismo tiempo salvaguardar la seguridad de Zoe. Y mantenerla alejada de su cama.

—Siento haber tardado tanto en venir —dijo—. Christopher tiene delirios de grandeza y temía que se armara una batalla campal en cuanto saliera por la puerta del ORA. Creo que se ha llevado una desilusión al ver que llegaba hasta el pueblo sin que me persiguieran los federales.

Acabó la canción y pararon un momento, esperando a que empezara la siguiente. Tenía casi el mismo ritmo lento y palpitante. Jake había escogido bien la música.

Cuando empezaron a bailar otra vez, Zoe se pegó más a él y apoyó la cabeza sobre su hombro. ¿Cómo era posible que se sintiera tan a gusto entre sus brazos?

—Entonces, ¿cómo lo convenciste de que te dejara venir al pueblo? —murmuró.

—Bueno, le di las gracias por su hospitalidad y por haberme acogido, pero le dije que no podría quedarme con él mucho más si no podía... eh... —se rio, avergonzado—. Bueno, ya sabes.

—Ah.

—Y como en el ORA no hay ni una sola mujer soltera de más de trece años...

Ella levantó la cabeza.

—¿No te ofreció una de sus muchas esposas?

—¿Bromeas? Ese hombre es posesivo casi hasta la obsesión.

—Hmm. Así que lo de compartir no es bilateral, ¿eh?

—¿Lo de compartir?

—Otra de esas cosas desagradables del ORA. Utilizar a las mujeres como un bien mueble. Me alegro de que hayas venido, ¿sabes? —Zoe se interrumpió—. El equipo empezaba a hacer planes para ir a rescatarte. Nos tenías preocupados.

Jake masculló un juramento.

—¿Es que no pueden estarse quietos y confiar en mí?

—Les preocupa tu seguridad.

—Creen que soy demasiado viejo.

—Eres tú quien lo cree.

Jake se echó un poco hacia atrás.

—¿Qué quieres decir con eso?

Zoe sacudió la cabeza.

—Nada. Mira, Jake, he estado...

—¿Nada? ¡Y un cuerno! No lo habrías dicho si no significara algo.

—Está bien, quería decir algo, pero es personal y, dado que tenemos poco tiempo, habrá que dejar de lado las cuestiones personales.

Jake no pudo llevarle la contraria. Pero siguió preguntándose qué había querido decir.

—He estado pensando en planes alternativos —continuó ella. Se apretó contra él y siguió susurrándole al oído como si le hiciera tentadoras promesas.

Dios, Jake se había olvidado por un instante de que debían actuar como si estuvieran a punto de liarse allí mismo, en la pista de baile. La atrajo hacia sí y ella se apretó contra su cuerpo. Jake acercó la cara a su pelo bienoliente. Ay, Dios.

—¿Qué opinas de la jerarquía dentro del ORA? —murmuró ella, y su aliento cálido rozó el oído de Jake—. Siempre he tenido la impresión de que Christopher Vincent es el núcleo de todo. De que, sin él, la organización se derrumbaría. Y si es así, ¿por qué no secuestramos a Vincent una de las veces que salga del complejo? Podríamos retenerlo como rehén a cambio del Triple X.

—Ya lo he pensado —reconoció Jake. Besó su cuello y pasó las manos por su espalda hasta tocar su trasero. Ay, Dios. Qué error. Pero ya que había posado allí sus manos, parecería raro que las apartara enseguida, ¿no? ¿De qué estaban hablando? Ah, sí, de secuestrar a Vincent.

—No es posible —le dijo, confiando en que ella no notara que se le había enronquecido la voz. Carraspeó—. Vincent tiene planes de emergencia para toda clase de contingencias catastróficas. Todo el mundo en el complejo tiene un puesto de batalla al que acudir si los federales lanzan un ataque por sorpresa. Ha almacenado provisiones suficientes para aguantar dos años de asedio. Hasta tiene diseñada una ruta de escape por si de pronto intentan detenerlo aquí, en el bar.

Ella deslizó las manos en los bolsillos traseros de su pantalón y le apretó las caderas contra su cuerpo.

—Con ruta de escape o sin ella, podríamos apoderarnos de él.

—Lo sé. Lo que no sé es cuál es su plan de emergencia respecto al Triple X. Puede que sus lugartenientes no sepan lo que tienen entre manos. Quizá les haya dado orden de usarlo si lo detienen. Así que, no, no vamos a secuestrarlo. Al menos, hasta que sepamos algo más.

Intentó apartarse, consciente de que, cuando ella lo apretaba así, no había secretos entre los dos: no podía ocultar el entusiasmo con que su cuerpo respondía a la cercanía de Zoe.

Intentó hablar con despreocupación, como si no le afectara notar sus pechos pegados a su torso, o no sintiera su calor cuando se apretaba contra su muslo.

—Oye, ¿sabéis algo de Mitch?

—No desde que lo detuvieron —sonrió mientras le acariciaba la espalda—. Casi no lo reconocimos cuando vimos la noticia en la CNN.

—Sí, se le da bien disfrazarse. He tenido que fijarme bien en ese viejo que estaba sentado en la barra para asegurarme de que no era él.

—No lo es. Mitch sigue detenido —contestó Zoe. Pasó los dedos por la nuca de Jake y experimentó una sensación deliciosamente pecaminosa—. Lo han llevado a la misma penitenciaría federal en la que el hermanastro de Christopher Vincent está cumpliendo entre diez y veinte años de condena por atraco a mano armada.

Jake se rio.

—Vaya, eso genial. Sabía que Christopher tenía un hermanastro que había tenido problemas con la ley, pero... ¿De quién fue la idea de mandar a Mitch a la misma prisión?

—Soy aficionada a hacer más pesquisas de la cuenta —contestó ella con modestia—. Nos enteramos por casualidad de que el hermanastro estaba en una prisión federal y...

—Fue idea tuya. Buen trabajo, Lange. Entonces, el genio eres tú, ¿no?

—Bueno —contestó ella, riendo. Sus ojos brillaban, divertidos. Era tan guapa, tan llena de vida... Jake sintió un anhelo tan intenso que se quedó sin aliento—, no eches las campanas al vuelo. Sí, fue buena idea, pero...

Se detuvo de pronto y su sonrisa se desvaneció cuando vio la expresión de sus ojos. Jake no podía disimular, y rezó para que ella creyera que sólo era parte de la farsa que estaban representando.

Habían dejado de moverse y se quedaron allí parados, abrazándose. Zoe lo miraba fijamente, con los bellos labios entreabiertos. Al ver que no se movía, se puso de puntillas y lo besó.

Fue un beso muy leve, ligero y delicado, un roce sutil de sus labios. Estudió su mirada de nuevo y luego se puso otra vez de puntillas. Esta vez lo besó con un poco más de fuerza. Esta vez, lo saboreó, acariciando levemente la curva de sus labios con la punta de la lengua. Y esta vez él correspondió a su beso con idéntica suavidad y delicadeza.

El corazón de Jake latía con violencia. Deseaba más, y el deseo lo aturdía. Aun así, dejó que ella marcara el ritmo y se resistió a empujarla hacia besos más enérgicos, más profundos, más prolongados, a pesar de lo mucho que lo deseaba.

Ella metió delicadamente la lengua dentro de su boca y Jake dejó escapar un gruñido, comprendiendo que estaban a punto de devorarse la boca el uno al otro. Ella, sin embargo, se apartó.

—Los dos somos buenos actores —dijo en voz baja—, pero no tanto. Parte de esto es real, Jake, aunque no queremos reconocerlo. Eso es lo que intentaba decirte cuando te dije que estaría dispuesta a hacer el amor contigo. Que también lo deseo.

Jake no supo qué responder.

Ella lo besó otra vez: un beso largo, dulce y ardiente.

—Soy yo quien te está besando, no es un juego, ni un engaño. Podemos hacer ambas cosas, Jake. Podemos cumplir con nuestro trabajo y desnudarnos... si tú puedes superar lo que tengas que superar, si puedes llegar a la conclusión de que no eres demasiado viejo para estas cosas.

—Ah —dijo Jake, recuperando por fin el habla mientras ella se desasía de sus brazos—. Por fin hemos llegado a las cuestiones personales.

—Apuesto a que estás muy atractivo desnudo —le dijo Zoe al recoger su bandeja y dirigirse a la barra.

Jake tenía ganas de reír y llorar. Nunca había conocido a nadie tan franco y sincero como Zoe Lange. Sabía lo que quería y no le daba vergüenza pedirlo.

Y lo deseaba a él.

El problema era que el sentimiento era recíproco, a pesar de que Jake sabía que desearla era una error.

CAPÍTULO 8

—¡Santo cielo, está desnudo!
Bobby Taylor puso las grandes manos delante del monitor de vídeo. Pero como había más de una cámara, había más de una pantalla que tapar. Wes Skelly agarró la silla de Zoe y le dio la vuelta para que mirara para otro lado.
Ella se echó a reír.
—Vamos, chicos. Como si no hubiera visto nunca a un hombre desnudo. Me crie en una casa muy pequeña, con cuatro hermanos varones. Lamento decepcionaros, pero la anatomía viril nunca ha sido un misterio para mí.
—Sí, pero él es un almirante —le dijo el más fornido de los Seals. Bobby Taylor podría haber hecho fortuna jugando al fútbol profesional. Medía casi dos metros y pesaba al menos ciento quince kilos, quizá más. Cuando se sentaba ocupaba dos sillas, pero a pesar de ser una mole, muy poco de su cuerpo era grasa. Era sencillamente enorme. Y sin embargo era también uno de los hombres más ágiles y elegantes que había conocido Zoe. Era en parte indio. Navajo, le había dicho. Y tenía los ojos marrones más serenos que ella había visto nunca—. Se ha ganado el derecho a secarse después de la ducha sin espectadores.
—Además —añadió Wes—, no querrás verlo desnudo. Es un viejo.

—No es...

—Vale —dijo Bobby—. Ya se ha puesto los calzoncillos. Aunque sigue pareciéndome una falta de respeto mirar a un almirante cuando está en paños menores.

Zoe giró la silla para mirar la fila de monitores. Jake aparecía en tres de ellos, desde ángulos distintos, peinándose para apartarse el pelo de la cara. Una de las cámaras debía de estar situada justo detrás del espejo, porque sus ojos, de un azul intenso, miraban fijamente hacia ella. Sus bíceps y sus tríceps se abultaban al pasarse el peine por la cabeza.

—Lo siento, Skelly —comentó Zoe—, pero eso de ahí no es un viejo. No sé cómo se te ocurre decir eso. Está en mejor forma que tú.

Su vientre era firme como una roca y su pecho musculoso, a pesar de sus muchas cicatrices.

—Caramba —dijo Bobby al verlas—. Ha entrado en acción, ¿eh?

—Hace dos años atentaron contra tu vida —respondió Zoe.

Dios, a juzgar por las cicatrices, debía de haber estado al borde de la muerte. Era un milagro que aún estuviera vivo. También había escapado milagrosamente de la muerte muchas veces estando en Vietnam. Algunos decían que un encantamiento protegía su vida. En todo caso, no había duda de que la suerte lo había acompañado siempre.

Zoe confiaba en que siguiera acompañándolo. Si Christopher Vincent llegaba a sospechar que era un espía...

En pantalla, Jake dejó el peine encima de la cómoda. Sacó unos vaqueros del armario. Lástima. Tenía unas piernas muy bonitas. Mientras lo veía desde tres ángulos distintos, se puso los pantalones y se las tapó.

Su habitación había sido antaño el despacho de algún directivo de la vieja fábrica. Las paredes estaban cubiertas aún de paneles de madera barata y de mal gusto; la moqueta del suelo, de color naranja, estaba muy vieja y, por suerte, descolorida. Los muebles, de color crema con adornos dorados, parecían directamente sacados de la liquidación de un motel de mala muerte. Zoe habría pensado que un grupo que afirmaba ser la raza elegida tendría mejor gusto.

—Además de detrás del espejo —se dijo en voz alta—, ¿dónde están las otras cámaras? Aquí, encima de esta ventana —señaló la pantalla—. Y... ¿aquí, cerca de la puerta?

Wes desplegó tras ella, sobre la encimera, el plano del complejo del ORA, la antigua fábrica de helados de Belle, y Zoe hizo girar la silla para mirarlo.

—En la habitación del almirante Robinson, las cámaras están aquí, aquí y aquí —las señaló en rosa.

—¿Hay alguna en el cuarto de baño? —preguntó ella, inclinándose para ver mejor el plano.

—Una, como mínimo —contestó—. Aquí.

—Enséñame ésa —dijo Zoe, y se volvió de nuevo hacia las pantallas.

Bobby tecleó la orden en el ordenador y la imagen del monitor de la izquierda cambió un instante después.

La cámara del cuarto de baño de azulejos blancos mostraba claramente la puerta, el lavabo y el váter. Pero no la bañera. La bañera, junto con la ducha, quedaba a un lado, fuera de su alcance. Qué interesante.

En las otras dos pantallas, Jake se abotonó la camisa, se guardó su cartera y sus llaves y salió de la habitación.

—¿Puedes seguirlo? —preguntó Zoe.

—Sí, si no va muy deprisa —Bobby tenía unos dedos como perritos calientes que, sin embargo, volaban sobre el teclado del ordenador—. Pero aunque lo perdamos no tardaremos mucho en encontrarlo. En cuanto hable podemos usar el ordenador para dar con él por su voz.

En pantalla, Jake caminaba con paso enérgico por un pasillo. Caminaba con petulancia, con un ímpetu más propio de un hombre de veinticinco años. Zoe comprendió que era una cuestión de seguridad en sí mismo. Jake Robinson caminaba así porque confiaba plenamente en sí mismo. Y se gustaba.

Lo cual era poderosamente atractivo.

Hacía dos días que no lo veía, y de pronto sintió una intensa punzada de añoranza. Lo echaba de menos.

Antes de eso, habían estado juntos en el bar todas las noches durante dos semanas y media. Durante ese tiempo, Zoe le había pasado a escondidas el equipamiento que necesitaba para que los Seals pudieran pinchar las cámaras de seguridad del ORA. Y habían entablado una relación muy ardiente y notoria.

Zoe había dejado claro delante de todos los clientes del bar que deseaba casarse. A pesar de las chispas que saltaban entre ellos cuando bailaban, se negaba públicamente a invitarlo a su casa. Y Jake había dejado claro que no estaba preparado para comprometerse.

Era bastante divertido, en realidad. De hecho, Jake era el rey del compromiso. Seguía casado con su primera esposa, aunque ella hubiera muerto. Y Zoe no dudaba ni por un instante que, de no haber muerto Daisy, habría seguido felizmente casado.

Ella, en cambio, jamás se había imaginado casada. Nunca lo había creído necesario, teniendo en cuenta que no se había enamorado. Buscaba conscientemente hombres de los que pudiera enamorarse sólo a medias; hombres que, ella lo sabía, no eran los adecuados. Pero enamorarse a medias era lo único que quería. Era menos arriesgado. De ese modo sabía exactamente qué iba a recibir y nunca se implicaba demasiado, ni perdía el control.

Con Jake estaba haciendo lo mismo. Aunque pudiera convencerlo de que su relación pasara a ser más física, más íntima, sabía perfectamente que no pasaría de ahí. Él seguía queriendo a su mujer y no buscaba reemplazarla.

Zoe podía enamorarse de él un poco y aun así mantenerse a salvo. Y eso hizo.

Se sirvió de sus sentimientos para prestar autenticidad a su papel. No, no se acostaría con él hasta que se casaran. Bueno, sí, fingir eso le costaba un poco. O un mucho. Y a veces, cuando Jake la estrechaba entre sus brazos en la pista de baile, o cuando le daba un beso de buenas noches, le parecía que aquella flagrante paradoja acabaría por volverla loca de remate. Jake fingía que quería pasar la noche con ella y ella siempre lo rechazaba.

Sólo se le ocurría una cosa que deseara más que pasar aquellas largas noches de otoño en la cama con Jake Robinson. Quería encontrar el Triple X. Pero eso era lo único que ansiaba más.

Aun así, mandaba a Jake cada noche al ORA. Y cada noche dormía sola.

De día se encerraba en la caravana de vigilancia del equipo y utilizaba los ordenadores para acceder a las cámaras del complejo y buscar los cartuchos desaparecidos de Triple X.

Estaba agotada, soñolienta y completamente frustrada en muchos aspectos. Así no encontraría nada. Tenía que entrar en la antigua fábrica, traspasar su valla electrificada. Necesitaba registrar el complejo no sólo con sus ojos, limitados por las lentes de las cámaras.

Tenía que entrar en las habitaciones privadas de Christopher Vincent, en esas pocas estancias en las que no había cámaras de seguridad. Cuanto más se relacionaba con Vincent, más se convencía de que era capaz de guardar una caja de veneno mortal (suficiente para arrasar la capital del país) sobre el aparador de su comedor privado.

Tenía que conseguirlo. Llevaba ya tiempo suficiente jugando conforme a las reglas de Jake. Iba a entrar entre las paredes del ORA, le gustara a él o no.

En el monitor de vídeo, Jake dobló una esquina y, con un vuelo de dedos, Bobby lo hizo aparecer en otra pantalla. El gigantesco Seal no necesitó consultar ninguna lista, ni mirar el plano de la fábrica. Conocía el código de cada cámara.

—¿Ya has memorizado el plano de esa parte de la fábrica y la ubicación de las cámaras? —preguntó Zoe.

—Tengo toda la fábrica aquí —se tocó la frente—. Se me dan bien los mapas.

¿Bien?

—Buenos días, John —dijo Jake, saludando a un hombre que caminaba en la misma dirección.

Bobby hizo otro ajuste y su conversación acerca del mal tiempo se oyó claramente por los altavoces, fue apagándose poco a poco a medida que se alejaban del micrófono y volvió a subir de volumen cuando pasaron junto a otro.

—Háblame de la señal de audio —dijo Zoe—. ¿Todas las cámaras tienen micrófonos o hay un sistema de micrófonos autónomo?

—Una combinación de las dos cosas —contestó Wes—. Los micrófonos autónomos son de mejor calidad, pero también más caros, así que hay menos.

—¿Es posible hablar tan bajo que no se oiga por los micros? —preguntó Zoe—. Lo que quiero saber es si, cuando esté allí, hay algún modo de que pueda hablar con Jake sin que los micros registren la conversación.

—Una sobrecarga de frecuencia entre media y alta bloquea las conversaciones de volumen bajo —añadió Bobby. Tecleó otra orden y, en la pantalla de la derecha, apareció la cocina del ORA. Una docena de mujeres ocupaban la amplia sala, la mitad de ellas lavando platos—. ¿Lo ves?

—Deja correr el agua —explicó Zoe— y habla en voz baja, pero no susurres. Un susurro podría oírse.

Efectivamente, los grifos estaban abiertos y Zoe sólo distinguía las palabras de las mujeres que alzaban la voz al hablar.

—También hemos encontrado un sitio donde instalaron las cámaras de seguridad con bastante descuido —le dijo Wes. Señaló el plano otra vez y ella se levantó para verlo mejor y estirar las piernas—. Aquí arriba hay un acceso al tejado. Ha tenido que haber allí una especie de terraza de recreo en algún momento. Y toda la esquina noroeste de esa zona queda completamente fuera del alcance de las cámaras. Da al molino de agua. O sea, que tiene el aliciente de que se oye correr el agua. Pero tendríais que hablar en voz baja para que el ruido del agua tapara la conversación. Allí no os oirán.

Bobby se giró en su silla para mirarla, muy serio.

—Zoe, ¿estás segura de que quieres entrar ahí?

—Sí.

—No te lo tomes a mal —dijo él—, pero no estoy seguro de que el almirante sea capaz de controlar la situación.

—Los almirantes pueden perder facultades —comentó Wes.

Como Bobby era tan alto y ancho de espaldas, y siempre estaba con él, Wes parecía bajo y enclenque en comparación. Pero Zoe tuvo que levantar la barbilla para mirarlo cuando se incorporó. Llevaba un paquete de cigarrillos metido en la manga enrollada de la camiseta, que dejaba ver el estilizado tatuaje de alambre de espino que rodeaba por completo su grueso bíceps. Podía parecer escuálido comparado con Bobby, pero sólo comparado con Bobby. Wes Skelly tampoco era un peso pluma, eso seguro.

—¿Desde cuándo has vuelto a fumar? —le preguntó ella.

—Desde que esta operación me está atacando los nervios —contestó—. Llevamos semanas aquí sentados, dependiendo sólo de Robinson, sin poder acercarnos para buscar el maldito Triple X.

—Los seres humanos pierden velocidad —señaló Bobby.

—Cuando alcanzas cierta edad, empiezan a fallarte los reflejos —convino Wes.

—Es ley de vida.

—No me malinterpretes —añadió Wes—. El almirante es un buen tipo...

—Para ser almirante —apostilló Bobby.

—Y sabemos que fue Seal...

—Hace mucho tiempo.

—Pero de eso hace un millón de años y...

—Ya sabes lo que pasaba en *Star Trek* —comenzó a decir Bobby, muy serio.

—El *Star Trek* clásico —terció Wes con una sonrisa.

—Cuando había un comodoro a bordo del *Enterprise*...

—Y la antimateria galáctica estaba a punto de hacer una de las suyas...

—Y el viejo comodoro, que había perdido facultades, toma el mando porque cree que lo sabe todo y el capitán Kirk tiene que luchar contra los malos y contra los buenos para salvar la nave —prosiguió Bobby.

—A Bob y a mí nos preocupa la cantidad de paralelismos que hemos encontrado entre esos episodios y la presente situación —le dijo Wes—. Estamos aquí sentados, en medio del bosque, con nuestro viejo y oxidado comodoro, y nuestro capitán en California. Las cosas no pintan bien para la Federación.

Zoe se echó a reír.

—Sois demasiado, chicos.

—La verdad, Zoe... —la sonrisa de Wes se desvaneció—. Confiábamos en que hablaras con el almirante. Ya sabes, que lo convencieras de que es hora de intentar meter a más miembros del equipo dentro de esas paredes.

Estaban bromeando, pero sólo a medias.

—Chicos, tenéis que leer un libro titulado *Reírsele en la cara al fuego* porque está claro que no tenéis ni idea de con quién estáis tratando —les dijo—. No sabéis lo que hizo Jake en Vietnam, ¿verdad? —estaba segura de que no lo sabían. Parecían extrañados—. No puedo creer que no hayáis intentado informaros sobre vuestro jefe de equipo —se rio otra vez, incrédula—. Jake no es el comodoro, chicos. Es el capitán. Y si no os andáis con cuidado, el comodoro seréis vosotros. Jake necesita que estéis a su lado, no que lo estorbéis.

—A riesgo de que te enfades —dijo Wes—, tengo la teoría de que tu lealtad hacia el almirante no es lealtad, en realidad, sino que se debe a que llevas varias semanas acaramelada con él. Y el sexo confunde las cosas. Sobre todo, en el caso de las mujeres.

—¿Cómo dices?

—Creo que se ha enfadado —comentó Bobby, volviéndose para disimular una sonrisa.

—Es cuestión de hormonas —contestó Wes con una mirada divertida. Sabía que estaba fastidiando a Zoe, maldito fuera—. Tú crees que es lealtad, pero en realidad son tus hormonas, que reaccionan ante el poder de un macho alfa, aunque sea más bien viejo.

Zoe se levantó.

—Bueno, ha sido divertido, pero es hora de que me marche de este antro de ignorancia. ¿Sabéis?, creo que podréis encontrar una versión grabada de *Reírsele en la cara al fuego*. Ahora me doy cuenta de que leerlo sería un reto demasiado arduo para un cerebro de mosquito como tú, Skelly.

Bobby se echó a reír.

—¿Habrá una versión en cómic? Quizás eso sí pueda leerlo.

Wes se fingió ofendido, pero no pudo evitar que se le escapara una sonrisa.

—¿Sabes, listillo? Si esto fuera *Star Trek* —oyó Zoe que le decía a Bobby mientras salía por la puerta—, tú serías la teniente Uhura, llevarías tacones de aguja y te pasarías la vida captando radiofrecuencias. ¿Qué? ¿Qué te parece eso?

—Bueno, me parece que estoy en muy buena compañía —contestó Bobby.

Zoe no estaba en el bar cuando llegó Jake.

Él sabía que sólo era cuestión de tiempo que apareciese: el equipo de vigilancia la habría avisado al verlo salir de la antigua fábrica.

Se tomó sin prisa una cerveza mientras estaba frente a la máquina de discos. Sentía la misma emoción y el mismo temor que lo asaltaban cada noche, antes de ver a Zoe.

Ella le diría «hola», siempre lo hacía, con un largo y ardiente beso. Dios, le encantaba besarla. Le encantaba y lo odiaba.

Lo odiaba porque sus besos lo embriagaban por completo. Cuando Zoe lo besaba, no existía nada más. Su mundo se estrechaba y quedaba reducido a sus bocas unidas, a sus abrazos, a sus cuerpos pegados el uno al otro.

Cuando Zoe lo besaba, le costaba acordarse de su propio nombre, y mucho más recordar el sabor de los besos de Daisy.

Zoe había invadido por completo sus sueños, además. Más de una vez se despertaba tendiéndole los brazos, convencido de que sus sueños, extremadamente detallados y turbadores, eran reales.

Últimamente, cuando soñaba, sólo veía a Daisy de lejos. La divisaba desde la ventana del dormitorio de su apartamento de Washington y salía a la terraza a llamarla. Pero a medio camino se daba cuenta de que estaba desnudo, de que acababa de estar en la cama con Zoe. La voz se le atascaba en la garganta y Daisy desaparecía.

Se despertaba angustiado por la culpa y el deseo. Una mala combinación.

Miró su reloj de pulsera. Maldita sea, ¿dónde estaba?

Esa noche no esperaba con ansia su visita solamente porque quisiera besarla. Tenía que pasarle una información de vital importancia.

—Si buscas a Zoe —Carol, la otra camarera, una mujer de cuarenta y tantos años, guapa y de cabello oscuro, estaba tras él, sujetando su bandeja—, otra vez ha llamado para decir que estaba enferma.

Enferma. ¿Otra vez? Maldición, se había mantenido alejado de ella varios días a propósito. ¿Y si había estado enferma todo ese tiempo? ¿Y si lo necesitaba?

—¿Se encuentra mal?

Carol se encogió de hombros.

—Gus cree que es la gripe. Yo creo que son bobadas.

—Gracias por avisarme —Jake apuró su cerveza y llevó la botella vacía hacia la barra. Carol lo siguió.

—Antes de que te vayas corriendo a su casa —dijo—, deberías prepararte para que te lance un ultimátum. Esa chica quiere compromisos, Jake. Le dijo a Monica que remoloneabas tanto que le estaban dando ganas de convertirse en la cuarta esposa de Christopher Vincent.

Jake estuvo a punto de dejar caer la botella.

—¿Qué?

Carol sonrió.

—Sí, imaginaba que no lo sabías. Por lo visto tu amigo Christopher también ha estado ligando con Zoe. Quiere añadirla a ese asqueroso harén que está montando en la antigua fábrica de helados.

—Zoe no me había dicho ni una palabra de eso.

—Voy a darte un consejo, Jake. Zoe es un poco salvaje, un poco alocada. Es su temperamento. Pero quiere un anillo. Seguramente es la primera vez en su vida que se propone algo así y creo que va en serio. Sé que hace poco que os conocéis, pero quiere casarse antes de cumplir los treinta y puede que llegue a un punto en que ya no le importe especialmente con quién se case. Pero está enamorada de ti. Si la oyeras hablar de ti, te pondrías colorado.

—No habla de otra cosa, Jake —el barman se había sumado a la conversación sin saber cómo. Los dos viejos que parecían formar parte del mobiliario del bar también escuchaban sin ningún sonrojo.

—Si sientes algo por ella, cómprale un anillo —le aconsejó Carol—. Y que Christopher Vincent celebre una de esas bodas de pacotilla que hace él. De todos modos, no son de verdad. Christopher tiene la misma autoridad que mi caniche para oficiar una boda. Pero harás feliz a Zoe, tú tendrás lo que quieres todo el tiempo que quieras y ella se librará de Christopher. Es un poco brusco con las mujeres, si quieres que te diga lo que pienso.

—Eres idiota si no te casas con Zoe de verdad —terció uno de los viejos, Roy. Zoe le había dicho que tenía noventa y dos años–. Si yo fuera veinte años más joven, se lo habría pedido la primera vez que entró aquí.

La caravana de Zoe estaba aparcada calle abajo, en el descampado que había junto a la gasolinera de Lonnie. Cuando se acercó Jake, la luz estaba encendida.

Ella abrió la puerta antes de que llegara a los escalones. Estaba esperándolo.

Llevaba sus vaqueros y esa camisetita de flores que se había puesto la primera vez que se vieron, en Washington. El pelo le caía, largo y sedoso, alrededor de los hombros. Apenas llevaba maquillaje y su piel parecía resplandecer de buena salud.

–Me parece que no tienes la gripe –dijo él cuando Zoe cerró la puerta a su espalda.

–Vaya, pareces casi desilusionado.

Había llenado su bolsa de deporte y su mochila. Estaban en el suelo del pequeño pasillo que conducía a la única habitación de la caravana.

Maldición, estaba intentando forzarlo. Quería que se casara con ella y la llevara al complejo del ORA.

–¿Vas a alguna parte? –preguntó él. Intentaba que su voz y su sonrisa parecieran cordiales, pero sabía que ambas dejaban traslucir su tensión.

Zoe lo miró a los ojos y no intentó fingir que no sabían lo que estaba pasando.

–Es la hora, Jake.

–¿Y si te digo que no, que no es la hora? ¿Y si te digo que no vas a entrar en el fuerte del ORA? ¿Qué vas a hacer? ¿Desafiarme abiertamente y convertirte en la cuarta señora Vincent?

Estaba furioso con ella, pero su ira no se debía únicamente a que ella estuviera intentando imponerle su opinión. Lo enfurecía que considerara el sexo tan insignificante. Que se tuviera a sí misma en tan poca estima. Lo sacaba de quicio la idea de que se entregara a Christopher Vincent. Quizá sus motivos fueran altruistas, pero era un error, maldita sea.

De pronto comprendió que, si estaba dispuesta a acostarse con él, era también por los mismos motivos. Por motivos equivocados. De repente vio con cegadora claridad que no quería que Zoe deseara que aquella misión fuera un éxito y que también lo deseara a él. Quería que lo deseara y punto. A pesar de la misión. Y fuera de ella.

Como él la deseaba a ella.

Zoe no pestañeó.

—Tú sabes que preferiría hacerlo de esta manera. Irme contigo.

Jake la miró con enfado y dejó que sus palabras crepitaran, llenas de desagrado.

—Sí, y yo preferiría hacerlo a mi modo. El jefe del equipo soy yo, ¿o lo has olvidado?

Zoe dio un respingo al oírlo, pero luego levantó la barbilla con ese gesto que enfurecía a Jake y que al mismo tiempo le hacía admirarla.

—¿Es usted el jefe del equipo, almirante? Entonces, ¿por qué permite que Jake, el protector, interfiera con el curso más conveniente de esta operación? El plan era introducirme en la fábrica y que te ayudara a encontrar el Triple X. Era un buen plan, hasta que dejaste de pensar como un almirante. Me prometiste que, en lo tocante a mi seguridad y mi bienestar, dejarías que fuera yo quien pusiera los límites. Teníamos un trato... hasta que renegaste de él.

—¿Quieres que te deje trazar los límites? —Jake no podía creerlo—. ¿Y dónde está el tuyo, Zoe? Que yo sepa, no existe. ¡No hay límite, si estás dispuesta a casarte con Christopher Vincent para entrar allí!

CAPÍTULO 9

Jake estaba muy enfadado.

Por primera vez desde que se conocían, no tenía una sonrisa lista para disipar la tensión.

Sus ojos parecían tan fríos y duros como el acero, y la miraba como si fuera una desconocida, como si no la reconociera.

Zoe no sabía qué decirle. Optó por la verdad.

−No me casaría con Christopher Vincent −reconoció−. Sólo pensaba... No sé. Que tal vez te diera el incentivo que necesitabas para llevarme allí de este otro... de este modo más seguro.

Saltaba a la vista que no la creía. ¿Por qué iba a creerla? Zoe se había esforzado por convencerlo de que era dura e implacable.

−Y como las cosas no van al ritmo que prefieres, ¿has decidido recurrir al chantaje emocional? ¿Es eso lo que me estás diciendo?

Ella no podía negarlo, pero intentó justificarse.

−La experta soy yo, Jake. Yo soy quien debería estar allí.

Sus ojos eran tan fríos y vacíos como la oscuridad del espacio exterior. Su voz sonaba inflexible.

−Debería mandarte a casa.

Zoe levantó la barbilla.

—Puedes mandarme a casa, almirante, pero no puedes impedir que vaya a ver a Pat Sullivan y le diga que vuelva a asignarme a esta misión.

—Y entonces aprovecharías que Christopher Vincent quiere acostarse contigo para introducirte en el ORA, ¿no es eso? —se rio sin ganas—. Es curioso, me parece haberte oído decir que no estabas dispuesta a hacer eso.

Zoe sintió ganas de llorar. Se había esforzado mucho para hacer creer a Jake que concedía muy poca importancia al sexo. Había fingido que para ella no era nada trascendental. Que no era tímida, ni pudorosa. Que podía utilizar su físico como cualquier otra herramienta de su trabajo.

Al principio, había querido escandalizarlo, zarandearlo un poco y, sí, impresionarlo. Era una mujer moderna, una especie de superheroína. Podía ser joven, y mujer, pero estaba especializada en armas de destrucción masiva, y era toda una autoridad en una disciplina más aterradora que cualquier película de miedo. Pero, a pesar de eso, tenía la capacidad para mantenerse fría y serena mientras a su alrededor se desataba el caos. Era fría, era dura, podía cumplir con su misión. En cuestiones del corazón, podía ser tan indiferente como James Bond. Eso demostraba que tenía lo que había que tener para destacar en su oficio. ¿No?

Y ella destacaba.

Pero todo lo demás era mentira.

Ahora, sin embargo, Jake creía que era cierto. Y no estaba impresionado.

Era ella misma quien se había puesto en aquella desafortunada posición, no había duda de ello.

Jake se sentó cansinamente en el sofá empotrado.

—¿Sabes qué es lo más estúpido de todo, Zoe?

Ella. Ella era lo más estúpido de todo.

—Que esta noche he venido a decirte que se nos estaba agotando el tiempo —la miró y esbozó una sonrisa torcida—.

Venía a preguntarte si todavía querías casarte conmigo para entrar en el complejo del ORA.

Zoe se sentó frente a él, concentrada de pronto.

—¿Cómo que se nos está agotando el tiempo?

—He descubierto cuándo piensa usar Vincent el Triple X —contestó Jake—. Dentro de tres semanas cumple cincuenta años. Sus lugartenientes y él están hablando de una gran fiesta que van a celebrar en Nueva York. Una fiesta que cubrirá la CNN. Calculo que sólo tenemos una semana y media antes de que intente trasladar el Triple X. Tenemos que encontrarlo antes, por razones obvias.

El ORA podía sacar el agente tóxico en pequeñas cantidades, envuelto en bolsitas de plástico. Y entonces el equipo las pasaría moradas para seguir su rastro. Podían recuperar casi todo el Triple X y aun así morirían miles de personas.

Tenían que encontrarlo. Inmediatamente.

—Sí —contestó—. Sí, quiero casarme contigo.

Alguien le había buscado un vestido blanco.

No era un vestido de novia, pero con el pelo recogido parecía un ángel.

Jake estaba a la entrada del Mel's, viéndola avanzar hacia él por el pasillo que habían hecho moviendo mesas y sillas. Ignoraba el título de la canción que estaba sonando en la gramola, pero la melodía era muy hermosa.

Zoe estaba tan guapa que sintió que se le cerraba la garganta.

Pero aquello no era real. Nada era real.

El ORA no creía en licencias matrimoniales. Se oponía a la intervención del estado en algo tan personal como el matrimonio. De modo que, conforme a sus normas, Jake podía pedir la mano de Zoe a las ocho y media de la tarde y ver a su novia avanzar por el pasillo hacia él a las once de esa misma noche.

A su lado, Christopher Vincent se aclaró la garganta. Sonrió cuando Jake lo miró. Jake le devolvió la sonrisa. Y sintió un pequeño arrebato de euforia. Aquella boda de pega era un error en muchos sentidos, pero al menos saldría algo bueno de ella. A partir de esa noche, Christopher Vincent no tendría ocasión de ponerle la mano encima a Zoe.

Vio aprensión en los ojos de ella mientras se acercaba. Su sonrisa era indecisa, y Jake comprendió que no había logrado ocultar por completo sus temores.

No quería casarse con ella. No quería fingir que se casaban. Y no quería llevarla a su habitación en el complejo del ORA. Ya le costaba bastante trabajo resistirse a ella allí, en un local público. ¿Cómo iba a arreglárselas cuando compartieran habitación?

De algún modo tendría que hacerlo. Iba a fingir que hacían el amor e iba a dormir con ella en la misma cama noche tras noche. Si algo podía enfriar la pasión que sentía por ella, eran las tres cámaras de seguridad colocadas alrededor de su habitación.

Zoe dio a Carol las flores que llevaba y tomó la mano de Jake. Tenía los dedos fríos. Su vestido era muy bonito, sin mangas y un amplio escote que dejaba ver la parte de arriba de sus grandes pechos. Pero era un vestido de verano y allí, en Belle, Montana, donde el otoño era frío y áspero, habría desentonado menos un jersey de cuello vuelto.

Jake agarró sus manos, intentando calentárselas. Ella llevaba perfume. Un olor muy leve y sutil.

—De rodillas —ordenó Christopher Vincent.

Jake ayudó a Zoe a arrodillarse en el suelo y se dispuso a hacer lo mismo. Pero Chris lo detuvo.

—Sólo Zoe —dijo.

Ella los miró, frunciendo el ceño ligeramente.

—¿Sólo yo?

—Tienes que mostrar el debido respeto a tu esposo y a los demás hombres del ORA —le dijo Christopher—. De rodillas, con la cabeza gacha y los ojos bajos.

«Se acabó», pensó Jake. Zoe iba a levantarse y a reírse en la cara de Christopher.

Pero no lo hizo. Se quedó allí, en el suelo, y bajó la cabeza. Jake pensó de nuevo en lo que estaba en juego. Si Zoe era capaz de hacer aquello, sería capaz de hacer cualquier cosa para recuperar el T-X desaparecido.

Cualquier cosa.

La idea le provocó dolor de estómago.

La ceremonia fue corta, llena de palabras como «obediencia», «sumisión», «acatar» y «transigir». Para todas las mujeres del mundo, era un retroceso hacia la Edad Oscura.

Y sin embargo Zoe consintió en todo.

Aquélla no fue en absoluto como su boda con Daisy, y sin embargo Jake se sintió vacilar al tomar la mano de Zoe. Era hora de ponerle en el dedo la sencilla alianza de oro, pero la hondura y el poderoso significado de aquel símbolo parecían deslucidos por la falta de igualdad. El anillo pareció mucho más esclavizante cuando ella se arrodilló un poco por detrás de él y Jake se lo puso en el dedo, como si pusiera una etiqueta a un objeto de su posesión o a una mascota.

Respiró hondo y deslizó el anillo en su dedo. Si ella podía arrodillarse y agachar la cabeza, él también podía ponerle el anillo.

Para él no había alianza. Eso, al menos, era un alivio.

Zoe pudo por fin levantarse.

Era hora de besar a la novia.

Ella lo miró entonces. Tenía lágrimas en los ojos. Jake comprendió que, a pesar de lo duro que era aquello para él, lo era un millón de veces más para ella, que seguramente no se había arrodillado ante nadie en toda su vida.

La besó con suavidad, intentando que se tranquilizaran ambos pensando que nada de aquello era real.

Zoe se aferró a él y Jake cerró los ojos y la estrechó contra sí. Deseaba... ¿qué? Ni siquiera lo sabía.

—Lo siento —le susurró ella al oído en voz apenas audible—. Lo siento muchísimo, Jake. Sé lo difícil que debe de ser esto para ti.

Se apartó para mirarla, sorprendido, comprendiendo que lloraba por él.

La gente reunida en el bar había empezado a aplaudir. Carol y su amiga Monica les lanzaron arroz. Y Jake se quedó allí, viendo como una lágrima escapaba de los ojos de Zoe y rodaba por su mejilla.

Y no pudo evitarlo.

La besó.

No porque tuviera que hacerlo.

Sino porque quería.

Sus labios eran tan suaves, tenían un sabor tan dulce... ¿Cómo podía saber tan dulce, siendo tan dura y tan fuerte?

La obligó a abrir la boca suavemente, sin prisa, y la besó despacio, sin restricciones. Muy, muy profundamente.

El tiempo se detuvo y el ruido del local se convirtió en un murmullo lejano y sordo. Nada importaba, nada existía, salvo la mujer a la que estrechaba entre sus brazos.

Deseaba besarla eternamente. Quería que aquel instante no se acabara.

Sintió que ella se derretía, que la pasión se adensaba en la boca de su estómago, que sus rodillas se aflojaban.

Dios, si un solo beso podía ser tan delicioso...

Se apartó, jadeante.

Zoe lo miró con los ojos muy abiertos.

Y entonces Chris y algunos otros hombres del ORA comenzaron a darle palmadas en la espalda, a estrecharle la mano y a invitarlo a beber.

Miró a Zoe, rodeada por Carol y Monica, por Lonnie y el viejo Roy. Seguía mirándolo con expresión inquisitiva.

Jake asintió. Sí. Pero ella siguió sin entender. O quizá no le creía.

—He sido yo quien te ha besado —le dijo Jake moviendo

los labios sin emitir sonido, consciente de que ella le entendería.

Zoe sonrió, pero sus ojos volvieron a llenarse de lágrimas. Y esta vez Jake no se sorprendió.

CAPÍTULO 10

Era de lo más extraño.
Entrar en la fortaleza del ORA era como penetrar en el decorado de su serie de televisión favorita.
Zoe lo había visto con todo detalle a través de las pantallas de vigilancia, muchas otras veces.
Había estudiado la fábrica entera mientras se hallaba en la caravana del equipo. Conocía su distribución casi tan bien como Bobby Taylor.
Si era necesario, podría encontrar la cocina principal en medio de un apagón y con los ojos cerrados. Sabía dónde estaban todas las cámaras y los micrófonos. Sabía cuál era el camino más corto para llegar a la habitación de Jake desde cualquier punto de la finca.
Pero se quedó rezagada y esperó que a Jake le mostrara el camino.
Tendría que recordar que debía dejar que él siempre caminara varios pasos por delante de ella. Una norma del ORA.
Jake no había cerrado con llave la puerta de su habitación. Al parecer, nadie lo hacía. Abrió la puerta, la sujetó amablemente, como habría hecho el padre de Zoe con su madre, y dejó que entrara ella primero.
Zoe también conocía la habitación. Los colores eran lige-

ramente distintos, sin embargo. El naranja rojizo de la vieja moqueta era más cobrizo, y los paneles que recubrían las paredes algo más chabacanos y desgastados de lo que aparentaban por los monitores.

Miró hacia el espejo preguntándose quién los estaría viendo. ¿Estarían de guardia Bobby y Wes? ¿O Harvard? ¿O sería Luke O'Donlon? Todo el equipo sabía que lo que se dijera e hiciera en aquel cuarto era únicamente a beneficio de los espectadores. Sabían que nada era real, pero aun así...

Se volvió para mirar a Jake.

—Bueno. Esto es... Por lo menos es más bonito que mi caravana.

Jake dejó sus bolsas sobre la larga y baja cómoda. Compuso una sonrisa.

—Servirá, por ahora.

Santo cielo, ¿podían parecer más tensos? Se suponía que eran recién casados en su noche de bodas. Los dos habían fingido que estaban ansiosos por llegar allí, que ardían en deseos de estar a solas. ¿Y ahora qué?

Jake tenía razón, desde luego: aquello no iba a ser divertido, sabiendo que había tres cámaras y sabía Dios cuánta gente observándolos.

Se acercó a ella y le quitó la chaqueta que le había echado sobre los hombros durante el trayecto a la fábrica. La colgó con cuidado del respaldo de una silla y sonrió de nuevo.

—¿Te importa si...? —alargó la mano hacia sus horquillas y comenzó a quitárselas sin esperar respuesta.

—No, no me importa —lo ayudó y su melena cayó alrededor de sus hombros.

—Me encanta tu pelo —dijo él.

Zoe cerró los ojos cuando le pasó los dedos por el cabello.

—Es tan suave —murmuró él—. Como el de un bebé.

No sólo acariciaba su pelo. También tocó su cuello, su garganta, sus hombros, sus brazos.

Ella abrió los ojos y se sobresaltó al verse reflejada en el espejo. Parecía absolutamente extasiada, con los ojos entornados y los labios entreabiertos. Cada vez que respiraba, sus pechos se apretaban contra el estrecho vestido que Carol había sacado del fondo del armario de su hija.

—¿Tienes frío? —susurró Jake, cuyas manos cálidas descansaban sobre su piel.

—No, yo...

—Sí, lo tienes —dijo él, ordenándole en silencio que dijera que sí—. Tienes los brazos un poco fríos.

¿Qué se proponía?

—Sí —dijo—. Un poco.

Jake besó su mandíbula, su garganta, la parte de arriba de sus pechos. Aquella sensación casi la hizo estallar en llamas. No, no tenía frío, muy al contrario.

—¿Por qué no te metes en la cama, debajo de las mantas? —él sonrió—. Veremos qué podemos hacer para que entres en calor.

Ah. Eso era lo que se proponía. En cuanto estuvieran bajo las mantas, nadie sabría si estaban haciendo el amor o intercambiándose la ropa interior. Sobre todo, si apagaban la luz.

Zoe le dio la espalda.

—¿Me bajas la cremallera?

Jake vaciló un instante, y ella comprendió que esperaba que se dejara el vestido puesto. Pero eso resultaría demasiado extraño. Lo miró por encima del hombro.

—Por favor.

Jake la tocó, luchó un momento con el pequeño tirador de la cremallera. Zoe sintió que sus dedos se deslizaban a lo largo de su espalda mientras se sujetaba el vestido por delante.

Jake besó su cuello. Su voz sonaba ronca de pronto.

—Enseguida salgo.

Apagó una de las luces al entrar en el cuarto de baño contiguo y cerró la puerta.

Dios, cómo le latía el corazón. Aquélla iba a ser la noche más larga de su vida, no había duda. Se demoró lavándose las manos, intentando que el latido de su corazón volviera a la normalidad, y se echó agua en la cara.

Pero cuando cerraba los ojos veía sólo la espalda tersa y desnuda de Zoe. Toda esa piel perfecta bajo sus dedos.

Ella no llevaba sujetador.

Se echó a reír en voz alta.

Iba a tener que meterse en la cama con ella y a fingir que le hacía el amor. Y, entre tanto, ella estaría medio desnuda en sus brazos.

Miró su cara chorreante en el espejo del baño.

Tal vez él sí pudiera quedarse con la ropa puesta.

Sí, claro. Resultaría muy chocante. Después de llevar semanas babeando con ella, ¿de pronto se volvía tímido?

Dios, tal vez debiera darse por vencido y hacerle el amor.

Jake la miró a los ojos con intensidad, consciente de la verdad, consciente de lo que de verdad deseaba esa noche. Puro sexo. Sin ataduras. Sin responsabilidades. Sólo las piernas de Zoe rodeando su cuerpo mientras se hundía en ella.

Mientras se perdía.

Y se perdería. Cuando se despertara por la mañana, todo lo que valoraba habría desaparecido. Su integridad. Su honor. Su profundo sentido del bien y del mal.

Y entonces ¿cómo podría mirarse al espejo?

No estaba preparado para eso. Ahora, no. Quizá no lo estuviera nunca.

Se quitó la camisa, los zapatos y los pantalones y abrió el grifo de la ducha.

Sabía lo que tenía que hacer.

Pero seguía paralizado.

Zoe oyó cerrarse el grifo mientras esperaba a Jake tumbada en la cama, a oscuras.

Oyó el tintineo de la cortina de la ducha al descorrerse y luego nada.

Dios, cómo le latía el corazón.

Esperó y...

La puerta del cuarto de baño se abrió por fin, inundando de luz la habitación. Y allí estaba Jake, una oscura silueta de anchos hombros, con una toalla ceñida alrededor de la cintura.

No sabía si estaba sonriendo. Sospechaba que no. Pero en ese momento habría agradecido que le lanzara una de sus sonrisas tranquilizadoras.

Él pulsó el interruptor del cuarto de baño y la habitación volvió a quedarse a oscuras. Pero no del todo. Por entre las rendijas de las viejas persianas se veía el brillo de los focos que alumbraban los terrenos del complejo.

Zoe vio que se acercaba a ella y se sentaba al borde de la cama.

—Siento haber tardado tanto —dijo—. Ha sido un día muy largo y he pensado que te gustaría que me diera una ducha rápida.

—Estoy un poco nerviosa —susurró ella sinceramente, no para los micrófonos.

Sus ojos se habían acostumbrado a la oscuridad y ahora vería claramente la cara de Jake.

—Yo también, Zoe —contestó él en voz baja. Tampoco mentía.

Entonces le sonrió. Era una sonrisa casi compungida, encantadoramente avergonzada, y aun así tan segura de sí misma que dejaba claro que era consciente de lo cómico de aquella extraña situación.

Zoe también sonrió.

—Creo que te has sentado ahí porque quieres hacerte de rogar.

Algo brilló en los ojos de Jake.

—Suele gustarme que me rueguen. Pero esta noche no es necesario.

Dejó caer la toalla al suelo y se metió bajo las sábanas.

Tenía la piel fresca y suave. Alargó los brazos hacia Zoe y la besó. La apretó contra sí y entrelazó sus fuertes piernas con las suyas. Pegó su torso musculoso a los pechos de ella mientras deslizaba las manos por la sedosa espalda del camisón.

Zoe percibió su sorpresa y, a continuación, su alivio. ¿De veras creía que estaba desnuda bajo las mantas?

En efecto. Él se apartó un poco para mirarla, para echar un vistazo al camisón de raso negro y encaje que cubría sus pechos y llegaba hasta sus muslos.

—Es bonito —su voz sonaba ronca. Sus ojos tenían una expresión cálida—. Muy bonito. Muchísimo.

Zoe soltó una risilla. No pudo evitarlo.

Luego Jake también comenzó a reír, y ella se rio con más fuerza.

Y cuando empezó, ya no pudo parar. Todo aquello era tan absurdo... Por fin estaba en la cama con el hombre al que más deseaba en todo el mundo. Por fin lo tenía justo donde quería, y no podía hacer nada porque tenían multitud de espectadores.

¡Bienvenidos al show de Jake y Zoe!

Era una locura. Fingían ser novios que habían esperado a casarse para hacer el amor, aunque no estuvieran casados de verdad, al menos no a ojos de la ley, y en realidad no iban a hacer el amor. La realidad y la ficción se habían enredado en una enorme y estrambótica maraña.

Jake intentaba resistirse. Intentaba no reírse, pero sólo consiguió empeorar las cosas.

Zoe se aferraba a él, aturdida. Aquel repentino ataque de risa parecería muy extraño, pero ninguno de los dos podía parar.

Jake intentó besarla, pero no pudo. Escondió la cara entre su pelo, riendo tan fuerte que se le saltaban las lágrimas.

Tenían que hacer algo para que pareciera que se estaban enrollando. Zoe se abrazó a él, lo rodeó con su cuerpo, ciñéndolo con sus piernas y...

Jake intentó retirarse, pero no fue lo bastante rápido.

Estaba completamente excitado. Hasta ese momento había estado tumbado de modo que ella no se diera cuenta. Ahora, la verdad se había hecho evidente.

Y así, de pronto, se quedaron los dos paralizados y dejaron de reírse.

—Dios mío, lo siento —susurró él avergonzado.

—No —dijo ella—. No, Jake, porque quiero...

—No —contestó con voz ronca, y la besó para que no continuara.

Zoe respondió a su beso con ansia, diciéndole sin palabras lo que él ya sabía

Que lo deseaba.

Jake gruñó cuando se apretó contra él, gruñó al besarla con ímpetu, hundiendo la lengua en su boca.

Pero luego se apartó. Dejó de besarla y comenzó a mecer la cama, haciendo chirriar los muelles y chocar el colchón contra la pared. Zoe intentó no echarse a reír otra vez. O no llorar. Estaba tan embargada por la emoción y el deseo que no sabía qué saldría, si abría la boca.

Jake se dejó caer sobre ella con un grito, fingiendo que había acabado enseguida. Se quedaron allí tendidos, jadeando, unos segundos.

Jake seguía excitado y Zoe se preguntaba si él también sentía deseos de llorar de pura frustración.

Luego se apartó de ella, masculló un juramento y ella se volvió para mirarlo.

Yacía de espaldas, cubriéndose los ojos con el brazo.

—Lo siento —dijo, hablando para los micrófonos—. Hacía mucho tiempo y...

—Shh —Zoe no se atrevió a tocarlo—. No pasa nada. Tenemos el resto de la vida para hacerlo bien.

—Eso sólo que... me avergüenza —la miró y bajó la voz—. Lo siento.

—No pasa nada —no se atrevió a decir nada más por miedo a descubrir su tapadera, o a avergonzar más aún a Jake.

La había besado de verdad esa noche, en el bar, pero estaba claro que no se sentía preparado para nada más, a pesar de que su cuerpo lo traicionaba.

Zoe ansiaba que la abrazara, que acabaran lo que habían empezado, pero sabía que no era posible. Quizá nunca lo fuese.

Se quedó tumbada a su lado, acalorada bajo la manta, temiendo a moverse por si volvía a rozarlo.

—Gracias por casarte conmigo —susurró, consciente de lo difícil que era todo aquello para él.

Jake se limitó a reír.

—No hay de qué —contestó.

CAPÍTULO 11

De pie bajo la ducha, con los ojos cerrados, Jake dejaba que el agua tamborileara sobre su cabeza.

Esa noche había dormido una hora, quizá.

Había pasado horas despierto, consciente de que Zoe estaba tumbada a su lado en la cama.

Era una cama de matrimonio pequeña, y para colmo tenía un gran valle justo en el centro. Cada vez que intentaba ponerse cómodo, se deslizaba hacia el centro de la cama y acababa rozándose con Zoe.

La tersura de sus piernas.

La suavidad de sus hombros.

El fresco raso de su sutil camisón negro.

Santo cielo. Al principio se había alegrado tanto de que llevara algo puesto... Pero a medida que se alargaba la noche, se había descubierto pensando en el tacto del raso bajo sus dedos, en la cálida firmeza de su cuerpo bajo él, en el encaje negro pegado a sus pechos grandes y sedosos...

Santo cielo.

Ella había dormido más o menos lo mismo que él.

Jake la había sentido despierta, tensamente aferrada a su lado de la cama.

En cierto momento había oído que su respiración se hacía más profunda. Por fin se había quedado dormida. Pero al relajarse se había vuelto hacia él, se había acurrucado a su lado y apoyado la mano sobre su pecho.

Jake había intentado retirarle las piernas suavemente, sabedor de que no podría dormir con ella así, y temeroso de lo que podía ocurrir si se colaba entre sus muslos mientras ambos dormían. Pero, a pesar del cuidado que había tenido, ella se había despertado. Lo había mirado fijamente, había mirado la mano apoyada sobre su pecho, y se había retirado a su lado de la cama murmurando una disculpa.

Él había dormido por fin a trompicones: cada pocos minutos se despertaba con un sobresalto, intentando dominarse.

Por último, el cansancio se había apoderado de él y había dormido al menos una hora.

Y había despertado estrechando fuertemente a Zoe entre sus brazos. Su trasero se apretaba contra él, y él hundía la cara en su cabello bienoliente mientras con la mano derecha cubría uno de sus pechos.

Esa vez había logrado separarse de ella sin despertarla. La luz del día se filtraba por fin entre las rendijas de las persianas, y se había levantado de la cama, con el cuerpo lleno de agujetas.

Había salido a correr y, empeñado en agotar sus energías, había superado con creces sus ocho kilómetros de costumbre. Al volver a la habitación, la cama estaba hecha y Zoe se había marchado.

Con un poco de suerte, si era tan buena como afirmaba Pat Sullivan, volvería con los seis cartuchos de Triple X en la mano.

Jake se echó a reír. Sabía que era ridículo pensar que Zoe pudiera encontrar el Triple X con sólo recorrer los pasillos del complejo del ORA la primera mañana que pasaba allí, pero aun así, por irracional que fuera, tenía esperanzas de que fuera así. Ya era hora de que algo en aquella operación resultara fácil.

—Hola —dijo ella, apartando la cortina de la ducha—. ¿Qué haces aquí, riéndote solo?

Jake se golpeó la cabeza con la ducha y se volvió rápidamente para darle la espalda.

—¡Caray, Zoe!

Todavía tenía champú en el pelo, pero aun así cerró el grifo y echó mano de la toalla que colgaba detrás de la puerta del baño.

Ella, sin embargo, volvió a abrir el grifo.

Jake soltó una maldición cuando se le metió el jabón en los ojos, mientras se envolvía rápidamente la cintura con la toalla, a pesar de que el agua seguía chorreando por su cuerpo.

—¿Qué demonios...?

Zoe se apoyó en él, lo bastante cerca para hablarle al oído, en voz baja.

—Aquí dentro podemos hablar en voz baja. Con el grifo abierto, los micrófonos no recogen lo que decimos, si no alzamos la voz. Y la cámara está encima de la ventana. Éste es el único lugar de toda la habitación en el que no pueden vernos.

Jake asintió.

—Vaya —susurró mientras se quitaba el jabón de los ojos—. Qué conveniente.

—No susurres —le advirtió ella—. Habla normalmente, pero bajando un poco la voz —se rio suavemente—. Puedes abrir los ojos y darte la vuelta. Voy vestida.

Gracias al cielo.

Él se dio la vuelta y entonces comprendió que se había precipitado: Zoe iba en ropa interior. Llevaba un sujetador de correr y unas bragas pequeñísimas.

—Tenemos un pequeño problema —dijo muy seria, como si estuviera acostumbrada a celebrar reuniones importantes en la ducha, medio desnuda.

Su sujetador dejaba de por sí poco espacio para la imaginación, pero mojado se ajustaba perfectamente a sus pechos. Unos pechos que rebosaban las palmas de sus manos. Y eso que él tenía las manos muy grandes.

Jake se concentró en sus ojos. Las gotas de agua se prendían como gemas a sus largas pestañas, dando aún mayor frescura a su belleza.

—¿Un problema? —repitió él tontamente.

—Como nueva integrante del ORA por matrimonio —explicó ella en voz tan baja que Jake tuvo que inclinarse para oírla—, por lo visto estoy en periodo de prueba. No se me permite salir de la habitación a menos que vayas conmigo.

Jake soltó un exabrupto en voz alta y ella le puso un dedo en los labios.

Apartó la mano rápidamente, como si se hubiera quemado al tocarlo, y Jake comprendió que, a pesar de sus esfuerzos por fingir lo contrario, estar allí con él, en la ducha, la turbaba tanto como a él.

«Yo también te deseo». Las palabras que no le había dejado pronunciar esa noche parecían reverberar en los azulejos mientras el vaho de la ducha giraba en volutas a su alrededor.

Zoe se aclaró la garganta.

—El guardia que me ha acompañado hasta aquí no conocía las normas con exactitud —añadió en tono práctico y profesional—. Pero, por lo que he podido deducir, las recién casadas disfrutan de vacaciones especiales, o algo así. Se supone que, como mujer, tengo que trabajar, pero no tendré que unirme a mi batallón de trabajo hasta dentro de cuatro días. Por desgracia, no tenemos cuatro días que perder.

Para escucharla, Jake tenía que pegarse tanto a ella que podía contar las gotas de agua de su cara. Una de ella rodó por su mejilla como una lágrima y aterrizó sobre su clavícula. Mientras la miraba, se deslizó serpeando por su pecho y fue cobrando velocidad poco a poco al desaparecer entre sus senos.

Jake cerró los ojos. La toalla de su cintura estaba completamente empapada. Pesaba unos cinco kilos y colgaba de sus caderas. Tuvo que sujetarla con una mano mientras con la otra se quitaba el jabón de los ojos.

—¿Y qué hacemos ahora? —preguntó.

—Habrá que aparcar temporalmente mi plan de merodear por ahí, esquivando cámaras y guardias como un fantasma invisible, y salir tranquilamente, tomados de la mano, para ir a las habitaciones privadas de Christopher.

Estaba empezando a tiritar, y Jake hizo que cambiaran de sitio para situarla bajo el chorro de agua caliente. Zoe echó la cabeza hacia atrás y dejó que el agua corriera por su cara y su terso y liso vientre. Se alisó el pelo con las manos y sonrió.

—Gracias.

Jake se subió un poco más la toalla y se acercó para hablarle directamente al oído, con cuidado de no tocarla.

—Sé que crees que Christopher guarda el Triple X en sus habitaciones, pero estoy convencido de que, si el ORA piensa arrasar Nueva York dentro de unas semanas, alguien tiene que estar organizando su transporte.

Resbaló ligeramente en el suelo de la bañera y se agarró a la pared de azulejos, sin soltar la toalla. Milagrosamente, logró no tocarla. Apoyado en la pared, con el brazo estirado por encima de la cabeza de Zoe, su cara quedó a medio centímetro de su mejilla.

—Tienen que estar fabricando una bomba o un misil para llevar el Triple X —intentó aparentar que no pasaba nada, pero la voz le salió rasposa y tuvo que detenerse para carraspear—. Tiene que elevarse a la altura adecuada sobre la ciudad, en un momento en que las condiciones meteorológicas sean aceptables. El ORA tiene que tener un laboratorio para...

—No está aquí —contestó ella con firmeza. Volvió la cabeza para hablarle al oído y sus mejillas se rozaron.

A Jake nunca lo habían reanimado con un desfibrilador, pero estaba convencido de que debía de sentirse lo mismo que sentía en ese momento.

—Perdona —susurró ella—. Dios, esto es...

—Embarazoso —contestó él—. Otra vez.

—Quizá deberíamos... —lo miró y el destello de incertidumbre de su mirada dejó sin aliento a Jake. ¿Zoe, insegura? Luego se echó a reír, y aquel destello desapareció—. Si lo hubiéramos sabido, podríamos haber traído el traje de neopreno.

Zoe con traje de neopreno...

—¿Haces submarinismo? —preguntó él.

—Estoy aprendiendo. O estaba, mejor dicho. Fue idea de mi amigo Peter, y cuando... En fin... —sacudió la cabeza e hizo girar los ojos—. Dejémoslo.

Conque Peter, ¿eh?

—Nos hemos desviado de la cuestión —añadió ella enérgicamente—. ¿Dónde estábamos?

—Hablando del laboratorio —contestó Jake. Ignoraba quién era Peter, pero estaba loco si había dejado escapar a Zoe—. Tiene que haber uno en alguna parte.

—Aquí, no —le dijo ella sin asomo de duda—. Lo que he podido ver esta mañana me ha bastado para comprobar lo que ya había visto a través de las cámaras de seguridad. Y tú mismo has dicho que habías recorrido este sitio palmo a palmo. Puede que tengan recursos fuera...

—No. Imposible —Jake estaba convencido de ello—. Vincent jamás saldría del pequeño reino que se ha construido aquí.

Zoe resopló, exasperada. Pero luego se quedó paralizada, mirándolo a los ojos.

—Jake, ¿y si...?

Él casi veía humear su cerebro, pensando a toda máquina. Zoe soltó una carcajada y su cara adquirió una expresión eufórica.

—Madre mía, ¿y si Chris no sabe lo que tiene entre manos? —agarró el brazo de Jake—. ¡Dios mío! Puede que crea que su regalito de cumpleaños va a llevarse por delante a una docena de especímenes de una raza inferior en el metro de Nueva

York. Como ese espantoso suceso en Japón, hace unos años. Puede que no sepa que tiene Triple X suficiente para convertir toda la zona metropolitana en un cementerio —lo zarandeó suavemente—. Tienes que convencerlo de que va siendo hora de que comparta contigo sus secretos. Haz lo que tengas que hacer, Jake, pero consigue que te diga qué se propone.

—Ah, vaya, ¿eso es todo? —contestó él. Ahora fue él quien la agarró del brazo y la zarandeó ligeramente—. ¿Y qué crees que he estado intentando todo este tiempo, Zoe?

Ella pareció avergonzada.

—Perdona.

Ambos se dieron cuenta de lo que ocurría en el mismo momento. Estaban casi abrazados; ella apoyaba la mano sobre los tensos músculos de su antebrazo y él apoyaba la palma sobre la tersura de su hombro. Jake sólo tenía que mover un poco la cabeza para besarla. Ella apartó la mano.

—Perdona. Lo... lo siento.

Él los hizo girar otra vez para quedar bajo el chorro de la ducha. La soltó para frotarse el pelo y acabar de aclarárselo. Con la otra mano seguía sujetando la toalla.

—Deja que me aclare —dijo—. Luego puedes... hacer lo que tengas que hacer. Después iremos a dar un paseo, a ver si Christopher está en su habitación.

—Y después quiero enseñarte una cosa —le dijo—. Un lugar al que podemos ir a hablar sin que nos oigan. Pero está fuera, así que abrígate.

Abrigarse... Sí, sería muy agradable mantener una conversación estando vestidos.

Jake se hizo hacia un lado de la estrecha bañera, abrió la cortina y salió.

Pero Zoe lo detuvo, agarrando el borde de la toalla empapada.

—Más vale que dejes esto aquí —dijo—. Y procura parecer contento.

Contento. No enfadado, frustrado, abrumado y harto. Jake se rio. Eso estaba hecho.

–Hay al menos tres habitaciones que no nos ha enseñado –Zoe yacía de espaldas, al cálido sol del otoño, en la que antaño debía de haber sido la terraza de recreo de los empleados de la fábrica de tartas heladas.

Christopher Vincent les había dispensado una calurosa bienvenida a sus habitaciones privadas. Jake le había dicho que su flamante esposa estaba deseando dar una vuelta por allí y, al darse la vuelta, el líder del ORA había dirigido a Zoe una mirada cargada de intención. Ella había contestado con una sonrisa traviesa, confiando en que estuviera más dispuesto a enseñarles su morada si creía que estaba interesada en él.

No había modo de saber, sin embargo, qué no les había enseñado. Zoe sólo sabía que los cartuchos de Triple X no estaban a la vista en su comedor privado, ni en su dormitorio, en el enorme baño, ni en las tres suites que ocupaban sus esposas y sus hijos pequeños.

No les había mostrado su despacho privado. Según los planos de la fábrica que Zoe había estudiado en la caravana de vigilancia de los Seals, había tres o cuatro estancias más en aquella zona que no habían visto. Pero un laboratorio... Zoe seguía creyendo que no había ninguno.

Se volvió para mirar a Jake, que se había tumbado boca abajo, con los brazos cruzados bajo la cabeza. Se había acercado a ella para que lo oyera a pesar del bucólico sonido de la cascada cercana, pero sólo sus cabezas se tocaban. El tronco y las piernas de Jake estaban colocados en ángulo de ciento ochenta grados respecto a su cuerpo, pero aun así seguían estando demasiado cerca.

Ella se rio. Teniendo en cuenta su atracción, hasta a cuatro kilómetros habrían estado demasiado cerca.

—¿De qué te ríes? —murmuró él con los ojos entornados.
—Pareces cansado —contestó.
—Tú también.
—No dormí mucho anoche.
Sus párpados entornados eran sólo una estratagema. Sus brillantes ojos azules seguían siendo tan agudos como siempre.
—Sí —dijo por fin—. Lo sé.
—¿Puedo decir una cosa que creo que hay que decir, aun a riesgo de avergonzarte?
Jake cerró los ojos.
—No.
—Jake...
Abrió los ojos y suspiró al mirarla.
—¿Qué sentido tiene?
—Para empezar, esta noche vamos a volver a dormir juntos —contestó—. ¿Lo has pensado?
—Se me ha pasado por la cabeza un millón de veces o dos hoy —replicó él con sorna.
—El hecho de que tuvieras una...
Jake cerró los ojos.
—No lo digas.
Zoe se tumbó boca abajo, apoyándose en los hombros, y descansó la barbilla en la palma de la mano.
—¿Sabes?, la verdad es que me habría sentido ofendida si no hubieras estado tan excitado. Estas últimas semanas han sido extremadamente intensas y, corrígeme si me equivoco, pero creo que no haces el amor desde...
—No —la cortó él—. No te equivocas.
Desde la muerte de Daisy. Zoe tragó saliva, consciente de que él no quería que mencionara a su mujer. Se le partió el corazón. Por él, y por sí misma.
—Debes de echarla mucho de menos.
—Era irremplazable —respondió él en voz baja.
Zoe ya lo sabía, pero ignoraba que fuera a escocerle tanto oírselo decir en voz alta.

—Tú sabes que te encuentro muy atractiva —dijo él, y se rio—. Y si no lo sabías, después de lo de anoche ya lo sabes, ¿no?

—Lo sabía —contestó ella—. Antes de lo de anoche.

—Olvídate del hecho de que podría ser tu padre, ¿de acuerdo?

—Ya lo he olvidado.

Jake se rio.

—Sí, bueno, yo no. Pero pongamos que sí. De todos modos, esto que hay entre nosotros no va a ninguna parte. No puedo olvidar que sigo queriendo a Daisy. Sencillamente, no me veo... —se interrumpió, incapaz de continuar.

Zoe asintió con la cabeza y, con la vista fija en la cascada, intentó convencerse de que las lágrimas que notaba en los ojos eran resultado del resplandor del sol. No podía mirar a Jake, pero tenía que preguntárselo:

—¿Y esas veces, cuando me has besado de verdad?

Se quedó callado unos segundos.

—Contrariamente a lo que crees, no siempre hago lo que debo.

Ella se volvió para mirarlo.

Jake esbozó una sonrisa fatigada.

—Sé que me ves como ese héroe todopoderoso del libro de Scooter, pero la verdad, cariño, es que sólo soy un hombre. No me dejes caer en la tentación y todo eso. A veces, la tentación es demasiado tentadora, y entonces cometo errores. Y a veces sencillamente los cometo sin que nadie me empuje a ello. No te deseo, pero te deseo. A veces, la parte de mí que te desea consigue imponerse sobre la otra.

Zoe observó su cara. Jake, el hombre. Tenía razón, en cierto modo. Durante años había sido su héroe. Invencible. Intrépido. Noble. Inmortal. Y sin embargo, por debajo de todo eso, era sólo un hombre.

Un hombre maravilloso.

—Entonces, ¿piensas mantener el celibato el resto de tu vida? —preguntó.

La pregunta lo pilló por sorpresa.

—No lo sé —contestó francamente.

—Bueno —dijo Zoe con cautela—, cuando lo sepas, si la respuesta es no, espero que vayas a buscarme.

Jake apoyó la cabeza en los brazos y se echó a reír. Pero cuando levantó la cara apoyándose en los hombros, como ella, sus ojos estaban llenos de una curiosa mezcla de tristeza y ardor.

—¿Ves?, ahora mismo es una de esas veces en las que tengo que luchar a brazo partido, porque siento un impulso irresistible de besarte.

Zoe deseó tocar su bello rostro, retirar el mechón de pelo rebelde que le caía por la frente. Pero no lo hizo.

—Tienes que decirme cómo ser tu amiga, Jake —le dijo—. ¿Quieres que me acerque a ti cuando me dices eso? ¿O debo retirarme?

Él estaba lo bastante cerca para besarla, y miró su boca antes de fijar la vista en sus ojos.

—¿Tienes fuerzas para retirarte?

¿Las tenía?

—Ahora mismo, sí. Mañana no lo sé.

—Entonces retírate —susurró él—. Por favor.

Zoe no se movió.

—Háblame de Daisy.

Jake parpadeó. Se echó a reír. Y fue él quien se apartó.

—Bien —dijo—, no se parecía en nada a ti.

Zoe apartó rápidamente la mirada, pero al parecer no lo suficiente.

—Vaya —dijo él, tomándola de la mano—. No quería que sonara así. Lo decía en el buen sentido. Tú eres tan fuerte, tan segura de ti misma... Eres una científica, y Daisy... —se rio—. No le interesaban mucho las ciencias, ni las matemáticas.

Zoe desasió suavemente su mano. Se apartó.

—Era una artista, ¿verdad?

—Sí, pintora, sobre todo. Al óleo y la acuarela, aunque también pasó por una fase al carboncillo. Era... —forzó una sonrisa—. Increíblemente brillante —se quedó callado un momento—. Nunca me lo dijo, pero odiaba que me dedicara a esto. Y cuando Billy también quiso entrar en los Seals... —sacudió la cabeza—. No le gustaba hablar de eso. Simplemente, se encerraba en su estudio y pintaba —se tumbó de espaldas y miró el cielo—. Creo que a veces me las arreglaba para hacerla muy desdichada y que me quería tanto que fingía que todo iba bien. Y yo la quería tanto que ni siquiera se me pasaba por la cabeza que pudiera ser más feliz sin mí. Pero, ¿sabes?, a pesar de todo nos iba bien. Teníamos muchas más cosas en común que la mayoría de las parejas que conozco —volvió la cabeza para mirarla—. Bueno, Lange. Ahora te toca a ti. Confiesa, ¿quién es ese tal Peter?

Zoe intentó sonreír, pero no pudo.

—Nadie —dijo en voz baja—. No era nada, comparado con lo que tú tenías con Daisy.

—Hacer comparaciones no es justo.

—Sí —dijo Zoe—, lo es. Tú hablas del amor de un modo que yo ni siquiera alcanzo a comprender —respiró hondo—. ¿Sabes, Jake?, anoche fue la primera vez en mi vida que dormí toda la noche en la misma cama con un hombre.

Él intentó disimular su incredulidad y fracasó. Se incorporó para mirarla.

—¿En serio?

Zoe asintió y también se sentó, incapaz de mirarlo a los ojos.

—He tenido relaciones de pareja, evidentemente, pero siempre han sido de las de «bueno, ha sido divertido. Mañana nos vemos» —se armó de valor y lo miró—. Nunca he vivido con nadie. Nunca he llegado a intimar con un hombre hasta ese punto. Nunca he querido que se quedaran a pasar la noche.

Jake había conocido un amor con el que la mayoría de la

gente sólo podía fantasear. Y ella... Ella ni siquiera soñaba con algo así. No se atrevía.

Él suspiró. Estaba muy serio.

—Esto debe de ser muy duro para ti. Lo siento mucho. Sólo he pensado en mí mismo...

—Mira, no es para tanto. Es sólo que me gustaría... —se interrumpió, sin poder decirlo en voz alta.

Él la tocó otra vez. Sus dedos cálidos acariciaron el dorso de su mano.

—¿Qué?

Quería saber cómo era dormir en brazos de Jake toda la noche, envuelta en su calor y su fortaleza. Pero no podía decírselo. No, después de prometerle que se retiraría. Meneó la cabeza.

—Deseo muchas cosas que vale más que no sepas.

Jake se rio mientras volvía a tumbarse de espaldas, con los brazos sobre la cabeza. Se quedó callado tanto tiempo que Zoe se volvió para ver si se había dormido.

Pero estaba mirando el azul casi hiriente del cielo de Montana. La miró como si la hubiera visto moverse por el rabillo del ojo y sonrió.

Su sonrisa reproducía como un eco todo lo que ella sentía. Anhelo. Tristeza. La certeza de que el precio que pagarían ambos por la dulzura de una unión temporal sería muy alto.

Demasiado alto para Jake.

CAPÍTULO 12

−¡Sí! −exclamó Lucky O'Donlon, sentado delante de los monitores de vídeo−. ¡Dios existe! Zoe se está preparando para irse a dormir.

Al otro lado de la caravana, Bobby y Wes ni siquiera levantaron la vista.

−Eh, ¿es que no me habéis oído? Zoe... va... a... desnudarse.

−Pues ya puedes esperar sentado −contestó Wes−. Porque no vas a tener tanta suerte. Sabe perfectamente dónde están las cámaras.

En efecto, Zoe estaba en un lugar de la habitación en el que daba la espalda a las tres cámaras. Y se fue desvistiendo por partes: se quitó la camiseta y se puso el camisón sin quitarse los vaqueros. Luego se sacó los pantalones y el sujetador por debajo del vestido.

Fue muy decepcionante.

Aunque, por otra parte, el camisón era negro, corto y muy, muy sexy. Realzaba su generoso pecho de la manera más tentadora.

−Ay, Dios −murmuró Lucky−. Imaginaos, volver a vuestra habitación y tener eso esperándoos.

Wes miró por fin por encima del hombro.

−¡Caray! ¡Bonito modelo, doctora Lange!

—Un poco de respeto —gruñó Bobby.
—Sólo he dicho «caray» —se quejó Wes.
—La próxima vez, dilo con más respeto —pero mientras decía esto acercó su silla a las pantallas.
—¿Quién estuvo de guardia anoche? —preguntó Wes.
—Yo —respondió Bobby.
—¿Me equivoco al suponer que se puso lo mismo anoche y no me avisaste?
—No me pareció motivo para llamarte a la otra caravana —respondió Bob—. Así que no, Skelly, no te avisé. Además, da la casualidad de que yo sí respeto a Zoe. Así que no te llamé.
—Es preciosa —Lucky miró a Bobby—. Y lo digo con el mayor respeto.
—¿Dónde está el almirante? —preguntó Wes—. Es un jefe de equipo entregado en cuerpo y alma a su trabajo, si ha preferido irse a fisgar por ahí, en vez hacer el papel de recién casado delante de las cámaras con una nena con camisoncito negro. Jo, ¿os imagináis tener que hacer eso? Por el Tío Sam, por mi mamá y por la tarta de manzanas, me sacrificaré y besaré a la bella rubia. ¿Qué clase de entrenamiento creéis que me haría falta para que me encargaran una misión así?
—Qué más quisieras tú —replicó Lucky.
—Yo creo que debe de ser muy difícil —comentó Bobby—. Para los dos. A él le importa mucho ella. Y Zoe... —suspiró—. Se está enamorando de Jake.

Lucky y Wes se volvieron para mirarlo.
—Estás chalado —dijo Wes—. Es demasiado mayor para ella.
—No puede enamorarse de él —añadió Lucky, y se volvió para mirarla en la pantalla. Estaba tumbada boca abajo en la cama, leyendo un libro—. Se supone que tiene que enamorarse de mí. Las chicas guapas siempre se enamoran de mí.

Wes meneó la cabeza.

—Lo dices en broma, pero es la verdad. Eres como un imán para las mujeres. La primera vez que Zoe entró en esa sala de reuniones en el Pentágono, te maldije, teniente, porque parecía inevitable que después de mirarte no se dignara siquiera a dirigirnos la palabra a los demás.

—En cuanto acabe esta misión —dijo Lucky con un suspiró, mirando a Zoe en la pantalla—, es mía —sonrió—. Oye, puede que hasta sea divertido tener que perseguir a una mujer, para variar.

—Eso no va a pasar —contestó Bobby—. Está colada por Jake.

—¿Desde cuándo llamas al almirante por su nombre de pila? —preguntó Wes.

El gigantesco Seal se encogió de hombros.

—Desde que conseguí un ejemplar de ese libro del que nos habló Zoe. Estaba en la biblioteca. Jake es alucinante. Las cosas que hacía con los explosivos. Ese hombre es un artista. Deberíais leerlo.

—Sí —dijo Wes—. Ya. Leer. En mi próxima vida, quizá. ¿Dónde se ha metido el Almirante Alucinante?

Bobby tomó el teclado y empezó a pulsar teclas, y en una de las pantallas comenzó a aparecer una rápida secuencia de pasillo desiertos.

—Acaba de tener una reunión privada con Christopher Vincent —informó Lucky—. Ha soportado la compañía de ese gusano más de dos horas para ver si le hablaba de su fiesta de cumpleaños. Y cuando por fin consigue encarrilar la conversación, Vincent le dice que tiene que donar todos sus bienes al ORA si quiere conocer los secretos de la organización. El almirante le ha dicho que muy bien, que estaba dispuesto a hacerlo enseguida. Pero Vincent le ha dicho que no. Que después de su luna de miel, así que prácticamente le ha ordenado que vuelva a sus habitaciones y mantenga ocupada a su flamante esposa los próximos tres días.

—Perfecto —dijo Wes—. Zoe se toma todas estas molestias para entrar en el complejo, pensando que así avanzaremos más rápidamente, y lo que ha pasado es que todo se retrasa.

—Ya lo tengo —anunció Bobby.

En la pantalla, el almirante avanzaba por el pasillo que llevaba a su habitación. Aminoró el paso al acercarse a la puerta y se detuvo un momento fuera, mirando el picaporte.

—Ay, Señor —dijo Lucky—. Yo tendría tanta prisa por entrar, que echaría la puerta abajo.

En las dos pantallas que aún mostraban el interior de la habitación desde dos ángulos distintos, Zoe dejó su libro y miró hacia la puerta.

Ésta no se abrió y ella se sentó lentamente; luego se puso en pie y siguió con la mirada fija en la puerta.

Fuera, el almirante respiró hondo y por fin agarró el picaporte.

Bobby sintonizó la tercera cámara de la habitación y, desde ese ángulo, al abrirse la puerta, Lucky pudo ver la cara de Jake.

En pantalla, Zoe se relajó visiblemente.

—No sabía que eras tú. He oído que alguien se paraba delante de la puerta y...

El almirante se volvió para cerrar con llave.

—Siento haber tardado tanto. Chris es muy hablador. Temía que hubieras salido a buscarme.

—¿Por qué iba a hacer eso? —preguntó ella—. Sabía dónde estabas. Además, dijiste que tenía que quedarme aquí.

Se volvió para mirarla y esbozó una sonrisa.

—Supongo que...

En ese momento se fijó en lo que llevaba puesto.

—¡Tachán! —exclamó Wes—. Hola, señora Robinson. ¿Qué tal estás esta noche, amorcito?

Lucky no supo cómo lo consiguió, pero el almirante se las arregló para no sacar la lengua de la boca mientras miraba a Zoe con los ojos como platos.

Pero dentro de la habitación la tensión era palpable. Viajaba por las ondas a través del valle, kilómetros y kilómetros, y atravesaba el receptor y los cables que llevaban a los monitores de vídeo de la caravana.

Zoe respondió en voz tan baja que Lucky tuvo que subir el volumen:

—Sólo estaba... leyendo. Estaba cansada, así que... me preparé para acostarme hace un rato y...

—¿No vas...? —el almirante se aclaró la garganta—. ¿Poco abrigada?

—No tengo otra cosa.

—¿No tienes pijamas de franela?

Zoe soltó una risa nerviosa que intentó sofocar.

—Hace mucho calor aquí dentro.

Y se quedaba muy corta. Lucky casi sentía el calor que se desprendía de las pantallas.

Jake se sacó de los bolsillos la cartera y un juego de llaves y los puso sobre la larga cómoda.

—Si estás cansada y aún no he vuelto, no tienes que esperarme levantada.

—No me apetece mucho tener que esperarte —respondió ella—. ¿Voy a tener que hacerlo a menudo?

—Bueno, ya sabes, espero que no —Jake se acercó a ella—. Pero si Christopher sólo puede reunirse conmigo a última hora...

Ella se quitó de su alcance.

—¿Qué pasa aquí, Jake? ¿Cuándo voy a poder salir de esta habitación? —levantó la barbilla y preguntó alzando la voz—. ¿Qué hace la gente aquí para pasarlo bien? Hoy me han dicho que las mujeres del ORA tienen prohibido ir al Mel's. No te lo tomes a mal, no quiero volver a trabajar allí, pero me gustaría poder tomarme una cerveza, si me apetece. Y si no puedo, ¿cuándo voy a poder relajarme?

—Está buscando pelea —dijo Bobby—. Así se hace, Zoe.

—¿Y qué es eso que he oído? —continuó ella—. ¿Es verdad

que dentro de tres días tendré que unirme a no sé qué cuadrilla de mantenimiento y pasarme todo el día limpiando?

El almirante le lanzó una de sus sonrisas conciliadoras.

—Estoy seguro de que no será todo el día...

—¿Y mientras tú qué harás? ¿Quedarte de brazos cruzados por tu cara bonita?

Jake se rio, y la expresión de Zoe se volvió aún más fiera.

—¿Crees que tiene gracia? —preguntó—. Pues ve tú a limpiar. Yo me quedará aquí sentada, con los chicos.

—Estoy seguro de que me va a tocar limpiar, y mucho. Es sólo que han descubierto que este sitio funciona un poco mejor si las mujeres se organizan en equipos y...

—Entonces es verdad —dijo ella.

—Es lo normal en una comuna, nena. Todos tenemos que arrimar el hombro.

—Lo siento, no he oído qué vas a hacer tú. ¿Quedarte sentado, eructando, con el resto de los hombros?

Wes soltó una carcajada.

—¿Y qué me dices de esas tres princesas y de sus horrendos niñitos? —agregó ella—. A ellas se les sirve en la cena igual que si fueran hombres.

—Son las esposas y los hijos de Christopher. Ya sabes que es un poco excéntrico. Tiene...

—Tres esposas, lo sé. He visto sus habitaciones. Y allí el papel de las paredes no se cae a pedazos.

Jake volvió a acercarse y la estrechó entre sus brazos. Pero ella siguió rígida, enfadada. Él besó su cuello, su hombro, pero Zoe no se movió. Se quedó allí, tiesa como un palo. Jake intentó besarla en los labios, pero ella apartó la cabeza.

—Estoy muy cansada —dijo con voz crispada, desasiéndose de él—. Me voy a dormir.

—¡Oh! —exclamó Lucky con una mueca—. La ola de hielo. La temperatura dentro de la habitación acaba de caer por debajo de cero.

Mientras Jake la miraba, Zoe se subió a la cama, se tumbó de lado y se tapó con las mantas hasta la barbilla.

—Vamos, almirante —dijo Wes—. Ningún hombre que se respete se quedaría de brazos cruzados, viendo como sus esperanzas de montárselo con su mujer se convierten en humo.

—En una situación así, cualquier hombre que se respete se pondría a suplicar de rodillas —comentó Lucky—. Cariño, lo siento muchísimo. Claro que quiero ir a casa de tus padres el único fin de semana que tengo libre en todo el año...

Wes asintió.

—Claro que quiero vender mi lancha fueraborda para comprar una secadora.

—Claro que quiero clavarme este palito puntiagudo en el ojo. ¿En qué estaría yo pensando?

—Zoe... —en pantalla, el almirante se sentó al otro lado de la cama.

Ella no se movió.

—Lo siento, nena. Creía que sabías cómo era esto.

Nada.

—Vamos, Almirante Alucinante. De rodillas. Métete debajo de las mantas y ponte manos a la obra. Haz algo o acabarás muerto por congelación.

Jake se limitó a suspirar.

—Podemos seguir hablando de esto por la mañana —se levantó y entró cansinamente en el cuarto de baño, cerrando la puerta a su espalda.

—Se ha dado por vencido así como así —comentó Lucky.

—De eso se trata. No quiere tocarla —respondió Bobby.

—Está como una cabra. ¿Por qué demonios no quiere tocarla?

—No quiere tocarla porque quiere tocarla —explicó Bobby.

Lucky miró a Wes.

—Están fingiendo que se han casado. Así que en vez de tener que fingir que son amigos, simulan una pelea porque él no quiere tocar a una de las diez mujeres más guapas del mundo. ¿A ti te parece sensato?

—A mí no —Wes sacudió la cabeza. Miró a Bobby—. Tú, en cambio, sí que lo entiendes, ¿verdad? Me tienes muy preocupado, Robert Taylor.

Zoe se aferraba al borde de la cama mientras escuchaba respirar a Jake en la oscuridad, preguntándose si se habría dormido ya.

Lo oyó respirar hondo y exhalar con un suspiro, y comprendió que estaba tan despierto como ella.

Zoe tenía un plan con el que esperaba acceder al despacho privado de Christopher Vincent. En cuanto pudiera salir de la habitación, iría a verlo sola y le pediría una reunión en privado. Le diría que ignoraba lo esforzado que era ser la esposa de un miembro normal del ORA. Daría a entender que estaba más capacitada para otras tareas.

Si Jake se enteraba de lo que se proponía, se pondría hecho un energúmeno. Pero, de todos modos, las cosas no llegarían muy lejos. Ella jamás se pondría en situación de tener que acostarse con el líder del ORA. No expondría hasta ese punto su dignidad personal, aunque le hubiera dicho a Jake lo contrario.

Suspiró. Esa tarde prácticamente le había prometido a Jake que se mantendría alejada de él. Y mientras él estaba fuera, hablando con Chris, se le había ocurrido provocar una discusión y luego enfurruñarse. Así no habían tenido que tocarse ni siquiera para darse un beso de buenas noches.

No habían tenido que fingir que hacían el amor.

Había visto un intenso brillo de alivio en los ojos de Jake cuando se había dado cuenta de lo que estaba haciendo y por qué. Pero ella también se había sentido aliviada. No sabía si podría seguir soportando que se tocaran.

—Zoe...

Su voz sonó tan suave en medio de la oscuridad que al principio pensó que la había imaginado.

Pero entonces Jake la tocó. Alargó el brazo y apoyó levemente los dedos sobre su brazo.

A Zoe casi se le paró el corazón.

—Creo que deberíamos dejar de discutir —afirmó él.

¿Hablaba sólo para los micrófonos, o tenían sus palabras un doble sentido?

—Ven aquí —susurró—. Los dos dormiremos mucho mejor si dejas que te abrace.

Se volvió para mirarlo. Su cara apenas estaba iluminada, sus ojos parecían incoloros en la penumbra.

—Vamos —dijo, tirando de ella.

Zoe se sintió tan bien entre sus brazos que sintió el escozor de las lágrimas en los ojos. Jake no llevaba camiseta y su piel era muy cálida, su pecho muy sólido. Notó el olor suave y delicioso de su colonia y el aroma a menta de su pasta de dientes.

Se aferró a él con fuerza, consciente de que debía rechazarlo, de que prácticamente le había prometido que lo haría.

Sintió el roce de sus piernas y...

Lo miró. Todavía llevaba puestos los pantalones vaqueros. La barrera definitiva.

Él esbozó esa sonrisa ladeada que Zoe ya conocía tan bien.

—Así está mejor —susurró—. Los dos necesitamos dormir y...

Y no sólo recordaba lo que ella le había dicho esa tarde en la terraza, sino que también había sabido leer entre líneas. Había llegado a la conclusión de que Zoe deseaba que la estrechara entre sus brazos toda la noche.

Zoe lo besó. No pudo remediarlo.

Él suspiró cuando sus labios se tocaron en un beso dulcísimo. Un beso cargado de deseo, pero también de otra cosa, de algo maravillosamente cálido, mucho más fuerte que la mera pasión.

—Buenas noches —murmuró ella.
La voz de Jake sonó como terciopelo en la oscuridad.
—Buenas noches, nena.
Zoe cerró los ojos y, con la cabeza apoyada bajo su barbilla, se quedó dormida escuchando el ritmo pausado del corazón de Jake Robinson.

CAPÍTULO 13

—¿Alguna vez piensas en Vietnam?

Jake apoyó la cabeza en la pared de cemento y levantó la cara para atrapar los débiles rayos del sol del atardecer.

—No, nunca.

—¿En serio?

Zoe estaba sentada a su lado en la terraza que daba a la cascada. Matando el tiempo.

Habían pasado la mañana deambulando por el fuerte del ORA, buscando zonas prohibidas y puertas cerradas cuya existencia ignoraran. Pero, temerosos de despertar sospechas, habían decidido parar.

Después habían invertido cerca de una hora en recabar toda la información que pudieron conseguir sobre los equipos de trabajo del ORA con el fin de averiguar qué tenía que hacer Zoe para que la asignaran al equipo que limpiaba las estancias privadas de Christopher Vincent, incluido su despacho.

Por lo que había podido averiguar Jake, lo primero que tenía que hacer era llevar allí al menos cinco años.

Eso significaba que tenían que buscar otro modo de entrar, otra forma de conseguir la información que necesitaban. Sólo había una solución: que Jake refrendara su lealtad hacia el ORA y hacia Christopher Vincent.

Por eso estaban allí, en la azotea de la fábrica, donde escapaban al alcance de las cámaras y el fragor del agua cubría el sonido de sus voces. Matando el tiempo hasta que acabara oficialmente su luna de miel.

Zoe se había recogido el pelo en una coleta y, sin maquillaje, parecía tener dieciocho años.

—No es cierto, ¿verdad?

Jake abrió los ojos y la miró.

—No.

—Seguramente nunca hablas de Vietnam, ¿no es eso? —se había quitado las botas y los calcetines y tenía las piernas estiradas y los tobillos cruzados. Tenía unos pies pequeños y elegantes. Posiblemente, los pies más bonitos que Jake había visto nunca.

Volvió a mirar el cielo. Era mucho menos arriesgado.

—Mucha gente que estuvo allí no quiere hablar de ello —le dijo—. Y la gente que no estuvo, bueno... No es fácil de explicar. Pero tú ya sabes cómo es eso. Seguramente nunca hablas de las misiones en las que has participado.

—La mayoría han sido de alto secreto.

—Las mías también. Pero me refería a las que no lo son.

Zoe suspiró.

—Sí, tienes razón. Peter podía ser muy burlón, muy... en fin, muy sarcástico. Era tan descreído, estaba tan hastiado de todo, que nunca le hablaba de las cosas que de verdad me importaban —lo miró—. Ni de las malas, ni de las buenas.

—Yo nunca quise angustiar a Daisy —dijo Jake—. Con ella sí hablé de las cosas terribles que pasaban en Vietnam. Los dos necesitábamos que hablara de ello, para superarlo, ¿sabes? Pero se angustiaba cuando le hablaba de los motivos que me llevaron a volver una y otra vez. De las razones por las que seguí en la Armada. No entendía que lo necesitara. Ni sabía qué me aportaba.

—Esa sensación de que de verdad estás haciendo algo, de que te has puesto en acción, en lugar de ser un simple espectador —Zoe asintió con la cabeza—. En este mundo hay mucha gente que retuerce las manos y que no hace nada. Yo me uní a la Agencia porque no quería pasarme la vida compilando datos acerca de armas químicas y biológicas. Quería perseguir a esos mamones y destruirlos.

—Y luego está también la adrenalina —comentó Jake—. Eso, Daisy no lograba entenderlo.

—Yo misma no sé si lo entiendo —Zoe se enderezó y se puso los calcetines y las botas. Empezaba a refrescar—. Es extraño, ¿verdad? Una vez estaba... en un sitio donde no debía estar, en un país que no me habría recibido con los brazos abiertos bajo ninguna circunstancia. Estaba verificando nuestros informes acerca de un laboratorio farmacéutico que supuestamente fabricaba ántrax. Entré en la fábrica a escondidas, encontré lo que necesitaba para demostrar que esos informes eran ciertos y volví a salir, aunque antes tuve un pequeño encontronazo con un guardia de seguridad —se rio y sus ojos brillaron al recordarlo—. Fue una locura. Me persiguieron unos veinte militares por las azoteas de la ciudad en medio de una tormenta impresionante. Viento, truenos, pedrisco... Debería haber sido aterrador, pero no lo fue. Fue maravilloso. Increíble. No puedo explicarlo. Entonces tampoco pude.

—No tienes por qué hacerlo —repuso Jake, incorporándose—. Sé muy bien a qué te refieres. Es como no estar sólo vivo, sino más que vivo. Es...

—Increíble —concluyó ella, riendo—. Parece una locura. Evalúas una situación y ves que hay un montón de riesgos y piensas «debería salir pitando de aquí». Piensas «esta vez podrían matarme».

—Pero luego te dices «aunque seguro que puedo arreglármelas».

—Sí —sonrió—. Yo sé ganar.

—Sabes ganar —dijo Jake— y ganas contra toda probabilidad, y es maravilloso.

—Es alucinante —añadió ella.

Estaba allí sentada, con el semblante iluminado y los ojos brillantes, sonriéndole.

Jake se dio cuenta de que él también sonreía, pero no pudo evitarlo.

—Seguro que de pequeña intentabas lanzarte en paracaídas desde el tejado de tu casa con una sábana.

—Tenía cuatro hermanos —le dijo ella—. Tuve que luchar a brazo partido para que me dejaran ir con ellos. Y tenía que demostrar casi a diario que era lo bastante dura y valiente para formar parte de su club. Así que, sí, subí muchas veces al tejado. A mi padre lo sacaba de quicio —se rio—. Creo que todavía le sigue pasando.

Su padre había estado en Vietnam. Era de la edad de Jake. Un hombre cuya vida había ayudado a salvar. Y que sin duda vería con malos ojos que Jake deseara a su hija.

Esa mañana se había despertado abrazado a ella, y durante cuatro segundos interminables su cerebro le había jugado una mala pasada. Unos instantes antes había soñado que hacía el amor con ella, y el sueño seguía conservando su intensa viveza cuando despertó. Por un momento había confundido fantasía y realidad, aquel sueño con sus recuerdos reales. Durante unos segundos infinitos, había creído que de verdad la había besado esa noche, que ella se había arqueado frenética para acercarse a su cuerpo, que se había hundido profundamente en ella.

Después, sin embargo, había intervenido la realidad y se había acordado de lo que de verdad había ocurrido. Nada. No había ocurrido nada.

Y aun así la idea de haber hecho el amor con Zoe lo había dejado sin respiración.

El día anterior le había dicho que su relación no iba a ninguna parte. Había empezado a decirle que no se imaginaba haciendo el amor con otra mujer que no fuera Daisy. Que no se veía con nadie más. Que no le cabía en la cabeza.

Pero había sido incapaz de acabar la frase porque no era verdad. No sólo se imaginaba haciendo el amor con Zoe, sino que fantaseaba con ello con asombroso detalle.

—¿Por qué decidiste enrolarte en la Armada? —preguntó ella, devolviéndolo al presente, a la azotea, donde ambos estaban completamente vestidos.

Ella llevaba la chaqueta abierta y, bajo ella, una camiseta de manga larga, muy ajustada, bien remetida en los ceñidos vaqueros azules. Parecía cómoda con aquella ropa, cómoda con su cuerpo. ¿Y cómo no iba a estarlo?

Jake había tenido siempre uno de esos físicos que los demás envidiaban. Pero cuando se miraba al espejo sólo se veía a sí mismo. No era para tanto.

Del mismo modo, Zoe había convivido consigo misma toda la vida. Se había visto desnuda, se había duchado todos los días, se había cepillado el pelo mientras se miraba al espejo con aquellos ojos castaños casi líquidos.

Al igual que él, seguramente era muy consciente de que su paquete iba envuelto en un papel de altísima calidad, pero, lo mismo que él, tenía muchas otras cosas más importantes en las que ocupar su cabeza.

Ella lo miraba, esperando una respuesta. ¿Por qué se había enrolado en los Seals?

—Mi padre formó parte de la Unidad de Demolición Subacuática en la Segunda Guerra Mundial —explicó—. Los precursores de los Seals.

—¿También era militar de carrera?

Jake se rio.

—No, nada de eso. Antes de la guerra ya buceaba. Había pasado casi toda su vida haciendo operaciones de salvamento en el golfo de México. Vivía en un barco, en Key West. Estaba siempre en la playa. Le propusieron unirse a los equipos de buceo después del desastre de Tarawa, cuando la Armada comenzó a desarrollar en serio la navegación submarina. Sirvió en el Pacífico hasta el día V-J, y luego se fue a buscar a mi madre a Nueva York. La había conocido cuando ella era enfermera en Hawai. Fue a buscarla hasta Peekskill y la arrancó de los brazos de su aburridísimo prometido literalmente horas antes de la boda, y casi inmediatamente se quedó embarazada de mí —se rio otra vez—. Frank, mi padre, era un fracasado en muchas cosas, pero cuando de verdad se empeñaba en algo era extremadamente riguroso.

—Entonces, ¿creciste en Peekskill, Nueva York?

Jake la miró.

—¿Piensas escribir un artículo sobre mí en *Navy Life*?

Zoe se rio. Dios, qué guapa estaba cuando se reía.

—¿Estoy cotilleando demasiado?

—¿Dejarás que te fría yo a preguntas cuando hayas acabado conmigo?

Lo miró a los ojos, sonriendo.

—Ya has leído mi expediente de la Agencia. Seguramente, el clasificado. Así que sabes casi todo lo que hay que saber sobre mí.

—¿Y vas a decirme que tú no conseguiste mi expediente? —preguntó él.

—Tu expediente de la CIA contiene tu nombre completo, tu fecha de nacimiento y un resumen muy esquemático de tu carrera en la Armada, mi misterioso amigo. La mayor parte de lo que sé sobre ti procede del libro de Scott Jennings. Y no dice gran cosa sobre tu infancia. Es sólo que... —se encogió de hombros—. Tengo curiosidad.

Tenía curiosidad. Pero ¿era una curiosidad personal o profesional? Jake no sabía qué lo alarmaba más.

Tardó tanto en responder que Zoe comenzó a recular.

—No hace falta que hablemos de eso —dijo—. No hace falta que hablemos de nada. Sólo quería...

—Vivimos en Nueva York hasta que tuve unos tres años —contestó él con voz queda—. La verdad es que no me acuerdo, pero al parecer éramos felices, aunque pobres.

—Jake, no tienes por qué...

—Tuve una infancia muy poco convencional, pero increíblemente feliz —continuó—. ¿Quieres que te lo cuente o no?

—Sí —respondió Zoe—, quiero que me lo cuentes. Por favor.

—Esto es absolutamente extraoficial —dijo Jake—. Estamos hablando como Zoe y Jake. No como el almirante Jake Robinson y la agente secreta Lange. ¿Entendido?

—Como Jake y Zoe —repuso ella—. Como amigos. Entendido.

Amigos. Eran amigos. Por eso se sentía tan bien cuando le sonreía. Por eso estaba tan a gusto allí sentado, junto a ella. Por eso podía abrazarla toda la noche y despertar descansado como no despertaba desde hacía meses. Años, incluso.

—Bien —dijo, y por un momento se permitió perderse en sus ojos. Amigos. Sí, eran amigos.

—¿Estás esperando un redoble de tambor antes de empezar? —preguntó ella, levantando ligeramente las cejas.

—¿Te molesta que me lo tome con calma? —replicó.

Zoe sonrió, avergonzada.

—Perdona. Cuesta romper la costumbre de tener siempre prisa. No soy la persona más paciente del mundo —respiró hondo y exhaló despacio—. Por favor —dijo—, cuando estés listo.

Jake se rio.

—Me encanta que la gente impaciente crea que puede engañar a todo el mundo y fingir que se controla, cuando en realidad están tensos como un arco y pueden saltar en cualquier momento.

—Estoy dispuesta a hablar de los motivos de mi tensión y de posibles formas de reducir un poco mi estrés. Pero algo me dice que preferirías que no lo hiciera.

Jake se aclaró la garganta.

—Sí —dijo—. Está bien. Veamos, ¿dónde estaba? Peekskill. Sí. Yo tenía unos tres años, y Helen y Frank, mis padres, trabajaban como maestros en una escuela privada. Bueno, trabajaron allí hasta que murió mi tío abuelo Arthur.

Se le ocurrían tres o cuatro formas excelentes de liberar un poco de estrés, y procuró alejarlas de su mente. «Amigos...».

—Artie estaba absolutamente forrado, y le dejé todo su dinero a Frank. Y Frank, siendo como era, se despidió inmediatamente del trabajo, igual que mi madre. Pero, como mi madre era como era, se quedaron hasta que acabó el curso. Pero en mayor recogimos nuestras cosas, llevamos los muebles a un almacén y pasamos los quince años siguientes viajando. Recorrimos todo el mundo: Londres, París, África, Australia, Hong Kong, Perú... Si encontrábamos una ciudad que nos gustaba, nos quedábamos unas semanas. Pero si tenía playa, nos quedábamos mucho más. Pasamos cerca de dos años en las islas griegas. Y otros dos en el sureste asiático, no muy lejos de Vietnam. No siempre eran lugares seguros, pero era emocionante. Frank me enseñó a bucear y Helen me educaba en casa. En lugar de ser pobres y felices, éramos ricos y felices. Aunque al vernos no se notara que estábamos forrados.

Frank era muy tranquilo, casi demasiado, y Helen extremadamente tenaz. Cuando empezaba un proyecto, tenía que acabarlo. Jake había heredado su obstinación, pero había aprendido a disfrazarla bajo la actitud campechana y relajada de su padre. Había aprendido que, en una posición de mando, sus hombres confiaban en él instintivamente por ese aire relajado, por su capacidad para transmitir la impresión de que todo iba bien.

—Entonces, ¿te enrolaste en los Seals porque querías seguir viajando? —preguntó Zoe.

—Me enrolé por muchas razones. Una de ellas, porque tenía amigos en Vietnam. Hablaba el idioma, tenía la impresión de que podía cambiar las cosas, ayudar quizá a poner fin al conflicto —sonrió—. Y, naturalmente, estaba el motivo por el que todos los chicos se apuntan a los Seals: porque me fascinaban los explosivos. Me gustaba hacer saltar cosas por los aires. Ya sabes que los Seals pueden fabricar una bomba prácticamente con cualquier cosa. Me sueltas en una cocina y puedo fabricar un explosivo con los cacharros que haya debajo del fregadero –sonrió–. Y además pasármelo bien.

Zoe se rio.

–Es interesante –comentó–. Porque mi trabajo consiste en parte en impedir que las cosas estallen.

–Quizá por eso formamos un buen equipo –contestó Jake–. Ya sabes, el yin y el yang.

El yin y el yang. Lo masculino y lo femenino. No debería haber dicho eso, hacer esa comparación. Contuvo el aliento, confiando en que ella no hiciera ningún comentario.

–No estoy acostumbrada a trabajar en equipo –le dijo Zoe, ignorando sus palabras potencialmente cargadas de sexualidad–. Estoy acostumbrada a entrar en un sitio sola y a cumplir mi misión sin tener que pedir permiso o esperar órdenes.

–Pues, para no estar acostumbrada, en mi equipo estás haciendo un trabajo estupendo.

Ella se mordió pensativamente el labio inferior.

–¿Significa eso que me perdonas por intentar obligarte la otra noche?

La noche que él fue al bar y le dijeron que estaba enferma. La noche que se presentó en su caravana y la encontró con las maletas hechas, lista para entrar en el complejo del ORA de un modo o de otro. Con Jake. O con Christopher Vincent. Todavía le dolía el estómago cuando lo pensaba.

–Zoe, yo...

Ella levantó una mano.

–No, no contestes. Sé que me pasé de la raya y que eso no se arregla con una simple disculpa.

Jake tuvo que sonreír.

–La verdad es que ayudaría un poco que te disculparas.

–Uy –su sonrisa se desvaneció cuando lo miró a los ojos–. Lo siento de veras, Jake.

—Pero no lo suficiente como para no volver a hacerlo, si fuera necesario.

Ella lo miraba muy seria.

—Estando aquí sentados es fácil olvidar por qué estamos en el fuerte del ORA. Pero si no encontramos pronto el Triple X...

—Tengo una cita con Christopher Vincent el martes por la mañana —le dijo Jake—. Y si no puedo convencerlo de que me nombre lugarteniente y me incluya en los planes de su fiesta de cumpleaños, iré al pueblo. Y cuando salga le haré una indicación al resto del equipo. Cowboy y Lucky entrarán en el bar cuando esté allí y fingirán reconocerme. Volveré aquí, pero al cabo de una hora este sitio estará rodeado. Nos prepararemos para aguantar el asedio y el catalizador seré yo, no el Triple X. El ORA seguirá sin saber que el alto mando sabe lo del gas nervioso. Pensarán que han venido a atraparme. Así tendremos más tiempo, porque nada ni nadie saldrá del fuerte hasta que se resuelva la situación.

Zoe asintió con la cabeza.

—¿Y no crees que, si se ve rodeado por el ejército, quizá Chris decida probar el Triple X?

—Creo que no lo hará. Pero tendremos que estar muy atentos, claro. Y, como blanco del ejército, confío en que Christopher me permita conocer sus planes para resolver el problema —hizo una pausa—. Pero repito que ése es el plan de emergencia. Primero habrá que esperar a que hable con él.

—Pero eso no será hasta el martes —Zoe suspiró—. Tengo la impresión de que esta espera es culpa mía.

—Podría ser peor —comentó Jake—. La luna de miel podría durar un mes, en vez de cuatro días.

—No se me da muy bien esperar —reconoció ella—. A veces hasta cuatro minutos me parecen demasiado.

—Una vez, en Vietnam —le dijo él—, nos sorprendieron unos obreros del Vietcong que llegaron y... Fue de lo más extraño, Zoe. Estábamos en medio de la nada y empezaron a cavar fosos y a construir tarimas de madera para las tiendas literalmente a unos pasos de donde estábamos escondidos entre la maleza. Tuvimos que quedarnos allí hasta que se hizo de noche y luego, en lugar de salir pitando y volver a la civilización, nos quedamos casi cuatro días. Los chicos casi se vuelven locos. Estábamos allí sentados, de brazos cruzados, pero yo tenía una corazonada. Y así fue, en efecto. El Vietcong estaba construyendo un campo de prisioneros. Las tiendas eran para los guardias y los oficiales. Los fosos, para los prisioneros, casi todos americanos. Mientras estábamos allí, observándolos, llevaron a unos setenta y cinco hombres. Mis muchachos empezaron a hacerme —movió las manos, haciendo las señas que permitían a los Seals comunicarse sin hablar—. ¿Ahora? ¿Atacamos ya? Y yo les decía que esperaran. Esperar... Nos superaban en número. Había demasiados enemigos y no podíamos liquidarlos a todos sin que murieran también prisioneros en el fuego cruzado. Además, yo tenía otra corazonada.

Zoe asintió con la cabeza.

—Benditas corazonadas, ¿eh?

Era muy extraño. Le estaba contando aquella historia, una de sus anécdotas acerca de un triunfo en una guerra en la que escaseaban las victorias, y sabía que Zoe le entendía a la perfección. Sabía que comprendía todo lo que había sentido. Ese día había ayudado a matar a docenas de soldados enemigos, pero al hacerlo había salvado a más de setenta americanos que, de otro modo, no habrían salido vivos de aquella selva.

Era una locura. En cierto modo, aquella joven de veintinueve años le entendía perfectamente. La miró a los ojos y comprendió que ella también conocía su angustia y su euforia. Aunque nunca hubiera estado en esa situación, las conocía. En algunos sentidos, eran muy parecidos. Y por eso Jake tenía una intimidad con ella que no había tenido nunca con una mujer.

Ni siquiera con Daisy.

Sobre todo, con Daisy.

Daisy lo había querido, Jake no tenía ninguna duda al respecto. Y él también a ella, con todo su corazón. Pero a pesar de eso le había ocultado partes de su ser. Había facetas de su vida que no podía compartir con ella.

—Así que nos quedamos allí —le dijo a Zoe—, mirando, mientras ordenaban a los prisioneros que se metieran en los fosos y en las jaulas que habían construido. Esas horrendas y despreciables... —exhaló, asqueado—. Uno de los prisioneros, un inglés, se puso a hablar en vietnamita acerca de los derechos de los prisioneros de guerra. Y ellos lo colgaron por los pies y lo torturaron hasta la muerte.

Cerró los ojos al recordarlo. Detestaba aquella sensación de saber que no podía hacer nada al respecto. Sabía ahora, igual que lo había sabido entonces, que si dejaba que sus hombres atacaran, las ametralladoras de los vietnamitas segarían la vida de docenas de prisioneros. En una confrontación directa, tal vez los Seals no ganaran. Y si no ganaban, morirían... o algo peor. Los encerrarían en aquellas jaulas o los arrojarían a los fosos.

Zoe tomó su mano y se la apretó suavemente.

—¿A cuántos salvasteis? —preguntó—. ¿A setenta y cuatro?

Él asintió con un gesto. Le encantaba sentir sus manos unidas y, aunque confiaba en que ella apartara la mano, rezaba para que no lo hiciera.

—Y aun así sigues soñando con ése al que no pudiste salvar, ¿verdad?

Jake compuso una sonrisa.

—Es curioso que lo hayas adivinado.

—Háblame de los otros setenta y cuatro —dijo ella sin soltar su mano.

Jake sabía que debía soltarla, apartarse de ella. De pronto estaban tan cerca que sus hombros y sus muslos se tocaban. ¿Cómo había sido?

—¿Cómo los sacasteis de allí? —preguntó ella.

Jake respiró hondo.

—Bueno, después de que... le hicieran lo que le hicieron a ese inglés, lo dejaron allí colgado. Los prisioneros entraron en las jaulas y en los fosos sin resistirse, agotados física y psicológicamente —le tembló la voz. No pudo evitarlo, a pesar de los años transcurridos—. Dios mío, Zoe, estaban desnudos y hambrientos. Algunos eran sólo huesos y pellejo, algunos habían quedado reducidos a un estado casi animal y...

No supo cómo ocurrió, pero Zoe ya no le daba la mano. Estaba en sus brazos y lo estrechaba con fuerza. Oh, Dios. Jake acercó la cara a su cabello, sabedor de que, si ella lo besaba, estaría perdido.

Tenía que seguir hablando.

—Después de encerrarlos, el comandante del campo mandó a media docena de hombres a montar guardia —su voz sonaba rasposa, pero no podía pararse a carraspear. Sus labios ya rozaban la mejilla de Zoe—. Habían construido el campo a resguardo de la ladera de una montaña y sólo había un modo de salir y de entrar. Así que cuando los guardias estuvieron en su sitio y los prisioneros encerrados...

—Todos los demás se relajaron —levantó la cabeza para mirarlo a los ojos.

Su boca estaba a pocos centímetros de la de Jake. Suave. Dulce. Paradisíaca.

—Atacamos a escondidas cuando se hizo de noche —prosiguió—. Y despachamos a los soldados del Vietcong sin hacer ruido, tienda por tienda.

Zoe sabía lo que significaba eso. Despachar en silencio. Conocía el precio que había pagado Jake por esas setenta y cuatro vidas. Él lo notaba en sus ojos.

—No nos costó eliminar a los que montaban guardia. No esperaban un ataque desde dentro del campamento. Armamos a los prisioneros con las armas del Vietcong, bajamos por la montaña y salimos de la jungla.

Zoe se apartó un poco y lo miró entornando los ojos.

—¿Por qué será que tengo la impresión de que no pudo ser tan fácil?

—Tuvimos un par de tiroteos de regreso a nuestras líneas. Pero comparada con otras operaciones, fue pan comido.

—Me habría encantado ver la cara de tu capitán cuando llegaste con setenta y cuatro prisioneros.

Jake no podía soltarla. Se sentía tan a gusto así, abrazándola. Era tan cálida, tan suave...

—No me quedé para verla —contestó—. Dejamos a los prisioneros y volvimos a marcharnos.

—¿Porque no soportabas haber salvado a setenta y cuatro y no a setenta y cinco?

—Vimos cómo lo mutilaban, Zoe. Vimos los... —sacudió la cabeza y murmuró un juramento. Se retiró y quiso desasirse, pero ella no lo soltó. Y Jake se alegró de ello—. Mira, de eso no podré olvidarme nunca. Pero te juro que sopesé la situación una y otra vez. Todavía lo hago, a veces. Y no había modo de salvar a ese hombre. Decidí salvar a los otros setenta y cuatro —se rio, asqueado—. Y para hacerlo tuve que dar la espalda a ese valiente.

—Pero así es como funciona la vida —le dijo Zoe. Metió los dedos entre el pelo de su nuca—. Cada vez que miras de frente a alguien, das la espalda a otra persona. Tu equipo salvó la vida a mi padre, Jake. Su pelotón fue prácticamente barrido del mapa, y a mi padre y a unos cuantos marines más los dejaron allí para que murieran. Tus Seals y tú fuisteis los únicos que se atrevieron a intentar rescatarlos. Usasteis explosivos y, aunque sólo erais siete, hicisteis creer al Vietcong que habíamos lanzado una contraofensiva. Así pudo llegar un helicóptero y sacar a esos hombres de allí.

—Me acuerdo de eso, ¿sabes? —dijo Jake—. Fue una apuesta arriesgada, pero salió bien. Así que tu padre era uno de ellos, ¿eh?

—¿Es que no te das cuenta de que, cuando decidiste intentar rescatarlos, diste la espalda a muchos otros marines que también necesitaban que los rescataran ese día?

Jake no supo qué decir.

—Creo que nunca me lo había planteado así.

—Todo es una tirada de dados —prosiguió ella, muy seria, mirándolo con aquellos bellísimos ojos castaños—. Cada decisión, cada alternativa. Te dejas guiar por tu instinto y tienes que confiar en ti mismo. Y, al final, hay que celebrar la vida. Setenta y cuatro hombres volvieron a casa con sus madres y sus esposas gracias a ti. Setenta y cuatro vidas sobre las que tuviste una incidencia directa, y cientos y cientos sobre las que influiste indirectamente. Madres que no se pasaron veinte años ondeando la bandera de «desaparecido en combate» en el porche de sus casas. Esposas que no tuvieron que criar solas a sus hijos. Niños que no tuvieron que crecer sin padre. O que, como yo, no habrían nacido.

—Todo eso lo sé. Pero me gustaría... —suspiró—. Nunca me parecía suficiente. Siempre me descubría deseando salvar a un hombre más. Y luego a otro y a otro. Pero la verdad es que podría haber sacado a quinientos hombres al día de esa jungla, y ni así me habría parecido suficiente.

—Me dijiste que no eras ese superhéroe del libro de Scott Jennings, que sólo eras un hombre —dijo Zoe—. Pues, si es así, deberías intentar mantener sus expectativas al nivel de los simples mortales —respiró hondo—. Y ya que te estoy criticando, debo ser sincera y preguntarte por qué un hombre con tanta vitalidad como tú quiere pasar el resto de su vida en compañía de los muertos.

Ya no hablaba sólo de Vietnam. Se refería a Daisy.

—Llórala y déjala marchar, Jake —susurró.

¿Era posible que estuviera pensando en Daisy mientras miraba la cara de Zoe y ansiara besarla?

«Llórala y déjala marchar».

—Deberíamos volver —susurró—. Está oscureciendo. Tendrás frío.

—No tengo frío —le dijo, y miró su boca antes de fijar la vista en sus ojos—. ¿Y tú?

Él no podía soportarlo más.

—Quiero besarte —dijo en voz baja—. Me está matando estar aquí sentado, abrazándote, y no besarte.

—Pues bésame —contestó ella con vehemencia—. ¡Tú no estás muerto, maldita sea!

Jake no se movió. No tuvo que moverse, porque fue ella quien lo besó.

El deber y el deseo libraron la batalla más corta de la historia mundial, y ganó el deseo.

La besó casi con violencia, con ardor absoluto, hundiendo la lengua en su boca y sentándola sobre él a horcajadas. Mientras se perdía en la ansiosa dulzura de su boca, sintió el calor de su sexo, la suavidad de sus pechos oprimidos contra su torso.

Se oyó gruñir al tocar su espalda tersa, al deslizar las manos por debajo de su camiseta.

Podría haber seguido. Sabía muy bien que sí. Si Zoe hubiera tirado de su ropa, si hubiera echado mano de la hebilla de sus pantalones, no habría podido seguir resistiéndose a ella y a sus propios deseos. Le habría hecho el amor allí, en la azotea.

Pero ella le soltó, se retiró de su regazo y se alejó de él, jadeante, mientras juraba en voz baja.

—Lo siento —bajó la cabeza e, incapaz de mirarlo, la apoyó en los brazos con los que se había abrazado las rodillas dobladas. Su voz sonó sofocada—. Te prometí que me apartaría, que te dejaría tranquilo.

—Oye, no ha sido...

—¿No? —dijo ella, mirándolo, y sus ojos brillaron en la penumbra del anochecer—. Entonces ¿por qué estás ahí sentado en vez de estar aquí? —respondió a su propia pregunta—. Porque dejar que algo ocurra es muy distinto a provocarlo.

Jake no podía negarlo.

—Tú sabes que te deseo —añadió Zoe en voz baja—. Pero quiero que tú también me desees, Jake. No quiero hacer el amor contigo pensando que sólo está pasando porque sufres una enajenación temporal, o porque me he aprovechado de un resquicio en la armadura de tu código ético. No quiero tener que sentirme culpable por seducirte, o por agobiarte, o por tentarte, ni nada parecido. Quiero que me mires a los ojos y me digas que quieres hacer el amor conmigo. Quiero que estemos en pie de igualdad. Me respeto demasiado a mí misma para conformarme con menos —se levantó y se sacudió la parte de atrás de los pantalones—. Así que —añadió—, a no ser que quieras venir aquí y quitarme la ropa, creo que me voy dentro.

Jake no se movió.

—Zoe, yo...

—Lo sientes —concluyó ella—. Pues no lo sientas. Sé que te estoy pidiendo demasiado —se encaminó hacia las escaleras de bajada—. Espera unos segundos antes de seguirme. No nos vendrá mal que Chris piense que seguimos enfadados.

Unos segundos. Jake necesitaba más que unos segundos para reponerse.

Se quedó mirando el cielo y vio que empezaban a brillar las primeras estrellas de la noche. Se había levantado el viento, el aire soplaba frío y su aliento colgaba delante de él en una nube.

Una prueba indiscutible de que, tal y como decía Zoe, estaba vivo.

CAPÍTULO 14

Zoe canturreaba en voz baja mientras se preparaba para irse a la cama. Confiaba en que de ese modo pareciera estar tranquila y relajada, a pesar de que tenía los nervios de punta.

Jake no había dejado de observarla durante la cena. Ella se había sentado con las demás mujeres, y él al lado de Christopher Vincent. Y cada vez que Zoe levantaba la vista, Jake estaba mirándola.

Esa tarde, en la antigua terraza de recreo de la fábrica, había sacado a la luz todo lo que sentía.

Bueno, casi todo. No le había revelado el intenso bienestar que se apoderaba de ella cada vez que Jake le sonreía. Ni que se le aceleraba el pulso y se aturdía cuando a veces veía un destello de deseo en su mirada.

Le había dicho cuánto lo deseaba.

Y Jake la había rechazado. Otra vez.

Sí, era un hombre y sí, se sentía atraído por ella, pero no la quería. No la deseaba desesperadamente, como ella a él.

Normalmente, Zoe no necesitaba que le dieran un mazazo en la cabeza para darse por enterada cuando la rechazaban. Ignoraba por qué, en el caso de Jake, insistía en humillarse una y otra vez.

Se puso el camisón y deseó ardientemente haber llevado otro menos provocativo. Echaba de menos su albornoz. Lo había dejado a propósito en la caravana, pensando que parecía una prenda poco propia de Zoe, la camarera. Era demasiado recatado, demasiado clásico para el papel que estaba interpretando.

Jake se había sentado al borde de la cama y se estaba desatando las botas. Los músculos de sus fuertes brazos y sus hombros se tensaban bajo la camiseta de algodón y sobresalían a la luz tenue de la habitación.

Jake le había dicho que no de todas las formas posibles. No estaba preparado para mantener una relación física. Se lo había dejado muy claro. Le había dicho que quería que fueran amigos. Y en la azotea les había ido muy bien en ese papel, al menos antes de que ella metiera la pata y lo tomara de la mano.

Zoe había sabido que era un error nada más tocar sus dedos, pero había intentado convencerse de que los amigos a veces se tomaban de las manos. Igual que cuando de pronto se había encontrado entre sus brazos.

Después, sin embargo, había perdido el control. Y lo había besado. Otra vez.

Y luego, tonta de ella, se había sentido dolida al decirle Jake (otra vez) que no le interesaba que su relación fuera por ese camino.

Si ella no se hubiera refrenado en ese momento, tal vez él se hubiera dejado llevar, pese a sus buenas intenciones. Quizá se hubiera dejado arrastrar por la intensidad de su pasión.

Zoe vio su reflejo en el espejo mientras él se quitaba la camiseta y se desabrochaba los pantalones. Jake la miró y ella desvió rápidamente la vista, pero a pesar de todo sus ojos se encontraron un instante en el espejo. Genial. Ahora, la sorprendía mirándolo desvestirse.

Pero en lugar de volverse, Jake se acercó a ella.

—Si te molesta, puedo ponerme una camiseta para dormir.

Zoe tardó unos segundos en darse cuenta de que se refería a las cicatrices de su pecho.

—No —contestó. ¿Estaba loco? ¿De veras creía que lo miraba por eso?—. No me molesta en absoluto. En serio, Jake.

Él se miraba en el espejo con ojo crítico.

—Tiene gracia, ¿verdad?, que saliera ileso de Vietnam y que me haya pasado esto estando en casa, supuestamente a salvo.

—Cuando veo esas cicatrices —dijo Zoe en voz baja—, casi no puedo creer que sobrevivieras. Fue una especie de intento de asesinato, ¿verdad?

Los asesinos habían burlado a los guardias de seguridad y habían entrado en su casa. Se habían hecho pasar por parte de un equipo de Seals enviado a proteger al almirante de las amenazas de muerte que estaba recibiendo. Después de recibir varios disparos, el ejército lo había llevado a un hospital de alta seguridad y había filtrado la noticia de su muerte, tanto para proteger a Jake como para atrapar al individuo que había enviado a los asesinos.

Zoe estaba en Kuwait cuando se enteró de la noticia por la CNN y esa noche se pasó horas en el balcón de su habitación del hotel, mirando las luces de la ciudad, entristecida por la muerte de un hombre al que no conocía.

Jake la miró a los ojos por el espejo.

—Fue hace dos años, en Navidad. Tardé mucho tiempo en recuperarme físicamente —se volvió y arrojó la camiseta al montón de ropa sucia que había en un rincón de la habitación. Luego sacó la cartera, las llaves y el cambio de los bolsillos de sus vaqueros y los alineó cuidadosamente sobre la cómoda mientras hablaba—. ¿Sabes?, en cierto modo no estuvo mal que me dispararan. Quiero decir que, con una herida física, la recuperación se produce en fases. Está todo previsto. Los médicos tienen experiencia, no hay ningún misterio en el proceso.

»Primero te extraen las balas y luego te cosen. Después te vendan la herida y te la drenan, y tú te quedas acostado en la cama del hospital y te concentras en sobrevivir día a día, hora a hora, si es preciso. Luego te cambian los vendajes y te limpian la herida y luchas contra la infección y duermes mucho para que tu cuerpo pueda restablecerse. Después, por fin, cuando te sacan de la UCI, dejas de sobrevivir simplemente y empiezas a recuperar fuerzas, todavía haciendo reposo. Te levantas de la cama y das primero un paso y luego dos, hasta que consigues llegar al cuarto de baño y volver sin caerte. Después vienen la rehabilitación y sigues ganando fuerzas.

»Naturalmente, no hay dos heridas iguales —prosiguió—, y tuve que superar diversos retos en cada tramo del camino, pero hasta superarlos fue un proceso claro y cristalino. Si hago A, mejoraré. Si hago B, mejoraré mucho más deprisa. Si hago C, me haré daño, así que no hagas C.

Zoe le entendía muy bien. No hablaba únicamente del trauma físico. Intentaba explicarse, explicar lo que sentía y por qué había vuelto a rechazarla esa tarde.

—La recuperación emocional no es tan sencilla —todas sus monedas se hallaban ordenadas en perfectos montoncillos sobre la cómoda. Las tiró con una pasada de los dedos y fue a sentarse a la cama.

La miró con una mano en la nuca, como si le doliera.

—No estás tratando con músculos y huesos, sino con algo mucho más frágil y mucho menos definible. Algo para lo que no hay una lista de pasos tan claramente definida, ¿entiendes? O sea que, si tú haces A, puede que mejores, pero si lo hago yo, puede que acabe empeorando. ¿Comprendes lo que quiero decir?

Zoe asintió, sosteniéndole la mirada. Estaba hablando de la muerte de Daisy, de cómo había afrontado su desaparición.

—Lo comprendo, Jake, y no tienes que...

—Por otra parte —continuó él con una sonrisa ladeada—, dado que lo que funciona y lo que no es siempre cuestión de ensayo y error, parece una locura no probar con A, con B o hasta con C por miedo a acabar peor. Porque ¿y si no te hace mal? ¿Y si te ayuda?

¿Qué intentaba decirle?

—Estoy cansado de tener miedo, y de sentirme tan solo —le tembló un poco la voz y se levantó bruscamente, apartándose el pelo de la cara mientras se reía, incrédulo—. Vaya, esto es perfecto. ¿Puedo parecer más patético?

Zoe dio un paso hacia él, pero se detuvo. No iba a volver a hacerlo. No iba a volver a ofrecerle consuelo y a sentirse horriblemente avergonzada y dolida cuando el profundo deseo que sentía por él diera al traste con su autocontrol.

Pero esta vez fue Jake quien le tendió los brazos.

Y cuando la abrazó, Zoe sintió que se derretía. Dios, la patética era ella.

Jake tocó su espalda, sus hombros, su cuello, pasó las manos por entre su pelo, y ella se aferró a su cuerpo, aturdida. Santo cielo, ¿qué pasaría si la besaba?

La besó tan dulce, tan suavemente, que tuvo que cerrar los ojos al sentir que sus ojos se llenaban de lágrimas. Sabía que no debía hacerlo, pero no pudo evitarlo: se abrió para él, y Jake la besó con más ímpetu, apoderándose de su boca sin vacilar ni un instante, absolutamente dueño de la situación.

Aquello era para las cámaras. Zoe sabía que su conversación debía de haber sonado desconcertante y misteriosa para cualquiera que estuviera escuchándolos, pero su abrazo no dejaba lugar a dudas. Quien estuviera mirando pensaría que Jake la deseaba. Lo mismo que ella a él. Pero sólo tendría razón a medias.

Zoe intentaba mantenerse en pie, y no se dio cuenta de que Jake la había arrastrado hasta el cuarto de baño hasta que cerró la puerta a su espalda.

Interrumpió el beso para levantarla en vilo al meterse en la bañera. Zoe se desequilibró un instante y él la sujetó con un brazo. Luego corrió la cortina y abrió el grifo.

Todavía llevaba puesto los vaqueros, y ella su camisón negro. Quedaron empapados al instante. El agua estaba fría, no se había calentado aún, pero quizá fuera lo mejor. Zoe estaba ardiendo.

Intentó apartarse de Jake, pero se paró, consciente de que el camisón se le había pegado al cuerpo y de que seguían acariciándose.

En lugar de soltarla, Jake la atrajo hacia sí y la besó otra vez.

La besó en serio, con un beso cargado de pasión, de necesidad, de un ansia ardiente y desbocada.

Fue un beso que sólo los atañía a ellos.

Ella lo miró con sorpresa, incapaz de creer lo que le estaba diciendo.

—Quiero hacer el amor contigo, Zoe —afirmó él en voz baja mientras acariciaba su pelo y su cara—. Pero hay millones de razones por las que no debemos hacerlo. Las cámaras...

El corazón de Zoe latía con violencia. Jake la deseaba. Ella estaba en sus brazos, pegada a su cuerpo, con las manos apoyadas sobre los músculos tensos y resbaladizos de sus brazos y sus hombros. Por fin podía tocarlo. Él quería que lo tocara.

—Aquí no pueden vernos, ni oírnos.

—Nuestra diferencia de edad...

—Para mí eso no es problema.

Su vehemencia hizo sonreír a Jake ligeramente.

—¿Y qué hay del hecho de que sea tu jefe de equipo?

—Técnicamente, estoy aquí como asesora del equipo. No eres mi jefe. Mi jefe es Pat Sullivan. Ya he comprobado el reglamento, te lo aseguro. No estamos confraternizando. Soy personal civil.

Él soltó una breve carcajada.

—Bueno, me alegra saber que no va a aparecer una patrulla de la Guardia Costera para detenernos.

—Sólo se me ocurre un motivo por el que no debamos hacer el amor en este preciso instante —contestó Zoe—. Y es que me he dejado los preservativos en la otra habitación, en mi bolso.

Jake sacó un paquetito de plástico cuadrado del bolsillo de atrás y lo dejó en la bandeja del jabón fijada a la pared de azulejos.

—Eso está resuelto —dijo. Sonrió con expresión traviesa y encantadoramente indecisa—. O puede estarlo, si todavía estás interesada.

—Lo estoy. Claro que lo estoy —Zoe se apartó el pelo mojado de la cara. Tenía el corazón en la garganta y era consciente de lo que significaba que Jake llevara un preservativo en el bolsillo. Lo tenía planeado. Había superado todas sus reservas y tomado una decisión consciente. Aquello no era accidental. No estaba reaccionando a emociones alteradas, ni a un exceso de pasión. Nadie lo estaba obligando. Quería de veras que aquello pasara.

Aun así, ella tenía que estar segura.

—Y respecto a los otros millones de razones por los que no deberíamos hacer esto...

—Al diablo con ellas —contestó Jake, y la besó con fuerza en la boca un instante. Su voz sonaba ronca y sus ojos estaban llenos de pasión—. Te deseo, maldita sea, y tú también a mí, y la vida es muy corta. Los dos somos adultos y...

Volvió a besarla. Su beso duró más esta vez. La atrajo hacia sí y cubrió su pecho con la mano. Comenzó a acariciarla, a explorar su pezón encrespado, rozando con el pulgar la sedosa tela del camisón que aún la cubría. Era una sensación casi insoportable, y Zoe gimió en voz alta.

Jake también.

—Dios —susurró, dejando de besarla—. Deseaba tocarte así desde que entraste en esa reunión en el Pentágono.

Zoe tuvo que sonreír. Tenía a Jake a su merced. Había fantaseado muchas veces con Jake Robinson desde que era una adolescente. Él había sido su héroe casi toda su vida, fascinada desde siempre por las historias acerca de su valentía, de su capacidad de mando y su lealtad hacia los hombres que lo seguían.

Pero eran su alma, su humanidad (sus defectos confesados) lo que la conmovían más que cualquier otra cosa.

El tiempo pareció avanzar más despacio mientras la miraba y la tocaba, todavía con suavidad, a través del camisón de seda negra. Sus ojos reflejaban un increíble ardor cuando metió un dedo bajo el fino tirante del camisón y tiró de él. La tela se deslizó por su pecho con lentitud infinitesimal, y Zoe sintió que sus pezones se erizaban bajo el fuego de su mirada.

Jake suspiró y le sonrió, mirándola a los ojos, antes de bajar la cabeza para besar sus pechos. Sus labios y su lengua eran tan suaves, que Zoe sintió que se tambaleaba.

El agua caía sobre ellos con fuerza y el vapor se agitaba a su alrededor cuando Zoe lo ayudó a quitarle el camisón. Jake ya no actuaba con calma y, cuando la miró, desnuda ante él, Zoe casi sintió que sus ojos la quemaban. Luego comenzó a tocarla y a besarla por todas partes.

Aturdida por el deseo, ella echó mano de la cinturilla de sus vaqueros y Jake la ayudó bajándose la cremallera y tirando hacia abajo de sus pantalones.

Pero la tela mojada se había pegado a su piel. Jake resbaló en la bañera y se agarró, riendo, mientras intentaba frenéticamente librarse de los pantalones. Zoe intentaba ayudarlo, pero sospechaba que estaba estorbando.

Ella también se reía, embriagada, mientras luchaban con la última barrera que los separaba. Era increíblemente irónico. Jake había cedido por fin, y sin embargo no podía haberles puesto las cosas más difíciles.

Se sentó en el borde de la bañera y empujó mientras ella tiraba, hasta que consiguieron desembarazarlo de los vaqueros, primero de una pierna y luego de otra.

Zoe se apartó el pelo de la cara y se arrodilló en la bañera sin dejar de reír. Era aún más bella de lo que imaginaba Jake, y bien sabía Dios que había fantaseado mucho con ella.

Mirarla era lo que más deseaba en ese momento y, mientras lo hacía, se disipó la risa de Zoe y de ella sólo quedó su ardor. Sus ojos reflejaban un increíble deseo, y Jake comprendió que él la miraba de la misma manera.

Zoe se acercó a él despacio, todavía de rodillas.

Él tenía la boca seca. Estaba allí sentado, calado hasta los huesos, mientras el agua chorreaba por su cuerpo. Y sin embargo tenía la boca seca.

Zoe alargó la mano hacia él y Jake se abalanzó hacia ella, la atrajo hacia sí y se levantó, apretándola contra su cuerpo.

Aquello era lo correcto. A pesar de todas sus reservas, abrazarla así, estar con ella así, era delicioso. Sus miedos también se esfumaron. Eran miedos absurdos, como que hubiera olvidado cómo se hacía aquello después de tres años, o que pudiera ponerse en ridículo estrepitosamente. Pero albergaba también miedos más complejos, como no ser capaz de seguir adelante, o no poder evitar pensar en...

Pero sólo podía pensar en Zoe. En Zoe, que le sonreía mirándolo a los ojos y le hacía sentir esperanza de nuevo. En Zoe, que agarraba su mano y comprendía por qué había consagrado su vida entera al ejército, a los Seals, porque ella misma se había visto en esa situación.

Zoe, desnuda en sus brazos, suave, mojada y tersa. Era maravilloso. Deslizó las manos por su cuerpo, ansioso por tocarla, y su piel se le antojó de seda. Dejó escapar un gemido al tocar sus nalgas y apretarla contra sí, y sintió la suavidad de su pubis contra la dureza de su sexo. Ella deslizó la mano entre los dos y, al cerrar los dedos en torno a su miembro, Jake se sintió morir un poco.

La besó y ella sofocó un gemido de placer en su boca cuando comenzó a tocarla íntimamente. Cálida y preparada para acogerlo, se abrió para él y, levantando una pierna, rodeó a Jake con ella.

Él hizo amago de tomar el preservativo que había dejado en la jabonera y su mano se cerró alrededor de los dedos de Zoe.

Tuvo que reírse. Zoe era muchas cosas, pero vergonzosa no se contaba entre ellas. Las gotas de agua brillaban en sus pestañas como gemas cuando le sonrió y le dio el envoltorio.

Luego se deslizó por su cuerpo, besó su pecho, su vientre y... Jake estuvo a punto de aplastar el pequeño envoltorio del preservativo al cerrar el puño.

Dios, quería una cama. Quería llevar a Zoe a la otra habitación y amarla toda la noche. Quería tomarse su tiempo. Quería que se tumbara para él, sólo para mirarla, con su hermosa melena desplegada sobre la almohada. Quería pasar una hora entera besando sus pechos. Quería explorar cada palmo de su cuerpo con la boca y las puntas de los dedos. Y quería que lo mirara a los ojos mientras la penetraba.

Se echó a reír. Las cosas que le estaba haciendo Zoe estaban poniéndolo al límite de su resistencia.

Pero aquello no era lo quería, en realidad. La hizo incorporarse y la besó con vehemencia mientras luchaba con el envoltorio de plástico. Se apartó un poco del chorro de agua para ponerse el preservativo.

Zoe se deslizó tras él y Jake sintió sus pechos pegados a su espalda mientras se frotaba contra él. Lo rodeó con los brazos, pasando sus manos frescas sobre su pecho y su vientre. Y más abajo.

—¿Te estoy ayudando? —preguntó.

Jake se rio.

—Oh, sí.

—¿Sabes? —le susurró al oído—, eres sin duda el hombre más sexy que he conocido nunca.

Se volvió hacia ella. Sus ojos tenían una mirada medio tímida y avergonzada, y Zoe tuvo que reírse.

—Tú no te ves así, ¿verdad? —preguntó.

—¿Cómo? —pegándose a sus caderas, bajó la cabeza para rozar con la lengua la punta de sus pechos.

Zoe cerró los ojos y se apretó contra él. Jake la estrechó con más fuerza y ella gimió.

—Como lo que eres: un tío macizo —le dijo cuando por fin pudo hablar.

Él levantó la cabeza y se rio.

—Vaya, y yo que creía que era un almirante de la Armada de Estados Unidos.

—El almirante Macizo —Zoe se rio al ver su expresión.

Él siguió acariciándola. No había duda. Zoe sabía que a él también le gustaba su cuerpo. Suspiró cuando tomó uno de sus pezones entre el índice y el pulgar.

—Ni siquiera estoy muy seguro de qué significa eso —dijo él—. Macizo —se rio—. Caramba.

—Mírate al espejo de vez en cuando.

Jake entornó los ojos cuando se apretó contra él y comenzó a moverse con un ritmo lento. Él apretó su pecho.

—¿Eso es lo único que soy para ti? ¿Un tío macizo? —su voz seguía sonando divertida, pero Zoe lo miró a los ojos y contestó sinceramente:

—El que estés tan bueno sólo es un aliciente añadido —dijo mientras lo tocaba—. Te quiero dentro de mí, Jake, porque creo que, cuando estés ahí, podré probar algo bueno y delicioso que he echado de menos toda mi vida —forzó una sonrisa—. Vaya. Me he puesto muy trascendental, ¿no? Yo...

—No —contestó él—. No te disculpes por ser sincera. A mí también me gusta tu físico, pero, además, somos amigos. Buenos amigos. Y por eso esto está siendo tan fantástico. Aunque todavía no esté dentro de ti —bajó la voz—. Y me muero por estarlo.

Zoe no podía respirar, no podía hablar. No podía hacer otra cosa que dejar que la besara.

Jake la besó con ansia, posesivamente, con exigencia y deseo de dominarla, pero por primera vez en su vida a Zoe no le importó.

La levantó en vilo, interrumpiendo el beso para poder mirarla a la cara, a los ojos, y luego, muy lentamente, la penetró. La apretó contra la pared mojada y resbaladiza, pero no había nada a lo que agarrarse, nada que hacer, salvo permitir que él tomara el control.

Por primera vez desde que tenía uso de razón, dejó en manos de otra persona su futuro inmediato.

En las capaces manos de Jake.

Él la penetró un poco más y esbozó una sonrisa al oírla gemir.

—Shh —susurró sin despegar la mirada de ella.

Su siguiente acometida fue igual de lenta, pero el doble de profunda, y Zoe se mordió el labio inferior para no gemir otra vez.

La sonrisa de él se hizo más amplia.

—Eso debería hacerlo yo —se inclinó hacia delante y tiró ligeramente de su labio con los dientes. Ella volvió a gemir, no pudo evitarlo.

Jake la besó, llenándola con su espíritu, además de con su cuerpo. El placer era tan intenso que Zoe sólo pudo murmurar su nombre.

El agua corría por su piel erizada mientras Jake besaba sus pechos. Sentía los frescos azulejos pegados a su espalda y el miembro pesado y caliente de Jake moviéndose con exasperante lentitud dentro de ella.

Era más que perfecto.

Volvió a susurrar su nombre y, aunque no se lo dijo, Jake comprendió que estaba al límite de su resistencia.

—Vamos, Zoe —le susurró al oído—. Vas a llevarme contigo. Quiero irme contigo..

Zoe lo besó. Lo besó para no gritar, mientras el placer estallaba a su alrededor en oleadas. Él respiró hondo y se hundió con más fuerza en ella. Zoe lo sintió estallar, sintió que se estremecía de placer, tal y como le había prometido.

Y Jake seguía besándola.

La besó una y otra vez, sujetándola contra la pared de la ducha, hundido en ella todavía.

Su boca era tan dulce, sus labios tan suaves, que Zoe debería haberse sentido en el paraíso. Pero no podía evitar pensar «¿y ahora qué?». Jake lo había hecho. Había hecho el amor con una mujer por primera vez desde la muerte de su esposa. ¿Qué estaba pensando? ¿Qué sentía?

¿La besaba porque intentaba posponer el momento en que tendría que enfrentarse con lo que había hecho? ¿Lo agobiaban los remordimientos? ¿Se odiaba a sí mismo? ¿La odiaba a ella?

—Ojalá pudiera besarte toda la noche —murmuró él junto a su oído—. Ojalá pudiéramos hacer el amor otra vez, esta noche, en una cama, sin sábanas, con la luz encendida...

La alegría hizo reír a Zoe. Jake parecía encontrarse bien. Eso era buena señal, ¿no?

—A mí también me encantaría, aunque creo que nos distraeríamos un poco sabiendo que todo el equipo nos está mirando.

Jake también se rio mientras la depositaba con cuidado en el suelo y se volvía para lavarse.

—Casi nos hemos quedado sin agua caliente —dijo—. ¿Quieres darte una ducha antes de que se acabe?

—Sí, gracias.

Cambiaron de sitio, aprovechando la oportunidad para rozarse, y Jake la besó mientras ella se enjabonaba rápidamente. Él la ayudó, y la ayudó también a aclararse, acariciando su cuerpo con ansia deliciosamente posesiva. La estrechó con fuerza, rodeándola con los brazos, y acarició sus pechos.

—No me canso de ti —dijo en voz baja—. Creo que necesitaría dos semanas enteras de permiso, un hotel con servicio de habitaciones y una buena cerradura en la puerta, además de una cama enorme, y a ti, claro.

Zoe cerró los ojos mientras él parecía sopesar sus pechos en las palmas de las manos y besaba su cuello. Notó que su miembro comenzaba a endurecerse contra su trasero.

Pero él la agarró de la mano. Ella tenía las manos empapadas y las yemas de sus dedos comenzaban a arrugarse.

—Oh, oh, llevamos aquí demasiado tiempo.

El agua empezaba a salir fría y Zoe se volvió para mirarlo.

—¿Preparado para salir?

—No —pero alargó el brazo para cerrar el grifo y, apartándose de ella, tomó una toalla de más allá de la cortina. Envolvió con ella los hombros de Zoe.

—Gracias.

Comenzó a salir de la bañera para tomar una toalla y secarse en el cuarto de baño (no le importaba quién lo viera desnudo), pero Zoe lo agarró del brazo.

—En serio —dijo en voz baja, mirándolo a los ojos—, gracias.

Se rio suavemente, sacudiendo la cabeza mientras se miraba los pies. Luego se inclinó para besarla.

—Gracias a ti.

Salió de la ducha y Zoe se dio cuenta de que no había podido mirarla del todo a los ojos.

No le había costado sostenerle la mirada mientras hacían el amor, pero después... Zoe se dio cuenta de que después había hecho todo lo posible para no tener que mirarla a los ojos de frente.

Era todo una impostura. Sus dulces palabras, todo lo ocurrido. Jake no se sentía bien. Sólo fingía para no herir sus sentimientos. Si la besaba, era para no tener que afrontar la verdad.

Zoe se zarandeó a sí misma. Aquello era absurdo. Jake era posiblemente el hombre más sincero que había conocido nunca. ¿Por qué iba a ocultarle la verdad ahora?

A menos que estuviera ocultándosela también a sí mismo.

La cortina de la ducha se abrió ligeramente y Jake asomó la cabeza. Le tendió algo: una de sus camisetas.

—He pensado que no querrías volver a ponerte ese camisón negro.

Era un gesto muy tierno y muy considerado, pero estaba claro que no quería mirarla a los ojos. Se apartó rápidamente y dejó caer la cortina.

—Gracias —murmuró ella.

Sí, lo ocurrido no le hacía del todo feliz. Pero eso se lo esperaba, ¿no? No tenía ningún derecho a sentirse decepcionada, era absurdo sentir aquella repentina efusión de lágrimas, que se agolpaban contra sus párpados y amenazaban con escapar.

¿Qué esperaba? ¿Que Jake se enamorara de ella al instante, después de hacer el amor? ¿Que olvidara por completo su vida con Daisy?

Se frotó la cara con la toalla, intentando librarse de las lágrimas. Pero al pasarse la camiseta de Jake por la cabeza y sentir su olor cálido y limpio, volvió a sentir deseos de llorar. Y comprendió con claridad incuestionable que, aunque Jake no estuviera loco por ella, ella se había enamorado sin remedio, completa e indiscutiblemente.

CAPÍTULO 15

El corazón de Zoe se rompió en mil pedazos mientras, parada en la puerta que llevaba a la terraza de recreo, veía a Jake sentado en medio del aire frío de la mañana.

Tenía la espalda pegada la pared de cemento, las rodillas levantadas y la cabeza apoyada en los brazos cruzados.

Era muy posible que estuviera llorando.

Zoe se había despertado esa mañana sola en la cama. Eran apenas las seis y Jake ya se había ido.

Ella se había lavado rápidamente, procurando no pensar en lo que habían hecho en aquella misma ducha horas antes. Pero cuando acabó de vestirse él no había vuelto aún.

No hacía falta ser un genio para saber adónde había ido. Y aunque se suponía que no debía recorrer sola los pasillos de la antigua fábrica de helados, salió de su habitación discretamente y se dirigió a la azotea.

—¿Vas a quedarte ahí parada o vas a venir aquí a hablar conmigo? —Jake levantó la cabeza para mirarla.

¿Cómo sabía que estaba allí? No había hecho ni un solo ruido al acercarse. Y estaba segura de que su corazón tampoco había hecho ruido al resquebrajarse.

Se acercó a él despacio, con reticencia. No quería ver rastros de lágrimas en su cara. Pero Jake tenía los ojos secos y logró sonreír.

Ella se sentó a su lado, no muy cerca.

—¿Estás bien?

Esa mañana sí podía mirarla a los ojos. Parecía cansado.

—Esperaba sentirme fatal —no intentó fingir que se refería a otra cosa—. Que me sentiría, ya sabes, como si hubiera engañado a Daisy —sacudió la cabeza—. Pero no. Me siento...

Alargó el brazo y tomó su mano, entrelazando los dedos con los suyos y apretando su mano. Zoe esperó, deseosa de que le dijera lo que sentía. Rezaba para que pronunciara las palabras que deseaba oír. Era ridículo, en realidad. En cuestión de segundos, había pasado de sentirse desdichada a experimentar una esperanza desbocada. Santo cielo, si el amor podía hacer que una persona sensata sufriera altibajos emocionales que solían asociarse con la enfermedad mental, no sabía si quería estar enamorada. Pero, por desgracia, no podía elegir.

—Me siento vivo —le dijo Jake—. Por primera vez en años, me siento realmente vivo. Es... —miró el cielo nublado entornando los ojos. Después fijó la mirada en ella y sonrió—. La verdad es que da un poco de miedo.

Vivo. Eso era bueno. ¿Verdad?

—Eres asombrosa, ¿sabes? —añadió él. La rodeó con el brazo y la atrajo hacia sí—. Lo de anoche fue... increíble —la besó, y las esperanzas de Zoe crecieron kilómetros y kilómetros, como la mata de alubias del cuento infantil—. Eres justo lo que me hacía falta —la besó otra vez, con más calma, y trazó con los dedos la línea de su clavícula por el cuello abierto de su camisa—. Justo lo que me hacía falta.

Zoe cerró los ojos, aturdida por lo que sentía. Deseo, siempre deseo, en lo que se refería a Jake. Él era, y lo sería siempre, el hombre más deseable del mundo para ella. Deseo, esperanza, y placer. El dulcísimo placer de sus besos y sus caricias.

Amor. Oh, Dios, por aterrador que fuera, deseaba que él también la quisiera. Sólo un poco. No necesitaría mucho para darse por satisfecha. Tal vez sólo una décima parte de lo que había sentido por Daisy...

Volvió a besarla y Zoe se arrimó a él y subió su mano para que le tocara los pechos.

Él suspiró y se echó a reír.

—Supongo que no te costó descubrir qué es lo que me gusta, ¿eh?

Zoe lo besó, apretándose contra su mano.

—Me alegro de tener lo que te gusta.

—Me gusta todo de ti, Zoe —respondió, echándose hacia atrás para mirarla a los ojos—. No sólo tu cuerpo.

Le gustaba. Pero no la quería. Aun así, sus palabras eran muy dulces.

—Estamos en sintonía —añadió él—. Tú y yo. Puedo ser completamente sincero contigo en todo. Sabes tan bien como yo lo importante que es esta misión. Sabes cuáles son los riesgos y los peligros. No tengo que ocultarte nada para no angustiarte —se detuvo—. Y no tengo que preocuparme por hacerte daño cuando acabe la operación y cada uno siga su camino.

Oh, Dios. Zoe cerró los ojos y se apoyó contra él. Ahora era ella quien temía que la mirara a los ojos.

—Quizá por eso me siento tan a gusto —murmuró él mientras pasaba los dedos por su pelo—. Sé que no buscas nada duradero. Sé que sólo quieres sexo. Y amistad, claro, pero... Lo que hicimos anoche fue muy intenso, pero fue principalmente algo físico. Quiero decir... —se rio—. No quieres casarte conmigo, ¿verdad?

No la dejó responder. Ella no estaba segura de haber podido hacerlo.

—Pero no importa —continuó él—. Yo me siento a gusto, y tú también. Y creo que eso es lo que hace que esto funcione. Sé que sabes que no puedo entregarte mi corazón.

El corazón de Jake.

En un breve espacio de tiempo, se había convertido en lo

que más deseaba Zoe. Quería salir del complejo del ORA teniendo en su poder los seis cartuchos perdidos de Triple X, y el corazón de Jake.

Él la besó y ella se quedó allí sentada, rodeada por sus brazos, viendo caer los primeros copos de nieve mientras rezaba para que él no viera la verdad reflejada en sus ojos cuando la mirara.

Se equivocaba.

De algún modo, Zoe había roto todas sus normas. De algún modo había cruzado esa línea. Estaba locamente enamorada de él.

Y ansiaba su corazón.

Desesperadamente.

—No está consiguiendo nada —dijo Lucky—. Y casi se nos ha agotado el tiempo.

Harvard le lanzó esa mirada fría y pétrea que daba a entender que no sólo era un mocoso, sino que además se estaba portando mal.

—¿Y qué sugiere que hagamos, teniente? ¿Amotinarnos?

—No —Lucky respiró hondo—. Mira, sólo digo que ya hemos esperado bastante. ¿Por qué no intentamos meter dentro a un par de hombres más? —lanzó una maldición—. Lo que deberíamos hacer es entrar todos.

—Eso no puede ser —contestó Harvard—. Porque aunque me pusiera una peluca rubia mi piel seguiría siendo demasiado oscura.

—Pues vamos a meter a todos los que podamos. A Cowboy y a mí. Y a Wes. Podemos cortarle el pelo como un cabeza rapada...

—Yo no me he ofrecido a afeitarme la cabeza, no sé si lo has notado —comentó Wes.

Lucky estaba muy molesto.

—¿Y qué importa, maldita sea?

—Si no importa, aféitatela tú.

—¡Muy bien! ¡Me afeitaré la cabeza! ¡Pero entremos de una vez ahí! Estoy harto de pasarme el día aquí sentado sin hacer nada.

En cuanto acabó de hablar, Lucky se dio cuenta de que el problema no era el almirante Robinson, en realidad. Era él.

Lanzó otro exabrupto. Y luego se disculpó. Con todos ellos. Especialmente, con Wes Skelly y el alférez.

—Tengo una hermana pequeña en San Diego. Ellen. Todavía está en la universidad —se frotó la frente. Dios, la sinusitis lo estaba matando—. No dejo de pensar que San Diego sería un sitio perfecto para que esos payasos prueben el Triple X, y me estoy volviendo loco.

—Yo también tengo una hermana pequeña —repuso Wes.

—Sí, ya sé que no es excusa —dijo Lucky en voz baja—. Todos tenemos familia. Pero es que... Sin ofender, Crash, sé que el almirante y tú sois uña y carne, pero los almirantes deberían quedarse en sus despachos.

—¿Hasta los que han sido Seals especializados en demoliciones? —Crash hablaba tan raras veces que, cuando abría la boca, todo el equipo le prestaba atención—. ¿Hasta uno que sabe tanto de explosivos C-4 que prácticamente escribió nuestro manual de entrenamiento, además de otro libro que nos vendría grande a varios de nosotros?

—Eso no lo sabía —reconoció Harvard—. ¿Cómo es que no lo sabía?

—Es lógico. Jake es el jefe del Grupo Gris. Procura mantener un perfil bajo —respondió Crash—. Por eso le molesta tanto el libro de Scooter Jennings. Sé que algunos lo habéis leído.

—Yo sí —dijo Bobby—. Es muy bueno.

Cowboy levantó el libro que tenía en el regazo y les lanzó una sonrisa tímida. Por eso había estado tan callado todo ese tiempo. Había estado leyendo y le faltaban pocas páginas para acabar.

—Se lee mejor que un libro de ficción.

—Cuando acabes me toca a mí —dijo Harvard.

—Es todo verdad, ¿sabéis? —dijo Crash—. Y sólo habla de una de las veces que Jake estuvo destinado en Vietnam. Ese hombre ha luchado más que todos nosotros juntos.

Lucky no pudo callarse.

—Pero de eso hace treinta años.

—Desde entonces ha salido muchas veces de su despacho —le dijo Crash—. ¿Queréis que os cuente una historia, chicos?

—Claro que sí —contestó Wes—. El tío Crash va a contarnos un cuento, niños.

—Cierra el pico, listillo —dijo Bobby—. Yo quiero oírlo.

Todos miraron a Crash. Él sonrió.

—Jake estaba en Arabia Saudí durante la operación Tormenta del Desierto, y su equipo recibió orden de encontrar un lanzamisiles Scud iraquí que se nos escapaba. Los iraquíes disparaban a nuestras tropas con el Scud y luego lo trasladaban a otro sitio. El equipo de Seals de Jake estaba trabajando con fotografías tomadas por satélite, pero no sacaba nada en claro, así que Jake, que por entonces no era almirante, pero casi, le dijo al comandante al mando que sus hombres y él iban a intentar tantear el terreno más de cerca. Lo que no dijo fue que pensaban introducirse en Bagdad, en plenas líneas enemigas. Cuando entraron en la ciudad, se separaron. Sabían dónde había estado colocado el Scud y desde donde había disparado las semanas anteriores, así que inspeccionaron esos barrios buscando un sitio donde pudiera esconderse un armatoste de ese tamaño.

»El equipo no encontró un lanzamisiles, sino dos, además de descubrir la ubicación de un almacén de armas químicas. Así que allí estaba Jake, en pleno Bagdad, con explosivos suficientes para cargarse un lanzamisiles, pero no para borrar del mapa los tres objetivos. Sabía que podía intentarlo, pero se arriesgaba a no destruir ninguno de los tres.

—Ostras. ¿Y qué hizo? —preguntó Harvard.

—Yo habría volado los lanzamisiles y habría pasado la información sobre el almacén al servicio de inteligencia —dijo Wes—. Que ellos se encargaran de hacerlo saltar por los aires.

—Pero esos almacenes de armas químicas cambiaban de sitio constantemente —comentó Lucky—. Podría haber desaparecido unas horas después.

—Y además estaba en medio de un barrio residencial —les dijo Crash—. No era el sitio más apropiado para un ataque aéreo —sonrió de nuevo—. Pero Jake consiguió cargarse los tres objetivos sin víctimas civiles.

—¿Cómo? —preguntó Lucky—. ¿Encontró un polvorín? ¿Consiguió más C-4?

—No —contestó Crash—. Se lo tomó con calma. Lo pensó muy bien. Y cuando estuvo listo, y sólo cuando estuvo listo, colocó los explosivos en puntos estratégicos. Era arriesgado, pero ese hombre es un genio de los explosivos. Confío en su criterio y consiguió lo que se proponía —miró fijamente a Lucky—. Creo que nosotros deberíamos hacer lo mismo: confiar en que nuestro jefe de equipo cumpla con su misión.

Lucky asintió con la cabeza.

—Gracias, teniente.

Mensaje recibido.

El martes, Zoe recibió orden de limpiar los cuartos de baño. Lanzó a Jake una cómica mirada de fastidio mientras caminaba por el pasillo con Edith, una mujer desvaída como un fantasma a la que le habían asignado como compañera.

Edith parecía fácil de despistar. Con suerte, seguirían siendo compañeras.

Claro que en realidad no importaba con quién la emparejaran. Ella sería capaz de escapar de cualquiera. Era buena en lo suyo.

Más que buena.

Era...

Jake retrocedió varios pasos para mirarla. Contoneaba un poco las caderas al caminar. Lo justo para evidenciar que bajo aquellos vaqueros andróginos había toda una mujer.

Esa noche se habían dado otra ducha. Santo Dios. El sexo con Zoe era indescriptible. Era...

Sexo. Puramente físico. Dos personas pasándoselo en grande con sus cuerpos.

Zoe era tan directa, tan sincera. No tonteaba, no intentaba hacerle adivinar lo que quería. Le gustaba el sexo como a él: con los ojos bien abiertos y las luces encendidas.

A él le encantaba mirarla a los ojos mientras la penetraba. Le encantaba que pareciera mirar directamente al centro de su alma, hasta el punto de que su conexión parecía casi mística. Le encantaba el ansia de sus besos, la intensidad de sus orgasmos. Le encantaba que se acurrucara a su lado por las noches y se pegara a su cuerpo como si no se cansara de él. Le encantaba que con una sola mirada, como esa mañana, le hiciera saber que estaba deseando volver a hacer el amor con él.

Le encantaba que, con solo verla caminar por el pasillo, se le acelerara la sangre y cobrara conciencia del latido de su corazón.

Oh, sí, se sentía muy vivo.

Zoe se volvió para mirarlo, y él no desvió los ojos. Quería que supiera que la estaba mirando. Que supiera lo que estaba pensando.

Ella se rio y un increíble chorro de calor pareció brotar dentro de él, llenándolo de felicidad.

Zoe le dijo adiós con la mano antes de doblar la esquina, y Jake se quedó allí un momento, asombrado por la súbita certeza de que iba a echarla de menos. Durante cuatro días no se habían separado ni un instante. Y aunque la espera lo llenaba de frustración, le había encantado sentarse a hablar con Zoe durante horas y horas.

Le había encantado aprender cosas sobre ella, descubrir

los intrincados caminos por los que discurría su mente. Adoraba su sentido del humor y su consideración hacia los demás.

Ella había llenado algo más que el vacío que había dejado en su vida la abstinencia sexual. Mucho más.

Y esa convicción lo sacudía hasta la médula.

El día anterior, mientras estaba sentado junto a la cascada, a la luz del amanecer, estaba seguro de lo que sentía, convencido de que su relación con Zoe funcionaba tan bien porque sólo era algo físico. Y sin embargo ese día no era el sexo lo que iba a echar de menos.

Había, además, otra pregunta que aún no había sabido cómo plantearle.

—Entonces, nena, cuando trabajas infiltrada y tienes que hacerte pasar por la esposa de alguien, como ahora, estas cosas... ya sabes, esta intensa atracción física y este sexo tan alucinante... ¿Es lo normal?

No debía importarle con quién hubiera estado y por qué. Ni debía importarle que atribuyera tan poca importancia a las relaciones sexuales. ¿Por qué tenía que preocuparse por nada, más allá de los momentos íntimos que compartían y del hecho de que ella lo deseara, aunque fuera sólo temporalmente?

Era absurdo sentir celos. Los celos implicaban amor, y...

Enamorarse de Zoe Lange sería el error más grande de su vida. ¿Acaso creía en serio que ella querría casarse con él? Sí, claro. Él le gustaba, desde luego; lo deseaba, y seguramente no pondría reparos en que se vieran tres, cuatro o cinco veces al año, cada vez que pasara por Washington. Pero ¿casarse? Imposible.

«Contrólate, colega». Jake se dirigió al despacho de Christopher Vincent. «No quieres casarte con esa mujer. Es sólo que el sexo te está volviendo majara».

Un sexo indescriptible. Con una mujer cuya sonrisa le hacía sentir verdaderamente feliz por primera vez en años.

Claro que se sentía feliz. Pero la cosa no revestía ningún

misterio. Zoe le gustaba, claro. Era lista, ocurrente y divertida. Pero lo principal era que, para él, equivalía a sexo. Y el sexo equivalía a felicidad. Después de vivir como un monje tres largos años, el sexo le hacía muy, muy feliz.

Aquella ternura cálida y alborotada podía atribuirse a que ya no tenía que imaginarse a Zoe desnuda. Podía llevarla a la ducha y verla desnuda cada vez que quisiera. Verla y tocarla y...

Y eso no tenía nada que ver con el amor.

Amor era lo que tenía con Daisy. Sereno y fácil a veces, otras apasionado y turbulento, fluía y refluía como las mareas. El amor era una comprensión de años, la capacidad de comunicarse con el otro con una sola sonrisa, una caricia, una sonrisa. Era confianza, era fe, era no tener que dudar nunca. No era perfecto, pero era lo mejor que le había pasado.

Costaba creer que uno tuviera la suerte de encontrar algo tan raro dos veces en la vida. Y la idea de conformarse con menos era...

No, no amaba a Zoe Lange.

Pero, aunque la amara, no tenía que preocuparse. Lo suyo no funcionaría.

Mitch le había dicho que Zoe no esperaría una relación duradera. «Porque ella también se va. Seguramente, antes que tú».

Y Jake intentó convencerse de que, si esa idea le hacía sentirse tan mal, era porque iba a echarla de menos en la cama.

—Puedes asegurarte de inmediato un puesto en el consejo directivo del ORA —dijo Christopher Vincent mientras comía un bollo pegajoso, sentado tras el elegante escritorio de roble de su despacho particular—, si estás dispuesto a renunciar a parte de tus bienes personales.

La habitación no era muy grande. No tenía ni una sola ventana. Tenía, en cambio, tres puertas, todas ellas cerradas a cal y canto, que daban a la pared de detrás del escritorio. Jake habría apostado algo a que detrás de una de ellas se hallaba la sala de vigilancia del ORA. Y posiblemente el Triple X desaparecido.

Jake extendió las manos al tiempo que se encogía de hombros.

—Chris, tú sabes tan bien como yo que todos mis fondos están congelados. Tengo más de cuatro millones de dólares en valores, pero no puedo tocarlos.

Christopher se levantó y abrió la puerta de la izquierda. Era sólo un cuarto de baño. Una menos. Quedaban dos.

Encendió la luz y, mientras se lavaba las manos, alzó la voz para que lo oyera Jake.

—Los bienes privados no consisten únicamente en dinero —salió secándose las manos en una toalla.

—Información —dijo Jake—. He pasado treinta y cinco años en la Armada. Poseo gran cantidad de información que podría serte útil —se inclinó hacia delante en la silla—. Mira, Chris, he oído hablar de esa fiesta de cumpleaños que estás planeando. Déjame asistir a las reuniones, ver si puedo contribuir en algo...

—Dejar que asistas —lo interrumpió Chris— demostraría que confiamos en ti. ¿Qué estás dispuesto a hacer para demostrar que mereces esa confianza? Ha de ser algo que pruebe que me aceptas como líder del ORA —esbozó una tensa sonrisa—. Permíteme hablarte con sinceridad, Jake. Sé que eres un hombre muy ambicioso. No habrías llegado tan alto si no lo fueras. Pero si lo que te propones es llegar aquí y hacerte dueño del cotarro...

—Vaya —dijo Jake—. Christopher, tú eres el ORA —se rio—. Está bien, soy ambicioso, pero mi meta aquí es sentarme a tu derecha en la mesa del consejo. Ser tu asesor jefe. Tu segundo al mando. Jamás intentaría derrocarte, ni minar tu autoridad en modo alguno. Jamás —afirmó, mintiendo con descaro.

Chris se sentó detrás del escritorio.

—Entonces, demuéstralo.
—Lo haré —dijo Jake—. Mediante la información, como te decía. Puedo darte contraseñas informáticas. Formas de acceder por la puerta de atrás a expedientes altamente sensibles. Información sobre protocolos de seguridad en edificios de la administración...
—Tienes algo más que ofrecer, aparte de eso —respondió Chris—, aunque aceptaré toda esa información como señal de lealtad... en parte.
Jake sacudió la cabeza.
—Chris, acudí a ti con las manos vacías. No tengo gran cosa. Hasta la ropa que tengo es tuya y...
—Zoe.
Jake se echó hacia atrás en la silla.
—¿Cómo dices?
—Tienes a Zoe —sonrió—. Yo diría que eso te convierte en un hombre muy rico.
Jake se rio, pero se interrumpió al darse cuenta de que su interlocutor no se reía. Santo cielo, aquel canalla hablaba en serio.
Compartir su riqueza personal. Compartir... a Zoe. Los miembros del ORA creían que las mujeres no eran posesión de los hombres, sino de Dios...
—¿Por qué no venís a cenar a mis habitaciones esta noche? —sugirió Christopher, levantándose—. A las siete en punto. Hay una reunión del consejo directivo prevista para el viernes a mediodía, aquí, en mi sanctasanctórum —señaló la puerta de la derecha—. Sería muy agradable para todos que pudieras venir —se acercó a la puerta de salida y la abrió expeditivamente.
Jake se puso en pie, a pesar de que la conversación no había acabado. Tenía más cosas que decir, quería protestar, pedir explicaciones, pero en ese momento sonó el teléfono de la mesa de Christopher. Y el guardia de más allá de la puerta le indicó que lo siguiera.

Jake no se movió.

—Mira, Chris...

—Nos veremos esta noche en la cena —Christopher hizo un gesto con la cabeza, y el guardia entró y agarró a Jake del brazo.

No podía hacer nada, a no ser que quisiera provocar una escena. La puerta del despacho se cerró a su espalda. El guardia lo acompañó al pasillo y cerró una segunda puerta.

Y Jake se quedó allí, asqueado por lo que acababa de darle a entender Vincent.

Si Zoe se acostaba con él, Jake entraría en el consejo.

Si se acostaba con él...

Jake se echó a reír, incrédulo, mientras avanzaba con paso enérgico por el pasillo, camino de su habitación. ¡Imposible! No iba a permitir que Zoe se acercara a aquel capullo de Christopher Vincent. Era suya, maldita sea, y no pensaba compartirla.

Claro que, en realidad, no lo era. Su matrimonio era una farsa. No era legal. Y aunque lo fuera, Zoe no era mujer a la que un hombre pudiera poseer del todo.

Bajó las escaleras de dos en dos, casi corriendo.

No podía huir de la verdad, sin embargo.

Había encontrado un modo de obtener la información que necesitaban. Si Zoe se acostaba con Chris, el viernes a mediodía sabrían exactamente qué se proponía hacer el ORA con el Triple X robado. Y hasta era posible que pudiera localizar los cartuchos desaparecidos.

Si Zoe se acostaba con Chris.

Se paró en seco, agarrándose con fuerza a la barandilla de la escalera, entre la primera planta y la segunda, en un ángulo ciego entre dos cámaras de vigilancia.

Dios. Ella estaría dispuesta a hacerlo. Para ella, el sexo no era gran cosa. Se lo había dejado claro muchas veces. Incluso le había insinuado que estaría dispuesta a hacer cualquier cosa para lograr su objetivo. Cualquier cosa.

Sintió un dolor tan agudo en el estómago que tuvo que sentarse. De pronto se había dado cuenta de por qué aquello le importaba tanto. Había estado fingiendo que lo que compartía con Zoe era sólo sexo.

Pero no lo era.

La idea de que estuviera con Christopher Vincent (o con cualquier otro hombre) le hacía enloquecer. No quería compartirla, ni su cuerpo, ni su sonrisa, ni cualquier otra cosa que formara parte de ella. La quería para él solo.

Porque estaba absolutamente enamorado de ella.

Dios, no, ¿cómo era posible? Seguía queriendo a Daisy.

Todo aquello era absurdo.

Se levantó con esfuerzo.

Quizá los cartuchos de Triple X estuvieran esperándolo en su habitación. Quizás aquella misión se resolviera por sí sola. Pero, aunque así fuese, aunque Christopher Vincent les entregara voluntariamente el gas venenoso esa misma tarde, Jake saldría perdiendo, porque, una vez cumplida su misión, Zoe se marcharía a Arabia Saudí. O a Ámsterdam. O a Somalia. Sólo Dios sabía cuándo volvería. O si volvería.

Era una inmensa ironía. Había sido un Seal muchos años, y siempre era él quien se marchaba.

De pronto tuvo que reírse por no llorar: porque sólo ahora, al enamorarse de la doctora Zoe Lange, comprendía plenamente lo mucho que lo había querido Daisy.

CAPÍTULO 16

—Necesito ver a mi mujer.

Zoe levantó la vista del enésimo váter que había limpiado en el espacio de tres horas.

—Me importa un bledo que falte media hora para la comida —era la voz de Jake—. Necesito verla ahora. ¡Zoe!

—Estoy aquí —se incorporó en el instante en que Jake entraba en el aseo de señoras, avasallando a la pobre y pálida Edith.

—Hola —su sonrisa parecía extrañamente crispada y sus ojos tenían una expresión feroz. Había ocurrido algo grave—. Bonitos guantes. El amarillo te sienta bien, nena.

—¿Estás bien? —preguntó ella en voz baja.

Él sacudió la cabeza casi imperceptiblemente. No.

—Sí, claro. Sólo quería sacarte de aquí un poco antes de lo previsto, eso es todo —miró hacia atrás—. ¿Algún problema, Edith?

Zoe se quitó los guantes y se lavó rápidamente en el lavabo.

—Bueno —contestó Edith—, técnicamente no se nos...

—Lamento las molestias —dijo Jake y, agarrando a Zoe de la mano, tiró de ella hacia el pasillo.

Llevaba la chaqueta de Zoe en la otra mano y ya se había puesto la suya.

Lo primero que pensó Zoe fue que había sucedido algo imprevisto y que tenían que evacuar la fábrica y salir de allí pitando. Pero al abrir la puerta de la escalera, Jake subió, en vez de bajar hacia la planta principal.

Subió hacia la terraza de recreo.

Se movía tan deprisa que Zoe tuvo que correr para alcanzarlo, pero por fin llegaron a la azotea. Jake salió al aire libre bruscamente, como si todo ese tiempo hubiera estado conteniendo la respiración.

Ella lo siguió.

—Jake, ¿qué es lo que...?

La besó. Arrojó su chaqueta al suelo, la estrechó entre sus brazos y se apoderó de su boca con ansia frenética. Fue un beso electrizante, embriagador. La potencia de su deseo la hizo arder de inmediato. ¿Por eso había ido a buscarla? ¿Porque la deseaba? ¿Porque por fin se había dado cuenta de cuánto la necesitaba, de cuánto la amaba, incluso?

Luchó con los botones de su camisa, gruñendo de exasperación, y por fin tiró de ellos y los hizo saltar en todas direcciones. El broche frontal de su sujetador cedió con facilidad, y el aire gélido de la mañana asaltó sus pechos desnudos. Pero las manos de Jake eran cálidas y su boca parecía arder mientras la besaba y acariciaba.

—Oh, Zoe —jadeó—. Necesito...

La besó otra vez mientras desabrochaba el botón de sus vaqueros y le bajaba la cremallera.

—Sí —dijo Zoe.

Ella también lo necesitaba.

Jake dejó de besarla el tiempo suficiente para quitarse la chaqueta y arrojarla junto a la de ella. Luego la tumbó en el suelo, sobre el mullido colchón que formaban ambas prendas. Su cuerpo musculoso era tan firme, su peso tan delicioso al apoyarse entre sus piernas... Zoe sintió su miembro duro y echó mano de la hebilla de su cinturón, deseando que la gruesa tela de los vaqueros desapareciera al instante.

Él se puso de rodillas y la despojó rápidamente de los pantalones. Zoe se quitó las zapatillas ayudándose con los pies. Él se bajó los pantalones, se puso un preservativo y la penetró con fuerza.

Ella gritó, no pudo evitarlo. Y él engulló su grito de placer con el más fiero de los besos mientras volvía a penetrarla una y otra vez, con embestidas impetuosas, profundas, dominantes. No intentó fingir que el deseo no lo dominaba por completo. No se refrenó. Sus besos eran febriles, sus manos y su cuerpo deliciosamente posesivos.

Zoe, por su parte, abandonó también todo intento de fingir. Se dejó amarlo con furia y desesperación, apasionadamente. En cuerpo y alma. Jake era todo lo que deseaba y todo lo que ignoraba que era posible desear. El héroe era sólo una sombra comparado con la humanidad, con la compasión y la sinceridad del hombre de carne y hueso.

Aquel hombre increíble que ardía por ella con la misma pasión que inflamaba su alma.

Sintió que su cuerpo se tensaba, lo sintió estremecerse, oyó que susurraba su nombre con voz ronca, y la potencia de su clímax la hizo estallar. El placer la embargó por completo, intenso y palpitante, salvaje y abrasador. Abrió los ojos y el azul luminoso del cielo le pareció tan cercano que casi podía tocarlo. Sus sentidos se habían agudizado casi dolorosamente: sentía el olor sutil de la colonia de Jake y la calidez de su aliento sobre el cuello, el calor resbaladizo de su miembro, todavía erecto dentro de ella cuando dio el último empellón, y las olas turbulentas del orgasmo comenzaron por fin, poco a poco, a remitir.

Cerró los ojos, aferrada a él. Temía echarse a llorar de dicha. Pero luego tuvo que reírse. Jamás habría creído que echaría el mejor polvo de su vida en la postura del misionero.

—Vaya —jadeó Jake sin moverse, con la boca pegada a su cuello—. Menudo caballero. Ni siquiera te he esperado.

—No hacía falta —contestó—. Te he acompañado —le tembló la voz—. Dios mío, Jake...

Él todavía respiraba agitadamente cuando levantó la cabeza para mirarla. Lo que acababan de compartir había sido igual de poderoso e intenso para él.

—Cuando has ido a buscarme, he pensado que pasaba algo grave —procuró hablar con despreocupación—. Ignoraba que fuera un problema psicológico.

—Zoe, yo...

Ella contuvo el aliento. Ya estaba. Iba decirle que la quería. Por favor, Señor, que él también la quisiera...

Pero la mirada de Jake era totalmente inescrutable. De su sonrisa no había ni rastro.

—He descubierto cómo puedo acceder al consejo directivo de Vincent.

No era eso lo que Zoe quería oír. Aun así, logró disimular su desilusión.

—¡Eso es genial! —escudriñó sus ojos—. ¿No? ¿Cómo?

—Tengo que probar mi lealtad al ORA y a Vincent —contestó—. Se ha sacado de la manga una especie de comunismo de andar por casa. Creo que le hace sentirse poderoso. Quiere compartir todo lo que posean sus seguidores. Dinero. Información —cerró los ojos un instante—. Mujeres.

Compartir mujeres. Oh, Dios.

—Naturalmente, no estaría tan interesado si la esposa en cuestión no tuviera tu físico y... —se interrumpió y la miró atentamente, con expresión incrédula—. Ya lo sabías, ¿verdad?

Ella no podía mentirle.

—Chris me dejó caer algo. Creo que se ve a sí mismo como una especie de señor feudal y... —meneó la cabeza—. No esperaba que te lo planteara a ti.

—¿Y qué esperabas? ¿Qué te lo planteara a ti directamente? —los ojos de Jake eran casi tan fríos como el aire helado que rozó la piel de Zoe cuando se apartó de ella—. ¿Y qué demonios ibas a hacer cuando te lo propusiera? —masculló un juramento—. No me lo digas. No quiero saberlo.

Estaba completamente vestido y no tardó en recuperar la compostura. Zoe tuvo que buscar sus bragas, volver los pantalones del derecho y encontrar sus zapatillas deportivas. Su camiseta ya no tenía botones, y el broche de plástico de su sujetador estaba roto. Se estremeció, sujetándose la camisa por delante, sin saber qué decir ni cómo explicarse.

Jake la envolvió en su chaqueta.

—Maldita sea, Zoe —le tembló la voz—. Por lo menos podías haberme dicho lo que planeabas.

—No era ningún plan —contestó—. Era sólo... una alternativa que creí que debía mantener abierta. Jake, ese tipo lleva semanas rondándome. Había pensado en ir a hablar con él. Decirle que estaba pensando en aceptar su oferta. Pero te lo habría dicho antes. Pensaba que sería un modo de entrar en su despacho.

—Bueno, pues ya he estado yo en su despacho —respondió Jake en tono crispado—. Es pequeño, no tiene ventanas, hay una mesa, tres sillas y tres puertas en la pared, detrás de la mesa de Vincent. La de la izquierda es la del baño. La de la derecha, la de una sala a la que se ha referido como su sanctasanctórum. No había ni rastro de los cartuchos desaparecidos. Apostaría algo a que están en esa sala.

A la que tendría acceso... siempre y cuando compartiera a Zoe con el líder del ORA.

A Zoe le tembló un poco la mano al apartarse el pelo de la cara.

—Entonces, ¿qué te ha dicho de...? —logró que su voz sonara tranquila, pero no se atrevió a acabar la frase.

—No dijo nada explícito —contestó Jake—. Me habló de compartir mi riqueza. Y te mencionó a ti. Nos ha invitado a cenar esta noche, a las siete, en sus habitaciones privadas.

—¿A los dos?

—He preguntado a uno de sus lugartenientes —su voz sonaba rasposa–. Por lo visto, es así como proceden. Nos invita a los dos y yo te envío a ti sola, con mis disculpas, alegando que me encuentro ligeramente resfriado –se rio con aspereza–. Lo creas o no, consideran un honor que Christopher Vincent se líe con sus mujeres –bajó la cabeza y se tapó la cara con las manos–. Malditos hijos de puta retorcidos.

Zoe respiró hondo, llena de aprensión.

–Entonces, ¿le dijiste que sí o que no? ¿Que iríamos... que iría a cenar?

La miró con ojos casi tan azules como el cielo.

–Podemos cancelarlo.

–Eso es un sí –dijo ella–. Le dijiste que sí.

Jake sacudió la cabeza.

–No, no le dije que sí.

–Pero tampoco que no.

–No contesté ni una cosa ni otra.

–El silencio suele equivaler a un sí –dijo ella, crispada.

–Sí –dijo Jake. Un músculo se contraía a un lado de su mandíbula–. Lo sé.

Apoyó la cabeza en las manos, incapaz de sostenerle la mirada.

Zoe cerró los ojos para contener las lágrimas. ¿De veras creía Jake...? ¿Esperaba seriamente que...?

–¿Me estás pidiendo que me acueste con Christopher Vincent? –Dios, lo que debía pensar de ella, si era capaz de pedirle eso.

–No –levantó la cabeza. Tenía los ojos colorados, como si él también intentara contener las lágrimas–. No te estoy pidiendo eso, Zoe. Jamás se lo pediría a nadie que estuviera a mis órdenes. Aunque tú no estás a mis órdenes, ¿no es cierto? Y no has sido del todo sincera conmigo respecto a esa alternativa que estabas considerando. Quizá tengas un plan mejor para que acceda al sanctasanctórum de Vincent.

Ella negó con la cabeza.

–No, no lo tengo –susurró.

—No voy a pedirte que hagas eso —le dijo Jake—. Pero tampoco voy a pedirte que no lo hagas. Lo dejo a tu elección —se aclaró la garganta—. Sé que estas... que estas cosas no te molestan especialmente, así que... —se encogió de hombros y compuso una sonrisa—. Tú decides.

Zoe se sintió morir. Quería que él le dijera que no lo hiciera. Que se negara a permitírselo. Quería que la abrazara con fuerza y le dijera que no se lo permitiría, que no la creía capaz de un acto tan humillante y premeditado.

—¿Tú...? —tuvo que detenerse y carraspear. Por extraño que pareciera, su voz sonó firme y clara—. ¿Quieres que lo haga? —tenía que saberlo.

Él la miró directamente a los ojos.

—Esto no tiene nada que ver conmigo.

Su última esperanza se apagó, y se volvió para mirar el valle.

—Entiendo.

Había fanfarroneado tanto... Había convencido a Jake de que era fuerte y dura, de que sus sentimientos estaban hechos de Teflón. Saltaba a la vista que él pensaba que no le importaría prostituirse por el bien de la misión. Estaba claro, sin embargo, que no le agradaba y que, a pesar de que acababa de hacerle el amor apasionadamente, no creía que aquel asunto tuviera nada que ver con él.

Zoe sintió ganas de vomitar. O de romper a llorar.

Pero en lugar de hacerlo asintió con la cabeza.

—¿Qué debo ponerme?

CAPÍTULO 17

Lucky sirvió una taza de café a Bobby y la dejó cerca de las pantallas de vídeo, en la caravana de vigilancia.

—Gracias —dijo Bobby.

—¿Alguna novedad?

—Zoe ha sido asignada a la brigada de limpieza de aseos —contestó Bobby—. Jake fue a buscarla hace un rato y se la llevó. Se fueron a la azotea y hace una hora y media que no sé nada de ellos. He estado curioseando por ahí, siguiendo a los dos lugartenientes de Vincent. Posiblemente, merecedores del premio al ser humano más aburrido del planeta.

Lucky señaló la pantalla que mostraba el comedor del ORA.

—¿Ése no es Jake?

—Parece él —Bobby lo miró—. ¿Has acabado de leer el libro?

Lucky sonrió.

—Sí.

—Ya te gusta más, ¿eh?

—Todavía tengo mis reparos, sobre todo porque pase tanto tiempo besuqueando a mi novia.

—No tienes nada que hacer con Zoe y lo sabes —Bobby tecleó algunos números y la pantalla mostró el otro lado del comedor, donde Jake estaba sentado solo a una mesa, con una bandeja de comida delante–. Sí, no hay duda de que es el almirante.

Lucky se acercó a la pantalla.

–¿Son imaginaciones mías o...? ¿No crees que tiene mala cara?

–Parece muy tenso. Me pregunto dónde está Zoe –Bobby siguió tecleando números y en las otras dos pantallas se sucedieron rápidamente diversas imágenes–. ¡Ah, estaba ahí!

–Espera un segundo –dijo Lucky–. ¿La has visto? ¿Cómo puedes ver algo así?

Bobby se encogió de hombros mientras mostraba la imagen que había visto.

–Tengo buena vista.

En la pantalla del centro, Zoe caminaba enérgicamente por un pasillo que llevaba a la habitación que compartía con Jake. Sonrió alegremente al pasar junto a otra persona.

Bobby pulsó los mandos para mostrar el interior de la habitación.

En cuanto entró y cerró la puerta, la sonrisa de Zoe se desvaneció. Era como si de pronto le fallaran las piernas. Se dejó caer deslizándose por la puerta y quedó sentada en el suelo. Se abrazó las piernas, bajó la cabeza y...

Zoe estaba llorando.

Se estremecía y sollozaba como si tuviera roto el corazón.

Bobby miró a Lucky y Lucky miró a Bobby.

En la otra pantalla, Jake jugueteaba sin entusiasmo con la comida. Arrojó el tenedor a la bandeja y apoyó la frente en la palma de la mano. Parecía desesperado.

Pero luego se levantó. Y apoyando las manos sobre la mesa, delante de sí, hizo una señal con la mano. Una señal que usaban los Seals. Fue breve, pero inconfundible.

«Preparaos».

–¿Has visto eso? –preguntó Lucky, casi saltando en su asiento–. ¿Es lo que creo?

–Sí, señor. Era un mensaje para nosotros, no hay duda.

Jake sólo había hecho la seña una vez, pero la tenían grabada.

Lucky echó mano del teléfono.

—Sí, Skelly, soy O'Donlon. ¿El alférez está ahí? Bob y yo queremos enseñaros una cosa —dijo—. Daos prisa.

Zoe se caló la gorra sobre los ojos al entrar en las habitaciones privadas de Christopher Vincent empujando el carrito de la limpieza.

Nadie había notado de momento que no formaba parte del batallón de limpieza habitual. O, si lo habían notado, estaban tan acostumbradas a obedecer que nadie había dicho nada.

Melissa, Amy, Ivy, Karen, Beth y Joan. Zoe había tenido que aprenderse sus nombres por su color de pelo. Sus caras eran demasiado semejantes: parecían agotadas, como si hubieran perdido toda esperanza.

Zoe se movía como ellas, como si también sufriera física y psíquicamente, mientras llevaba los utensilios de limpieza hacia la puerta del despacho privado de Vincent.

La puerta estaba entornada y entró sin encender la luz.

El despacho era tal y como se lo había descrito Jake. Un escritorio grande. Ninguna ventana. Ni rastro de los cartuchos de Triple X.

El cuarto de baño estaba a la izquierda. Zoe probó el picaporte de la puerta de la derecha al pasar a su lado. Estaba cerrada con llave. Y también la del centro. La del cuarto de baño estaba abierta a medias. Encendió la luz. El baño era minúsculo. Un lavabo y un váter. Según los planos de la fábrica de helados que había mirado con Wes y Bobby, en aquella parte del edificio había sitio de sobra para albergar una sala de reuniones y un cuarto de vigilancia de buen tamaño.

No tenía a mano su ganzúa, pero sí un clip del escritorio de Vincent. A la luz del cuarto de baño, desdobló el clip y...

La luz del despacho se encendió.

—¿Quién eres tú? ¿Qué haces aquí?

—¿Limpiar el baño? —Zoe parpadeó, perpleja, mientras intentaba guardarse disimuladamente el clip en el bolsillo trasero del pantalón. Sólo consiguió guardarlo a medias antes de que el hombre de larga barba se acercara.

Era el segundo lugarteniente de Vincent.

—Tú eres la nueva. No puedes estar aquí.

Zoe hizo que empezara a temblarle el labio inferior.

—Me dijeron que limpiara los baños. Pero me... me he perdido y no sabía qué hacer, así que he seguido a las otras chicas y...

—Largo de aquí —él le abrió la puerta—. ¡Vamos!

Zoe recogió sus útiles de limpieza y corrió hacia la puerta. Cuando salía, el lugarteniente la golpeó tan fuerte en la parte de atrás de la cabeza que le pitaron los oídos y cayó de rodillas. Tuvo que hacer un esfuerzo por no darse la vuelta y asestarle una patada.

Pero no lo hizo. Mantuvo los ojos bajos y la cabeza gacha. Si quería pasar inadvertida y no destruir su tapadera y la de Jake, no podía demostrar que era cinturón negro de kárate.

Beth, la jefa del batallón de limpieza, le dio una bofetada cuando se levantó.

—¿Tú eres tonta o qué? No puedes ir donde quieras. Ya te han dicho lo que tienes que hacer.

Zoe dejó que sus ojos se llenaran de lágrimas. Costaba creer que le quedara alguna después de lo mucho que había llorado hacía apenas una hora. Pero por lo visto tenía lágrimas de sobra. Lo único que tenía que hacer era pensar en Jake, y se le escapaban.

—Lo siento —masculló—. He perdido a Edith, mi compañera, y me asusté, y al veros...

—Vuelve a la cocina —ordenó Beth con aspereza—. Seguramente Edith estará esperándote allí.

Zoe la miró pasmada. ¿Ya estaba? ¿No iban a llevarla a

rastras ante Christopher Vincent? ¿No iban a preguntarle qué hacía en su despacho privado?

—Largo —dijo Beth.

Zoe dio media vuelta y echó a correr.

Sonó la alarma del ordenador y, al volverse, Lucky vio a Harvard inclinado sobre el hombro de Crash, mirando la pantalla.

—¿Qué tenemos? —preguntó Harvard.

—Una coincidencia de palabras clave —contestó Crash, muy serio—. Han surgido tres palabras. «Zoe». «Espía». Y «cumpleaños».

Harvard masculló una maldición.

El ordenador estaba programado para escuchar y grabar todas las conversaciones procedentes del baluarte del ORA. Harvard había diseñado un programa para buscar grupos de palabras clave empleadas en una misma conversación.

Cowboy se reunió con ellos.

—Vuelve a ponerlo —dijo.

—También tenemos imagen —les dijo Crash mientras manipulaba los mandos. Lucky acercó su silla—. Allá vamos. Parece que es la antesala del despacho de Vincent. Esto tiene mala pinta.

En la cinta hablaba un hombre.

—¿Qué es esto? —era la voz inconfundible del líder del ORA. En la pantalla, Vincent se erguía y aparecía en el plano. Se había inclinado para recoger algo del suelo y ahora su cara estaba justo delante de la cámara. Puaj.

—No lo sé, señor —otro hombre aparecía en pantalla. Era Ian Hindcrest, el segundo lugarteniente de Vincent. Otro Adonis, con su larga barba a lo ZZ Top. Hindcrest tomaba lo que había recogido Vincent—. Parece un... Sí, es un clip para papel, señor.

—¿Quién ha entrado aquí hoy? —eso era lo bueno de tener una sola ceja: que cuando uno ponía mala cara, daba miedo.

Hindcrest dio un paso atrás.

—Ha tenido usted varias citas esta mañana, pero después de comer vinieron las encargadas de la limpieza, así que supongo...

—Las encargadas de la limpieza. Tenía un informe de la jefa encima de la mesa, pero es una inepta y no consigo entender su letra. ¿Ha pasado algo hoy? Tu nombre aparecía en la hoja.

—Por supuesto —Hindcrest se animó—. Pensaba redactar un informe esta noche. Esa chica nueva, la rubia, entró aquí por error.

—Zoe —dijo Vincent.

—Sí, ésa.

—¿Dónde entró exactamente?

—La encontré en su despacho —Hindcrest señaló hacia la puerta que había tras él—. Preparándose para limpiar el baño.

—En mi despacho —Vincent asintió con la cabeza. Su voz sonaba cada vez más fuerte—. ¿Y no se te ocurrió pensar que esa chica nueva, que está aquí en periodo de prueba, quizás haya entrado en mi despacho privado porque es una espía? —estaba casi gritando y los ojos de Hindcrest se empañaron.

—¿Una espía? —dijo débilmente.

Wes lanzó un exabrupto.

—Pues se acabó. Se ha metido en un buen lío.

—Esto no es un clip de papel —Vincent le quitó el clip de la mano—. ¡Es una ganzúa improvisada, maldita sea! No me cabe ninguna duda de que intentaba entrar en la sala. O puede que ya haya entrado, que haya visto lo que necesitaba ver. Lo sabía. Sabía que había algo raro en ella.

—El gas... —Hindcrest se interrumpió, consciente de que se había ido de la lengua. Carraspeó—. La sorpresa de cumpleaños. ¿Está...?

—Bingo —murmuró Harvard.

—Sigue ahí —dijo Vincent—, pero está claro que Zoe anda tras él —masculló una maldición—. Seguramente ese hijo de perra de Robinson también está metido en esto.
—Llamaré a los guardias para que los traigan —dijo Hindcrest.
—¡Tenemos que avisarlos! —exclamó Bobby.
—¿Cómo? —preguntó Wes—. ¿Con bengalas?
—No —dijo Vincent en la grabación—. Todavía no. Tiene información que necesito. Dejaremos que crean que su tapadera sigue intacta. Mientras tanto, mi regalo de cumpleaños emprenderá su viaje. Llama a Herzog y a Jansen. Diles que salen para Nueva York unos días antes de lo previsto.
—Sí, señor.
—Eso es todo —dijo Crash, malhumorado—. Al menos, es lo único que ha señalado el ordenador.

Harvard ya estaba al teléfono.

—Necesitamos aumentar inmediatamente la vigilancia por satélite. Necesitamos que equipos de intercepción de código rojo paren a todo el que asome por la puerta del ORA, y necesitamos... —miró a Lucky y tapó el teléfono con la mano—. Necesitamos ayuda. Llama por la otra línea segura, teniente. Avise al resto de la Brigada Alfa. Los necesitamos ya.

Jake no podía mirar a Zoe mientras ésta trenzaba su bella melena rubia en un peinado sofisticado y elegante. Pero tampoco podía dejar de mirarla. Una trenza de raíz, recordaba que se llamaba el peinado. Daisy tenía el cabello demasiado rizado, crespo y denso para hacérsela. Así que aquello era nuevo para él: ver cómo los largos dedos de Zoe completaban su metamorfosis, de marimacho enfundada en vaqueros a señorita discreta y elegante.

Pero ésa no era la única novedad.

Tampoco había visto nunca a Daisy arreglarse para acostarse con otro hombre.

La idea lo ponía enfermo.

«¿Cómo puedes hacer esto?». Apretó los dientes para no decirlo en voz alta. «No vayas».

Ella se había puesto una falda negra extremadamente corta y una camiseta de tirantes del mismo color que se ceñía a su cuerpo y enmarcaba la parte de arriba de sus pechos como si fueran una obra de arte. Sus piernas largas y esbeltas estaban enfundadas en finísimas medias, y sus zapatos negros tenían al menos ocho centímetros de tacón.

Se inclinó hacia el espejo para aplicarse un último toque de carmín y retrocedió para verse mientras cerraba la bolsa del maquillaje.

Sus ojos se encontraron fugazmente en el espejo.

—Bueno —dijo ella

Jake no podía hablar.

—Supongo que es la hora —añadió Zoe.

Él recuperó el habla, pero tuvo que aclararse la garganta cuatro veces para que se entendieran sus palabras.

—Todavía es un poco pronto.

«No vayas».

—Con estos zapatos no puedo andar muy deprisa.

—Ah.

Se volvió para mirarlo, cuadró los hombros y levantó ligeramente la barbilla. Por fin lo miró a los ojos y de algún modo logró que su mirada pareciera fría y distante.

—En fin, me voy.

«No vayas».

Jake no podía creer que de verdad fuera a hacerlo.

—Nos veremos luego, imagino —añadió ella mientras se encaminaba hacia la puerta.

«No vayas».

Zoe alargó el brazo hacia el picaporte, abrió la puerta. Y la cerró al salir, marchándose sin mirar atrás.

CAPÍTULO 18

Zoe tuvo que parar, sentarse y meter la cabeza entre las piernas para no desmayarse.

Dios, iba a vomitar.

Jake no la había detenido.

La había visto prepararse, la había visto marchar.

Aquello no tenía nada que ver con él. Él mismo se lo había dicho.

No podía respirar con calma, no lograba controlar sus jadeos, no podía evitar que le temblaran las manos y se le revolviera el estómago.

«No preguntes qué puede hacer tu país por ti. Pregunta qué puedes hacer tú por tu país». ¿Quién iba a imaginar que sería aquello?

Al ponerse delante del espejo, Jake notó aún el perfume de Zoe. Era una fragancia sutil, misteriosa y ligera. La había visto ponérsela: apenas dos cortas pulverizaciones en el aire, a través de las cuales había pasado.

Normalmente no se ponía perfume, pero el día de su boda sí. El día de su boda ficticia.

Cerró los ojos para no recordar a Zoe de pie en su caravana, con las maletas ya hechas y la barbilla levantada, dispuesta a enfrentarse con él, fuerte y dura, lista para hacer lo que fuera preciso para entrar en el ORA.

Lo que fuera preciso.

Esa noche lo había mirado de la misma manera, justo antes de salir por la puerta.

Era fría, era serena, dominaba perfectamente la situación. Estaba dispuesta a hacer lo que fuera necesario, aunque para ello tuviera que sacrificarse. Así de fuerte y de dura era.

Él, en cambio, no lo era tanto. No era lo bastante fuerte. Y aunque el amor no parecía formar parte del vocabulario de Zoe, la amaba.

Le gustara o no, quisiera o no, la amaba.

Y aunque le dijera lo contrario, a pesar de la indiferencia que mostraba Zoe ante aquella situación, no iba a permitir que lo hiciera.

Era el líder del equipo, maldita sea. Tenía todo el derecho a decirle lo que podía y lo que no podía hacer.

Y aquello no podía hacerlo.

Salió impetuosamente de la habitación y corrió por el pasillo.

Por favor, Dios, que pudiera alcanzarla...

Zoe se levantó.

Dios, odiaba llevar tacones altos. Había aprendido a caminar con ellos, claro, para cuando era necesario. Pero a pesar de las horas de práctica, nunca se sentía a gusto cuando se los ponía. Prefería las deportivas.

Se alisó la falda y respiró hondo. Se había decidido y sabía sin asomo de duda lo que tenía que hacer.

Echó a andar resueltamente, con el corazón en un puño.

No iba a ser fácil.

De hecho, iba a ser posiblemente lo más duro que había hecho en toda su vida.

Dick Edgers lo detuvo en la escalera.

—¡Hola, Jake! Tengo entendido que el viernes vas a unirte al consejo. Enhorabuena.

—Perdona, Dick, pero tengo prisa —pero cuando Jake se movió hacia la derecha para esquivarlo, Dick se movió hacia su izquierda para cortarle el paso. Y cuando se desplazó a la izquierda, Dick hizo lo contrario.

—¡Uy! —exclamó Dick, riendo—. ¡Perdona!

Jake prácticamente lo levantó en volandas para apartarlo de su camino.

Masculló un juramento por el retraso, se maldijo por haber esperado tanto para ir tras Zoe, maldijo aquella situación, y volvió a maldecirse a sí mismo por haber permitido que la farsa llegara tan lejos.

Cuando dejó de maldecir, comenzó a rezar. Por favor, Dios, que pudiera alcanzarla. Por favor, Dios...

Bajó los escalones de tres en tres y llegó a la carrera a la puerta de la planta donde se hallaban las habitaciones privadas de Vincent.

Y estuvo a punto de tirar a Zoe de espaldas.

La agarró y la apretó con fuerza, embargado por una oleada de alegría. Había llegado a tiempo. Gracias a Dios.

—¿Qué haces aquí? —preguntó ella cuando Jake se apartó para mirarla.

—Ibas en dirección contraria —respondió él.

Las habitaciones de Vincent estaban a la derecha, al fondo del pasillo, pero ella se dirigía hacia la escalera.

Jake advirtió que tenía los ojos llenos de lágrimas y que estaba temblando. Aun así, levantó la barbilla para mirarlo a los ojos.

—He puesto un límite —le dijo.

Él comprendió de inmediato a qué se refería. Le había dicho una vez que no confiaba en que fuera capaz de trazar un límite que marcara con qué se sentía a gusto y con qué no en aquella misión. Zoe le estaba diciendo que no iba a seguir adelante con aquella farsa. Se lo estaba diciendo a él.

Jake la besó allí, en el pasillo. No le importaba quién pudiera verlos. Sencillamente, le traía sin cuidado. Ella lo besó con el mismo ímpetu, aferrándose a él como si no quisiera soltarlo nunca. Pero no bastaba con un beso. Jake tenía muchas cosas que decir.

La llevó a la escalera y bajaron. En la planta siguiente había un aseo de caballeros.

Ella se movía deprisa a pesar de los tacones, y Jake la condujo por otro pasillo. Todavía tomados de la mano, abrió la puerta del aseo, la hizo pasar y cerró la puerta.

Soltó su mano y abrió los grifos de los tres lavabos. El ruido del agua llenó la habitación, y Jake comprendió que, aunque pudieran verlos, no podrían oírlos. Zoe también lo sabía.

Se abrazaba a sí misma como si tuviera frío.

—Ibas detrás de mí —dijo.

—Sí —reconoció él—. No podía permitir que lo hicieras. Fue una locura por mi parte fingir siquiera que de este disparate podía salir algo bueno, porque no es así —se puso a maldecir—. Iba a ordenarte que lo dejaras, a prohibirte que siguieras adelante. Y si no bastaba con eso, estaba dispuesto a ponerme de rodillas y a suplicarte, si era preciso.

Zoe se arrojó en sus brazos, lo abrazó como si fuera su salvación. Estaba llorando.

—No quería hacerlo —dijo—. Quería que me dijeras que no. Confiaba en que me detuvieras, pero parecías creer que estaba dispuesta a hacerlo, que era lo que esperabas de mí. Y cuando dijiste que no tenía nada que ver contigo...

Su cara se contrajo y volvió a aferrarse a él.

—Lo siento —murmuró él—. Lo siento muchísimo, Zoe.

—No he sido completamente sincera contigo, Jake —respiró hondo y se retiró para mirarlo a los ojos—. Quería impresionarte, hacerte creer que era, no sé, como James Bond o algo así.

Jake tuvo que reírse.

—Y tú me creíste —prosiguió ella—, incluso cuando intenté decirte que no era verdad. Y luego las cosas empeoraron porque yo... –levantó la barbilla un poco más–. Porque me enamoré de ti –Jake dejó de reírse–. Para eso volvía, para decírtelo –sus ojos volvieron a llenarse de lágrimas–. Nunca he utilizado el sexo para obtener información... ni ninguna otra cosa. Nunca. Nunca me he acostado con nadie a quien no quisiera al menos un poco, pero contigo no sé... no sé qué me pasó. Pensé que estaría bien enamorarme un poco de ti porque sé que no puedes quererme, pero un poco se fue convirtiendo en más y más y... Y está bien, es bueno, porque creía que nunca sentiría esto por nadie. Ahora sé que sí, y es maravilloso... y también trágico, porque ahora también sé lo que perdiste cuando murió Daisy y lo siento muchísimo –de nuevo se le escaparon las lágrimas.

Jake la abrazó con fuerza, divertido y asombrado, con un nudo en la garganta. Zoe estaba llorando por él. Lloraba por su tragedia. Era, sin duda, una de las personas más extraordinarias que había conocido nunca.

–Sé que todavía la quieres –añadió ella en voz baja–. No te estoy pidiendo que dejes de quererla. Y sé que no puedo ocupar su lugar. Pero tal vez, si no te importa, podamos seguir viéndonos, no sé, una temporada, cuando acabe esta misión.

Jake carraspeó, intentando deshacer el nudo que sentía en la garganta, pero no se movió.

–Una temporada –repitió–. ¿Cuánto tiempo, más o menos?

Sentía el aliento de Zoe en su garganta. Sintió que sopesaba la respuesta, preguntándose cuál era la respuesta acertada.

–Sinceramente –le dijo Jake–. Dímelo sinceramente, nena. ¿Cuánto tiempo te gustaría que durara esa temporada?

–Supongo –dijo ella con cautela– que esperaba que durara entre treinta años y toda la vida. Más bien toda la vida.

Toda la vida. Jake cerró los ojos mientras la estrechaba entre sus brazos.

–¡Ay, Zoe! Tu vida será mucho más larga que la mía. A

mí sólo me queda media vida. La tuya acaba de empezar y yo...

Ella le tapó la boca con la mano.

—No importa —dijo—. Me has pedido que fuera sincera y lo he sido. Sé que no estás preparado para algo así. Y sé que éste no es momento para discutir nuestra diferencia de edad. Ahora mismo tenemos que resolver otro problema.

—Vincent te espera en su comedor —dijo Jake—. Ya llegas cinco minutos tarde.

—¿Qué vamos a hacer?

—Esta tarde hice una señal al equipo —le dijo Jake—. Están esperando mi próxima orden.

—Cada vez estoy más convencida de que Vincent no sabe en realidad lo que tiene entre manos. Ignora lo que es capaz de hacer el Triple X —repuso Zoe. Se limpió las últimas lágrimas—. No hemos descubierto ningún método de envío, ni hay misiles por aquí. Tampoco bombas, a no ser que las tengan almacenadas con el Triple X y...

—Estoy dispuesto a arriesgarme —dijo Jake. Dios, Zoe lo quería. Esa noche se sentía muy afortunado—. ¿Y tú?

Ella le leyó el pensamiento.

—¿Crees que el Triple X está en el despacho de Vincent, detrás de alguna de esas dos puertas cerradas?

—O está ahí, o está fuera de la fábrica —contestó Jake—. Estoy convencido de ello.

Ella asintió.

—Yo también.

—Está bien —dijo Jake, pensando a toda prisa—. El plan es éste: vamos a tomar el control de las habitaciones privadas de Vincent. Tú y yo. Entre los dos podemos mantener a raya todo el ORA hasta que lleguen los Seals.

Zoe parecía escéptica.

—¿Sin armas?

—Estoy seguro de que Christopher tiene armas ahí dentro. ¿Y has visto la puerta de su despacho? Haría falta un explosivo muy potente para abrirla. El truco consiste en cerrarla cuando estemos dentro —comenzó a pasearse de un lado a otro—. Mira, vamos a hacer una cosa. Tú vete al comedor de Vincent. Dile con mucho entusiasmo que has oído que su cocinero es un chef de cuatro estrellas, que estás deseando probar la cena. No dejes que se salte ni un solo plato, hasta el postre... que imagino que eres tú.

—De acuerdo.

Jake dejó de pasearse y la miró a los ojos inquisitivamente.

—¿Seguro que quieres hacerlo, porque si no...?

—Sí, no me importa —Zoe sonrió, trémula—. Me encanta que confíes en que soy capaz de controlar a Vincent.

—Mientras tú estás con él —le dijo Jake—, yo prepararé una carga explosiva para hacer saltar por los aires la instalación eléctrica principal y el generador de emergencia. Y ya que estoy, intentaré cargarme también el ordenador principal.

—¿Quieres decir que puedes preparar una bomba de esa potencia con productos de limpieza, con lo que tengas a mano? —preguntó ella.

—Bueno, posiblemente sí, pero no tengo por qué hacerlo —sonrió—. Traje dos lingotes de C-4 dentro de tu macuto.

Ella lo miró.

—¡Santo cielo! ¿Y si hubieran registrado mi equipaje?

—Lo registraron —dijo él—. Escondí el C-4 entre un par de bloques de arcilla de modelar y otros utensilios de plástica. Nadie se dio cuenta.

—Incluida yo.

—Pensé que era preferible que no lo supieras.

—Eso mismo pensé respecto a la proposición de Vincent.

—Se acabaron los secretos —afirmó Jake—. ¿De acuerdo?

Zoe esbozó una sonrisa.

—Entonces creo que será mejor que te diga que esta tarde me colé en las habitaciones de Vincent con un equipo de limpieza.

Jake cerró los ojos.

—Dios mío, Zoe...
—No pasó nada. Ian Hindcrest me sorprendió allí, pero me hice la tonta y lo único que hizo fue mandarme a la cocina.
—¿Por qué lo arriesgaste todo para...?
—Porque pensaba que, si encontraba el Triple X, no tendría que acostarme con Christopher Vincent.

Jake no pudo alegar nada, excepto:
—Lo siento.
—No pasó nada, Jake. Me zarandearon un poco, pero Hindcrest se tragó mi historia.
—¿Qué probabilidades hay de que no se lo haya dicho a Vincent? —preguntó él.
—Yo me encargaré de eso —prometió Zoe—. Cuando entre, le confesaré a Chris que estaba tan ansiosa por cenar con él, que esta tarde me colé en su despacho con la esperanza de poder hablar con él —consultó su reloj—. Ya llego diez minutos tarde.
—No sé si quiero que vayas.
—Explícame tu plan —dijo Zoe—. Por favor. Vas a preparar una bomba para volar la instalación eléctrica y el ordenador principal. ¿Qué más?
—Colocaré una carga retardada y subiré a las habitaciones de Christopher. Montaré una escena, haré el papel del marido celoso, fingiré que me lo he pensado mejor y conseguiré abrirme paso hasta el comedor. Una vez allí estallará la bomba, se irá la luz y, en medio de la confusión, nos apoderaremos de Vincent...
—¿Con qué? ¿Con el tenedor de la ensalada?
—Eso sería un lío. Yo había pensado usar mis manos. Hacerle una llave y amenazar con partirle el cuello. Con suerte habrá uno o dos guardias en la habitación. En cuanto suelten sus armas, podremos defendernos.

Zoe asintió. No dijo que Christopher Vincent era varios centímetros más alto y mucho más gordo que Jake. No dudaba de su capacidad para llevar a la práctica lo que se proponía. Tampoco dijo nada de su edad, aunque posiblemente hacía años que no amenazaba con partirle el cuello a nadie. Tenía absoluta confianza en él. No pudo evitar besarlo.

—Nos encerraremos en el despacho de Vincent —continuó Jake—. Y esperaremos allí hasta que llegue el resto del equipo. Tu trabajo consiste en no permitir que ese cerdo te toque y en estar lista para cuando llegue el momento, ¿entendido?

—Entendido.

—Bien —dijo Jake—. Ahora, vete. Y déjale claro que has ido a pesar de que yo me oponía. Que empiece a pensar que soy un marido celoso.

Zoe se apartó de él, desasiéndose de sus brazos.

—Ten cuidado, Jake.

Jake no tuvo que fingir que no quería que se marchara.

—Tú también, nena.

Ella titubeó en la puerta, mirándolo.

—Te quiero.

¿Cómo era posible que esas dos palabras le hicieran sentirse tan bien... y tan mal?

—Zoe...

Ella se marchó.

Lucky se había quedado para ocuparse de las comunicaciones.

No sabía muy bien cómo había ocurrido. Estaba listo para salir con el resto del equipo y un momento después se había sorprendido diciéndoles adiós con la mano por la ventana de la caravana.

Alguien tenía que quedarse para vigilar las pantallas, por si el almirante Jake Robinson volvía a hacerles alguna indicación. Alguien tenía que pasar la información a sus compañeros.

Pero Lucky confiaba en que ese alguien fuera Bobby, o Wes, o Cowboy.

Tenía puestos los auriculares y el micrófono que lo conectaban con el resto del equipo, ahora dividido en dos grupos, uno comandado por Cowboy y otro por Crash y Harvard. Oía charlar a los miembros del segundo grupo por los auriculares mientras sobrevolaban en un avión la antigua fábrica de helados.

Jake y Zoe se habían separado, y Lucky los estaba siguiendo a ambos. Intentaba mantenerlos siempre en pantalla, pero él no era Bobby, y le estaba costando hacerlo.

Zoe estaba en la escalera. Parecía directamente salida de una de sus fantasías sexuales. Le gustaban las mujeres que vestían, o eso pensaba él, contradictoriamente. Y la cortísima minifalda de Zoe y su camiseta escotada, combinadas con aquel peinado de debutante aficionada a la ópera, le encantaban.

Se esforzó por apartar la mirada de Zoe y fijarse en Jake. El almirante salió del aseo de caballeros de la tercera planta y entró en la misma escalera, sólo que se dirigió hacia abajo. Luego se detuvo, levantó la vista, y Lucky comprendió que Zoe se había metido en un lío.

Había salido de la escalera. Lucky oyó fuertes voces procedentes de más allá de la puerta junto a la que estaba colocada la cámara de la escalera y tecleó rápidamente una serie de números para sintonizar la cámara del pasillo.

De pronto vio que Ian Hindcrest y media docena de guardias armados habían rodeado a Zoe.

Masculló una maldición y desde el otro lado de la línea se oyó la voz de Harvard:

—¿Qué pasa, O'Donlon?

—Hay seis guardias armados con Uzis apuntando a Zoe.

—No sé de qué estás hablando —Zoe no parecía asustada, sólo divertida.

Jake había subido sigilosamente las escaleras y estaba justo al otro lado de la puerta entornada, escuchando lo que decían.

—Entonces niegas que hoy hayas entrado en el despacho del jefe a espiar.

Zoe se rio.

—¿A espiar? ¿Yo? ¿Tengo pinta de espía?

—La han pillado —dijo Lucky—. Tenemos un problema grave, alférez.

Sabía muy bien lo que estaría pensando Jake. Su instinto le gritaba que saliera y empezara a repartir puñetazos para rescatar a Zoe.

Pero un solo hombre desarmado contra seis guardias con armas automáticas... No podía vencerlos. Tres segundos después de que saliera de detrás de la puerta, Zoe seguiría estando con el agua al cuello y él estaría muerto.

No, no era el momento ni el lugar para atacar.

—Llevadla al despacho del general Vincent —ordenó Hindcrest a los guardias.

El general Vincent. Eso sí que era una ascensión meteórica. Claro que si uno gobernaba su propio mundo de fantasía detrás de una alambrada eléctrica, con guardias de seguridad armados con ametralladoras, podía llamarse Dios Todopoderoso, si se le antojaba.

—¿Sabe Jake lo de Zoe? —preguntó Harvard a través de los auriculares.

—Sí. Está en ello, alférez. Pero está sólo y no va armado.

Mientras se llevaban a Zoe, Jake dio media vuelta y bajó a toda prisa las escaleras.

Lucky lo siguió a través de las cámaras, hasta que Jake llegó a otra escalera. Entonces se dio cuenta de que el almirante estaba haciéndole señas.

«Ahora», decía. «Ahora. Actuad ya».

Dios, Lucky había perdido parte del mensaje. ¿Qué era lo que tenían que hacer?

Rebobinó rápidamente la grabación.

—El almirante está mandándonos un mensaje —anunció mientras miraba la pantalla—. Dice que va a cortar el suministro eléctrico, las cámaras de seguridad y los ordenadores. Y que además abrirá un agujero en la alambrada eléctrica —soltó un bufido—. Sí, claro, ¿y qué más? Un solo tío haciendo el trabajo de diez. ¿Quién se cree que es, uno de los X-Men?

—No, sólo Jake Robinson —contestó Harvard.

—Dice que cinco minutos. Ah, ¿nada más? O puede incluso que menos. Dice que necesita apoyo. Que entréis lo más discretamente que podáis y con rapidez. Dice que cree saber dónde está el paquete, o sea, el Triple X, pero que sólo es una conjetura. Que llevéis máscaras antigás, que estéis listos para cualquier cosa y que no olvidéis que hay mujeres y niños ahí dentro. Dice que os pongáis en marcha ya. ¡Ya!

En la otra pantalla de vídeo, Zoe había llegado a la antesala del despacho de Christopher Vincent.

Parecía tan pequeña, tan frágil, comparada con el corpulento líder del ORA. Estaba mirando algo que Vincent sostenía en la mano.

—Es un clip —dijo—. ¿Todo esto es por un clip? —se rio—. Chris, soy camarera, no espía. ¡Esto es de locos!

Christopher la golpeó a un lado de la cabeza, empleando el puño como un garrote, y Zoe se desplomó.

—Daos prisa —dijo Lucky con el corazón en la garganta—. Zoe corre grave peligro.

Le dio vueltas la cabeza y se aferró al suelo, intentando ansiosamente recobrarse mientras una oleada de náuseas y aturdimiento se apoderaba de ella.

Era culpa suya. Culpa suya. Debería haber recordado que Christopher Vincent montaba en cólera cuando lo llamaban loco.

Le dolía la cabeza y veía borroso. Dos guardias la obligaron a ponerse en pie. Intentó enfocar la mirada. Christopher estaba delante de la puerta abierta de su despacho. Era una puerta blindada, como había dicho Jake. Para abrir sus cerrojos, harían falta explosivos. Si podía entrar allí y cerrarla...

—Aquí, en la fortaleza del ORA, como en la mayoría de los países, la traición es un delito capital —Vincent le apuntaba con una pistola.

Zoe parpadeó. Pero no la engañaban sus ojos: la pistola era de verdad.

Era una Walter PPK de fabricación alemana, del calibre veintidós. La clase de arma de la que se jactaría el cabecilla de un grupo paramilitar que aspiraba a convertirse en otro Hitler.

—¿Jake Robinson también está aquí para espiarnos? —preguntó.

Zoe se echó a llorar.

—Chris, no sé de qué me estás hablando...

—Sí —dijo él—. Así es, ¿no? Está aquí por el ántrax.

De vez en cuando, mientras trabajaba en una misión, debía afrontar que su tapadera saltara por los aires. Y si Christopher Vincent pensaba que el veneno que había robado en el laboratorio de pruebas de Arches era sólo ántrax...

Era hora de poner las cartas boca arriba.

Dejó de llorar y de fingir.

—Chris, lo que tienes no es ántrax. Se llama Triple X. Es un agente nervioso. Un arma química más mortal de lo que puedas imaginar.

—Entonces, eres una espía.

—Estoy aquí para intentar ayudarte —le dijo Zoe—. Si me entregas los cartuchos de Triple X, me aseguraré de que se sepa que cooperaste...

—Culpable —dijo Christopher—. Declaro culpables de los cargos a Jake y Zoe Robinson y los condeno a muerte. La sentencia se llevará a efecto inmediatamente —miró a sus guardias—. Traed a Robinson. Rápido.

Zoe siguió hablando.

—No te conviene hacer eso, Chris. Si me matas, si haces

daño a alguien, si intentas siquiera utilizar el Triple X, el ORA será aplastado.

Christopher Vincent levantó su pistola y, al ver la negrura del cañón, Zoe comenzó a rezar. «Dios mío, por favor, que Jake no entre ahora. Por favor, que esté muy lejos de aquí».

—¡Dios mío! —gritó Lucky—. ¡Dios mío, va a matarla!

No podía hacer nada. Sólo podía mirar los monitores de vídeo, incapaz de impedir el asesinato que estaba a punto de producirse a unos kilómetros de allí, en el complejo del ORA. Nunca, en toda su vida, se había sentido tan impotente.

Iba a ver morir a aquella mujer a la que admiraba tanto, a la que consideraba su amiga, y no podría mover un solo dedo para salvarla.

Zoe apenas se tenía en pie después del golpe que le había asestado Vincent en la cabeza, pero los guardias se apartaron de ella, quitándose de la línea de fuego. Ella seguía hablando, intentando hacer comprender a Vincent que el gobierno de Estados Unidos no descansaría hasta que recuperara el agente tóxico.

Vincent sonrió y...

—¡No! —gritó Lucky—. ¡No!

Aquel canalla disparó. El estruendo del disparo ensordeció a Lucky a través de los auriculares. Y las pantallas quedaron en blanco.

—Informa, O'Donlon —se oyó la voz de Harvard—. ¿A qué vienen esos gritos?

Frenético, Lucky intentó reestablecer la señal. Pero no podía. No se recibía ninguna señal.

Jake había volado el sistema de seguridad.

—El sistema de seguridad se ha bloqueado —dijo con voz rasposa—. Pero, Dios mío, H. ¡Vincent ha disparado a Zoe!

A bocajarro. Ese cabrón la ha ejecutado –le tembló la voz y no pudo evitar que se le saltaran las lágrimas–. Lo tengo todo grabado.

–Dios mío. El equipo de Cowboy interceptó los seis cartuchos de Triple X hace diez minutos.

A Zoe le habría alegrado tanto saberlo... Lucky se apartó el micro de la boca para que el alférez no supiera que estaba llorando como un niño. Pero, maldita sea, aquella operación no había acabado aún. No tenía tiempo que perder. Respiró hondo y volvió a acercarse el micrófono a la boca.

–Que yo sepa, Jake sigue vivo. Pero lo están buscando, alférez. Tenemos que encontrarlo.

–Lo encontraremos. Pero aún estamos a dos minutos –la voz de Harvard sonaba fría, áspera.

–Si os encontráis cara a cara con Christopher Vincent –dijo Lucky–, dadle su merecido de mi parte.

Jake se cubrió la cabeza cuando la cuarta y última bomba arrancó un gran trozo de la valla que rodeaba la antigua fábrica. Era difícil volar una valla así, y había puesto demasiado C-4. Sobre él llovían pedazos de árboles y matorrales. Se echó al hombro el Uzi que le había quitado a un guardia descuidado. Un guardia que tendría un dolor de cabeza espantoso cuando por fin despertara.

Atravesó en silencio la oscuridad, camino de la fábrica... en busca de Zoe.

Ella seguía allí. Jake rezaba para que pudiera aprovechar las súbitas explosiones y el apagón. Pero, aunque no pudiera, no importaba. Porque iba a ir a buscarla.

La alarma que avisaba de la presencia de humo había saltado, y oyó gritos procedentes del interior del edificio.

No había utilizado suficiente explosivo para provocar un incendio, pero había una densa nube de polvo y humo. Y la oscuridad debía de resultar aterradora para un grupo de personas acostumbradas a vivir bajo el resplandor constante de los focos.

Casi había llegado a la puerta del edificio cuando miró la aterciopelada negrura del cielo nocturno. No los vio, ni los oyó: los sintió. Y, efectivamente, allí estaba su equipo de Seals, cayendo del cielo en paracaídas.

Al final, el agujero en la valla no serviría de nada.

Los Seals recogieron sus paracaídas al aterrizar, los desengancharon y un instante después empuñaron sus armas, listos para disparar. El alférez Harvard Becker reconoció enseguida a Jake.

—Señor, ¿se encuentra bien?

—Sí, estoy bien —Jake se había ensuciado con tierra para intentar cubrir la palidez de su cara al acercarse a la alambrada iluminada por focos—. Pero Zoe sigue ahí dentro. Me vendría bien un poco de ayuda para sacarla. Y para encontrar el maldito Triple X.

—Señor, el teniente Jones y sus hombres han interceptado el Triple X. Christopher Vincent intentaba enviarlo a Nueva York esta misma noche.

La puerta del edificio se abrió con estruendo y se adentraron en las sombras. Bobby y Wes se habían reunido con ellos, al igual que Billy y que otros dos Seals de la Brigada Alfa a los que Jake sólo conocía de vista: Joe Catalanotto y Blue McCoy. Al parecer, Harvard había pedido refuerzos. Y a pesar de que Blue y Joe tenían mayor rango, se mantenían en un discreto segundo plano y dejaban que Billy y Harvard dirigieran la operación.

—Jake —dijo Billy—, creo que convendría que te sacáramos de aquí ahora mismo.

—De eso nada, chico. No pienso irme sin Zoe.

Billy miró a Harvard, que sacudió la cabeza casi imperceptiblemente. Bobby se miró los pies.

—¿Vais a ayudarme a sacarla de ahí o qué? —preguntó Jake.

Silencio. Un silencio completo.

Luego, Harvard puso la mano sobre el hombro del almirante. Y Jake se dio cuenta de que Bobby Taylor estaba llorando.

—Jake —dijo el alférez con la voz cargada de emoción—, Zoe ya no necesita nuestra ayuda.

«No». Jake sabía lo que le estaban diciendo, pero se negaba a creerlo. Miró a Billy y vio la horrible verdad reflejada en los ojos del joven.

—Ha muerto —dijo—. Lo siento, Jake.

CAPÍTULO 19

Zoe estaba muerta.
Jake se quedó paralizado. Logró de algún modo sostenerse en pie, impedir que le fallaran las rodillas, caer al suelo y encogerse sobre sí mismo, lleno de angustia y de dolor.
—No —dijo.
—Lucky vio cómo ese capullo de Vincent la mataba. Le disparó justo antes de que se fuera la luz —la voz de Wes sonaba estrangulada.
Zoe estaba muerta.
El dolor atravesó a Jake como un grito que fue haciéndose más fuerte con cada latido de su corazón, con cada bocanada de aire que respiraba. Y, al crecer, el grito cambió. Bullía, se arremolinaba y se endurecía, cada vez más negro, hasta que lo abotargó por completo. De pronto se sintió muerto, y toda la vida y el deleite que Zoe había vuelto a insuflar en él con su risa y su alegría durante las semanas anteriores se marchitaron y desaparecieron como hojas arrastradas por el viento invernal.
Zoe había muerto.
—Por favor, Jake —dijo Harvard—, ya tenemos lo que vinimos a buscar. Hemos recuperado el Triple X. Es hora de que se ponga a salvo, señor.

Le ardía el brazo.
Sentada en el suelo del despacho de Christopher Vincent,

a la luz tenue de la lámpara de emergencia, escuchaba cómo aporreaban la puerta los guardias del ORA. Su sangre manchaba la alfombra.

Había sorprendido a Vincent arrojándose hacia él, en lugar de alejarse, en el instante en que disparaba. Se había abalanzado de cabeza hacia sus pies y él había intentado ajustar la puntería, pero la bala sólo la había rozado.

Pese a todo, la herida sangraba mucho y le dolía a rabiar. Pero al menos no estaba muerta.

Y el dolor era bueno. La mantenía alerta y concentrada. Así no se desmayaría como consecuencia del golpe que le había asestado Vincent en la cabeza.

Se acercó a gatas al escritorio de Vincent, temiendo caerse si se levantaba.

Registró la mesa con la esperanza de encontrar algún arma: una pistola, una navaja, cualquier cosa.

Encontró un librillo de cerillas y... No tenía bolsillos. Se guardó las cerillas en el sujetador. La puerta de la sala secreta seguía cerrada a cal y canto. Buscó un clip, lo desdobló y se puso manos a la obra.

Jake miró el subfusil que tenía en las manos.

—¿Alguien tiene un M16, o voy a tener que usar esta mierda?

El capitán se aclaró por fin la garganta y dijo:

—Disculpe, almirante...

Jake miró sus ojos castaños, llenos de compasión.

—No —dijo—. No, capitán. No voy a ponerme a salvo. Le sugiero que, si tiene otras fuerzas disponibles, hable con ellas por radio y les diga que acabo de abrir un agujero en la alambrada. Recuérdeles que hay mujeres y niños aquí dentro. Necesito que mantengan los ojos bien abiertos y el cerebro en marcha. Nada de activar el piloto automático. Eso también va por ustedes. Porque vamos a entrar ahí. Nuestro objetivo es doble, caballeros. Vamos a detener a Christopher Vincent. Y vamos a recuperar el cadáver de Zoe. Ella formaba parte de este equipo y los Seals no dejan a sus camaradas atrás. Aunque hayan muerto en combate.

Muerta en combate. Le tembló la voz. A pesar de que se sentía embotado, experimentó una punzada de dolor al pronunciar esa expresión, que tanto había odiado durante años.

Zoe lo había querido. Había sucedido un milagro: se le había concedido una segunda oportunidad de hallar la felicidad. Ella no era Daisy, pero nadie lo era. Nadie podía haber reemplazado a su difunta esposa. Pero, del mismo modo, Daisy no era Zoe. Zoe había llegado a partes de su alma que Daisy jamás habría podido alcanzar, aunque su vida juntos hubiera durado treinta años más.

No había forma de compararlas, era absurdo decir a cuál de las dos había querido más, porque las había amado de manera distinta.

Y sin embargo, cuando Zoe se ofreció a ser su compañera de por vida, él se había empeñado en hacer cuentas. Era demasiado viejo para ella. Cuando ella cumpliera cincuenta, él tendría setenta y cuatro..., si llegaba a esa edad. Parecía absurdo, y no había entendido qué veía Zoe en él.

Ahora, sin embargo, lo entendía. Porque el amor no siempre se regía por una lógica matemática. Y la duración de una vida era siempre relativa. Zoe ya nunca cumpliría cincuenta. Nunca. Su vida había sido horriblemente corta.

Y él ni siquiera le había dicho que la quería.

Se sentía un anciano cuando miró los rostros todavía jóvenes de los miembros del equipo.

—La quería —dijo—. ¿Quién va a ayudarme a sacarla?

Bobby dio un paso adelante y sacó de una funda que llevaba a la espalda un fusil del calibre doce.

—Si va a entrar ahí, quizá le convenga llevar esto, almirante.

Almirante. Al decirlo así, no sonó como un título o un

rango. Volvió a ser su antiguo apodo, el sobrenombre que le pusieron en Vietnam.

Harvard asintió con un gesto. Sus ojos marrones tenían una expresión mortífera.

—Cuente con nosotros, almirante. Enséñenos el camino.

Zoe lo encontró.

El Triple X.

Detrás de la puerta cerrada del sanctasanctórum de Vincent, dentro de una caja fuerte barata.

Ya no estaba en los cartuchos metálicos del laboratorio de pruebas. Alguien había depositado el polvo en viejas latas de café.

La puerta del despacho temblaba, sacudida por los golpes de Vincent y sus guardias.

Zoe cerró la puerta de la sala interior y comenzó a preparar una hoguera en una pequeña papelera metálica, encima de la mesa de reuniones de Vincent.

Sólo podía destruir la mitad de las sustancias químicas. En aquella parte de la fábrica no había sistema de extinción de incendios por aspersión, pero no podía arriesgarse a que alguien irrumpiera en la habitación y rociara el fuego con agua, creando así una enorme cantidad de Triple X.

Usó hojas de papel como astillas e informes impresos en lugar de leña.

Extrajo el librillo de cerillas de su sujetador, encendió el fuego y esperó a que prendiera bien para añadir el componente A del Triple X.

Sabía que la sustancia ardería limpiamente. El humo no sería tóxico. Pero el humo no tenía que ser tóxico para matar.

La habitación no tenía ventanas y sólo había una puerta.

El humo empezaba a ser asfixiante.

Echó el contenido de la primera lata de café a la hoguera

y se tumbó en el suelo, lejos de las llamas, rezando para que le diera tiempo a destruir todas las sustancias antes de que el humo la asfixiara.

Saltó la alarma contraincendios.

Jake y su equipo acababan de salir de la escalera y de penetrar en la cuarta planta.

El ruido era ensordecedor. Procedía de uno de esos timbres anticuados, fijados a la pared de cemento. Pero estaba bien. Así no los oirían acercarse.

Había una luz de emergencia al final del pasillo. Era vieja, y la bombilla se encendía y se apagaba, dando la impresión de que los iluminaban las llamas.

Bienvenidos al infierno.

Jake aminoró el paso al acercarse a la puerta que conducía a las habitaciones privadas de Christopher Vincent. Y cuando la puerta se abrió, se pegó a la pared, entre las sombras. No tuvo que mirar atrás para saber que Harvard y el resto del equipo también habían desaparecido.

Christopher salió con paso enérgico. Iba seguido por su cohorte de guardias y tenientes.

—Trae el coche, Reilly —ordenó—. Llévalo a la entrada principal y...

Jake salió a la luz, con el fusil en alto y el dedo en el gatillo.

—Creo que de momento puedes dejar el coche en el garaje, Reilly —dijo alzando la voz para hacerse oír.

Christopher Vincent se quedó quieto, pero tras él media docena de guardias empuñaron sus armas.

Jake no tuvo que mirar atrás para saber que sus Seals estaban allí, con las armas cargadas y listas. Lo vio en los ojos de Vincent y sus hombres.

—¿Qué opinas, Chris? —gritó Jake—. Yo creo que podríamos liarnos a tiros aquí mismo. Quizás algunos de tus chicos consiguieran escapar, pero tú seguro que no. ¿Sabes el daño que puede hacer un fusil del calibre doce a una distancia de cuatro metros? —volvió ligeramente la cabeza sin apartar los ojos de Vincent—. Oye, Bob, ¿qué lleva este cacharro? ¿Casquillos de plomo del cero, cero?

—Cinco, sí —la profunda voz de bajo de Bobby sonó claramente, a pesar del ruido de la alarma.

—Con uno bastará —le dijo Jake al líder del ORA—. Será como si te disparara seis o siete balas normales en el mismo sitio y al mismo tiempo. Te abrirá un buen boquete, Chris. Y aunque me muero de ganas de pegarte un tiro, puede que a ti no te apetezca, en cuyo caso convendría que les dijeras a tus hombres que tiren las armas. Inmediatamente.

Chris pareció advertir el brillo de locura que había en los ojos de Jake.

—Haced lo que dice —ordenó a sus hombres.

Harvard recogió las armas, hizo tumbarse a los hombres y los cacheó sin contemplaciones.

—¿Alguien puede parar la dichosa alarma? —preguntó Jake. Le dolían la cabeza y el estómago. Deseaba, en parte, que Christopher no se hubiera rendido. Parecía injusto que siguiera vivo mientras Zoe...

Iba a tener que entrar allí, en las habitaciones de Vincent, y sacar el cuerpo sin vida de Zoe.

Bobby levantó su MP-4 y de un solo disparo arrancó la alarma de la pared. El silencio pareció enfatizar la ausencia de Zoe.

—McCoy y yo nos ocupamos de estos payasos —dijo el capitán Joe Catalanotto—. Ya hay otro equipo dentro del perímetro de la valla. Viene para acá, pero puede que sea buena idea usar a Vincent como rehén hasta que salgamos de aquí.

—Puedo darle un informe completo, si lo desea, almirante —dijo Harvard.

Jake no llevaba auriculares, pero sus compañeros sí.

—¿Alguna baja?

—De momento, ninguna. Aparte de Zoe —se corrigió el alférez—. Los otros equipos han encontrado cierta oposición, pero no mucha. Un par de hombres se han encerrado en uno de los barracones. Y en la azotea había un francotirador con la peor puntería de todo el hemisferio norte. Ya se han encargado de él.

Jake miró al capitán.

—Estos capullos van a ser acusados de traición, conspiración y asesinato. Si se atreven a mirarte mal, aunque sólo sea eso —dijo—, pégales un tiro.

—Será un placer.

Wes dio un paso adelante.

—Almirante, quería advertirle de que sale humo de las habitaciones de Vincent.

Humo.

Salía por la puerta y se arremolinaba, denso, contra el alto techo del pasillo.

Con el fusil preparado, Jake entró en la antesala del despacho de Christopher. Allí el humo era aún más denso.

Recorrió rápidamente la habitación con la mirada, preparándose para lo peor, pero no vio ni rastro de Zoe.

La puerta del despacho de Christopher colgaba de sus bisagras. El humo parecía proceder de allí. Tapándose la cara con un brazo, avanzó de nuevo.

Zoe tampoco estaba en el despacho.

El humo procedía de la sala secreta de Christopher.

Jake sintió un mazazo de esperanza en el pecho, tan fuerte que se quedó sin respiración. Zoe había sobrevivido. Había conseguido de algún modo meterse allí, había encontrado el Triple X y lo estaba... ¿quemando?

Pero Harvard le había dicho que habían recuperado los cartuchos perdidos y que Lucky había visto a Zoe...

¿Morir? ¿O caer? ¿Y qué había exactamente en los cartuchos que había recuperado el teniente Jones? Nadie, excepto Zoe, sabría si realmente era el Triple X.

La puerta de la sala interior estaba cerrada y Jake comenzó a aporrearla.

—¡Zoe! ¡Soy yo, Jake! ¡Abre!

Harvard estaba a su lado. Lo miraba con compasión.

—Señor, no...

—¡Está ahí dentro! —estaba seguro de ello. Pero había mucho humo. Jake ya empezaba a atragantarse y a toser.

La puerta era blindada. La cerradura era un trozo de chatarra, pero tardarían varios minutos en forzarla. Si Zoe estaba allí dentro, llevaría algún tiempo respirando humo. Si estaba allí, se estaría muriendo.

Jake no había podido hacer nada para salvar a Daisy. No había podido luchar contra el cáncer. Pero podía intentar salvar a Zoe.

—Apartaos —ordenó. Le lanzó el fusil a Bob y se sacó del bolsillo el poco C-4 que le quedaba. No hará falta mucho, sólo un poco alrededor de la cerradura. Encendió la mecha, se guareció detrás del escritorio de Vincent y...

Bum.

La puerta se abrió y salió un torrente de humo denso, procedente de una papelera que ardía sobre una enorme mesa de reuniones.

Jake no llevaba máscara antigás, pero aun así fue el primero en entrar. No veía nada, pero si Zoe estaba allí, estaría en el suelo.

La encontró en una esquina. Había arrancado casi la mitad de la moqueta del suelo y se la había echado encima para crear una pequeña bolsa de aire.

Estaba inconsciente y manchada de sangre y carbonilla. Tenía una herida de bala en el brazo, pero aún respiraba.

Estaba viva.

Jake no intentó disimular que estaba llorando cuando la sacó de allí en brazos.

—¡Está viva! —Wes prácticamente corría en círculos a su alrededor.

Harvard también lo siguió. Cuando salieron al aire fresco del pasillo, se quitó la máscara antigás.

—Señor, creíamos que los seis cartuchos interceptados fuera del recinto contenían Triple X. Pero por lo visto Zoe cree que ha encontrado las sustancias aquí mismo. Ahí dentro hay seis latas de café, tres de ellas vacías. Creo que era eso lo que estaba quemando.

—Vigile el resto de las latas, alférez —ordenó Jake—. No las pierda de vista —levantó la voz—. Tengo que llevar a Zoe abajo inmediatamente para que la atienda un médico. ¡En marcha!

Bajaron las escaleras y consiguieron salir a la explanada sin tropiezos. Vincent y sus hombres iban esposados, Bobby apuntaba a la cabeza del líder del ORA y el resto del equipo rodeaba a Jake y Zoe.

La policía militar había llegado y, mientras los agentes vestidos de oscuro leían sus derechos a Christopher Vincent, Jake llevó a Zoe a través del agujero que había abierto en la alambrada, hasta una ambulancia.

El médico le indicó la camilla que había dentro del vehículo.

—Puede ponerla ahí, señor.

—No —dijo Jake.

El médico lo miró con sorpresa.

Jake sonrió para suavizar sus palabras.

—No, verá, no quiero... no quiero separarme de ella.

—¿Nunca?

Miró hacia abajo y vio que Zoe había abierto los ojos. Su voz había sonado como un susurro ronco. Tenía la garganta irritada por haber inhalado tanto humo. Tenía la trenza medio deshecha y su cabello colgaba en mechones. Su cara estaba manchada de sangre y carbonilla. Jake pensó que nunca la había visto tan guapa.

—No —le dijo—. Nunca.

El médico tenía unos veinte años y procuraba no oírlos

mientras deslizaba suavemente varios tubitos conectados a una bombona de oxígeno dentro de la nariz de Zoe.

—Denos un minuto —le dijo Jake—. ¿Le importa, amigo?

El médico se alejó. O quizá no. Quizá Jake había dejado de verlo al perderse en las profundidades de los ojos de Zoe.

Tocó su cara, su cabello, su garganta, y no pudo evitar que sus ojos se llenaran de lágrimas.

—Creía que habías muerto —le dijo en voz baja—. El teniente O'Donlon vio a Vincent dispararte y... Todos pensamos que te había matado, Zoe.

—Oh, Jake —murmuró ella.

—Pero luego has podido morir de veras —dijo él—. ¿Cómo diablos se te ha ocurrido encender un fuego en una habitación sin ventilación?

—Estaba haciendo mi trabajo —contestó ella quedamente—. Y confiaba en que tú hicieras el tuyo y me sacaras de allí. Aposté a que el trabajo en equipo funcionaría —sonrió—. Y he ganado.

—Sí —dijo Jake—. Yo también.

—Creo que éste sería un momento fantástico para que me besaras —dijo ella.

Jake se echó a reír y la besó.

—Te quiero, Zoe.

Ella sacudió la cabeza.

—No necesito que digas eso, Jake.

—Sí, pero yo necesito decirlo —contestó—. Creía que no tendría ocasión de hacerlo. Creía que... —tuvo que aclararse la garganta antes de continuar—. Zoe, me sentiría muy honrado si aceptaras convertirte legalmente en la señora Robinson. Verás, soy demasiado viejo para...

—Jake, ¿cómo puedes pedirme que me case contigo, con tan poco ímpetu, por cierto, y un momento después de decir que eres demasiado viejo?

—¿Quieres dejarme acabar? Soy demasiado viejo. Demasiado viejo para no haber aprendido del pasado. No esperaba sobrevivir a Daisy —afirmó—. Y afrontémoslo, nena, dedicándote a este oficio, es muy posible que también te sobreviva a ti. Hoy he podido comprobarlo, y ha sido un mal trago. La verdad es que ninguno de los dos sabe cuánto tiempo le queda. Y los dos somos lo bastante mayores para no perder un segundo más.

Las lágrimas dejaban surcos en la carbonilla que cubría la cara de Zoe. Jake la besó.

—Cásate conmigo —la besó otra vez, ahora con más calma—. Quiero que seas mi amiga, mi amante y mi esposa el tiempo que nos quede de vida —le sonrió—. ¿Qué te parece? ¿Esta vez me ha quedado mejor?

Ella sonreía entre lágrimas.

—Has estado muy... inspirado. Y muy persuasivo —se rio—. Aunque no necesitara mucha persuasión.

—Si eso es un sí —dijo Jake—, suena poco entusiasta.

Zoe se echó a reír.

—¡Sí! —dijo—. ¡Sí!

Jake se perdió en la dulzura de sus labios. Había pensado que se la habían arrebatado. En esos quince minutos, mientras creía que estaba muerta, había vivido un infierno. Amaba absolutamente a aquella mujer. Pero habría personas que se extrañarían al verlos juntos, gente que no entendería su unión.

—Tengo que ser sincero contigo —dijo, mirándola a los ojos—. Nos llevamos muchos años, y eso no tiene remedio. Sé que ti no te importa, y a mí tampoco me importa ya. Pero la gente, mis compañeros, cuando nos vean, pensarán que me estoy aprovechando de ti.

Zoe tocó su cara.

—Tus compañeros y tus amigos, cuando me vean, pensarán que no estoy a la altura de Daisy.

—Y no lo estás —dijo Jake—. Claro que Daisy tampoco estaría a la tuya —besó su mano—. No busco una sustituta para Daisy. Eso no existe. Siempre la querré. Es importante que lo sepas, porque forma parte de mi pasado. Pero en mi corazón hay sitio para el pasado y para el presente. Y tú eres mi futuro, nena.

Había tanto amor en los ojos de Zoe que Jake casi empezó a llorar otra vez.

—Te quiero —dijo ella.

Él sonrió.

—Lo sé.

EPÍLOGO

—¿Estás bien? —preguntó Billy Hawken.

—Sí —dijo Jake cuando la limusina se detuvo delante de la iglesia.

Miró al chico. El chico. Vaya. El chico era un Seal de la Armada apodado Crash. Y era mayor que Zoe. Hacía quince años que no era un chico. Qué demonios, tal vez nunca lo había sido, ni cuando tenía diez años. Seguía siendo demasiado serio, demasiado reconcentrado... salvo cuando estaba con Nell, su mujer.

Jake los había oído reír por lo bajo hasta casi las dos de la madrugada, en el cuarto de invitados. Crash Hawken riéndose por lo bajo. ¿Quién lo habría pensado?

—¿Esto te parece bien, chico? —preguntó cuando salieron del coche.

Billy no titubeó.

—Sí, absolutamente —contestó, y le sonrió—. Zoe te mira como me mira a mí Nell. Me alegro mucho por ti, Jake.

—La quiero —le dijo Jake al joven que era lo más parecido a un hijo que había tenido.

—Lo sé —dijo Billy—. También he visto cómo la miras.

—No es un... un plato de segunda mesa —Jake sentía la necesidad de explicarse—. Me refiero a Zoe y a mí. Pero eso no significa que lo fuera Daisy. Dios mío, ¿tiene sentido lo que digo?

Billy lo abrazó.

—Sí, Jake —dijo—. ¿Sabes?, anoche soñé con Daisy. Estaba comiendo con William Shakespeare. Era raro, pero bonito. Uno de esos sueños que te hacen sentir muy bien cuando te despiertas.

—Con Shakespeare, ¿eh? —Jake se rio—. Eso está bien.

—Sí —Billy señaló hacia la iglesia—. ¿Quieres entrar?

—Sí —contestó—. Vamos, chico. Voy a casarme —rodeó los hombros de Billy con el brazo y juntos subieron los escalones.

Zoe estaba guapísima.

Caminaba por el pasillo de la iglesia del brazo de su padre.

El sargento retirado Matthew Lange.

Matt parecía un tipo simpático, un hombre sincero y decente. Y daba la impresión de que le alegraba que Zoe fuera a casarse con él. Lisa Lange, su esposa, también parecía muy feliz por su hija. Eran buena gente. Gente de fiar.

Era agradable, a decir verdad. Nunca había tenido suegros.

Sus hijos tendrían al menos la oportunidad de conocer a dos de sus abuelos.

Sus hijos.

Zoe le sonrió al situarse a su lado, y él no pudo evitar pensar en lo ocurrido esa noche. Mientras Billy y Nell se reían por lo bajo en el cuarto de invitados, Jake y Zoe también compartían sus secretos.

Como, por ejemplo, que Zoe deseaba tener un hijo. Tanto que estaba dispuesta a dejar su trabajo, al menos temporalmente.

No había sido fácil tomar esa decisión. Zoe era buena en su oficio. Y en la Agencia también la echarían de menos.

Jake sospechaba que, en parte, se había decidido porque sabía lo mucho que deseaba él tener hijos. Daisy no podía tenerlos, el proceso de adopción le parecía demasiado penoso y...

Jake había intentado convencer a Zoe de que aceptaría la decisión que tomara, pero la verdad era que su reloj biológico no paraba de sonar. Podía engendrar un hijo a los sesenta y cinco, claro, pero ¿cuánto tiempo le quedaría de vida para ocuparse de él?

Esa noche, Zoe le había hecho el mejor regalo de boda. Esa noche, podían haber obrado un pequeño milagro.

Jake tomó su mano.

Y mientras prometía a Zoe todo lo que podía prometerle, sonreía.

—Te quiero —susurró al inclinarse para besar a la novia.

Ella también sonrió. Ya lo sabía.

Títulos publicados en Top Novel

Cuando llegues a mi lado – LINDA LAEL MILLER
La balada del irlandés – SUSAN WIGGS
Sólo un juego – NORA ROBERTS
Inocencia impetuosa/Una esposa a su medida – STEPHANIE LAURENS
Pensando en ti – DEBBIE MACOMBER
Una atracción imposible – BRENDA JOYCE
Para siempre – DIANA PALMER
Un día más – SUZANNE BROCKMANN
Confío en ti – DEBBIE MACOMBER
Más fuerte que el odio – HEATHER GRAHAM
Sombras del pasado – LINDA LAEL MILLER
Tras la máscara – ANNE STUART
En el punto de mira – DIANA PALMER
Secretos del corazón – KASEY MICHAELS
La isla de las flores/Sueños hechos realidad – NORA ROBERTS
Juegos de seducción – ANNE STUART
Cambio de estación – DEBBIE MACOMBER
La protegida del marqués – KASEY MICHAELS
Un lugar en el valle – ROBYN CARR
Los O'Hurley – NORA ROBERTS
La mejor elección – DEBBIE MACOMBER
En nombre de la venganza – ANNE STUART
Tras la colina – ROBYN CARR
Espíritu salvaje – HEATHER GRAHAM
A la orilla del río – ROBYN CARR
Secretos de una dama – CANDACE CAMP

www.ingramcontent.com/pod-product-compliance
Lightning Source LLC
LaVergne TN
LVHW030343070526
838199LV00067B/6418